不肖・宮嶋のビビリアン・ナイト

（上）イラク戦争決死行　空爆編

宮嶋茂樹

祥伝社黄金文庫

本書は平成19年8月、都築事務所より発行、小社より発売されました「不肖・宮嶋のビビリアン・ナイト 上 爆弾ボコボコの巻」を改題、加筆・修正して文庫化しました。

文庫のためのまえがき

本書の親版は二〇〇七年秋に出版された。記《しる》されたイラク戦争は、それからさらに四年前の二〇〇三年のことであった。わずか四週間、戦場となったハグダッドを走り回った私は、そこでホントーに起こったことをグダグダと書いた。ペラ（二〇〇字詰め原稿用紙）四五〇〇枚である。

イラク人以外の主たる登場人物は、ごく少数の同業者たちである。この七年間で、皆さんの身には劇的な変化が起こった。筆頭は偽造ビザで入国していた橋田信介《はしだしんすけ》氏である。その後のサマワ取材で不運にも命を落とされたのは、大方の読者の知るところであろう。

他のほとんどの方々は、下巻のあとがきに記したとおり、三年前の時点でけっこう出世されていた。現在は、さらに出世されているようである。まったく変わっとらんのはワシくらいであろう。

あっ、ちょっとは変わった。この不肖・宮嶋とてメールぐらい打てるようになったど。ケータイ・メールはアカンで。ワシのムーバではメール打てんのやから。

もちろん、変わったのは同業者たちだけやない。我が国の政治状況、そして、我が国を取り巻く国際情勢も激変しとるのである。イラク戦争開戦の口実は、サダムが大量破壊兵器を隠しとると、ジョージ・ブッシュ大統領（当時）がインネンをつけたことやったが、そのサダムは二人の息子ともども、アッラーのもとに召された。アメリカの大統領もジョージ・ブッシュに替わって黒人のバラク・オバマになり、今、米軍はイラクからの撤兵を完了しつつある。

我が国の首相はそんなもんやない。戦闘にこそ兵を送らなかったものの、米軍のイラク攻撃を支持した小泉純一郎首相（当時）から何人替わったのか、指折り勘定しなければならんのである。

その間に、我が国は、陸上自衛隊の約五〇〇人からなる部隊を四年にわたってサマワに派遣するなど、イラク復興に助力した。この一連の活動で、自衛隊は一人の死傷者も出さず、一発の実弾も撃たずに任務を終えたのであった。この詳細は、拙著『サマワのいちばん暑い日』（この文庫シリーズに入っているので、ぜひ購入されたい）に記したとおりである。

かくまで世界中が激変しとるのに、当のイラクはというと、相も変わらず自爆テロがボコボコ起きとるのである。変わらんのはワシとイラクだけか……。悲しいことである。

しかし、世の中、変わりゃエエっちゅうもんでもあるまい。自民党政権がよかったとは言わんが、民主党政権は完全な左巻きである。外国人のガキにまで子ども手当やるって何や？　外国人地方参政権、農業者戸別所得補償制度って、オマエら中国共産党か？

六〇〇人も引き連れて中国詣でした小沢一郎前幹事長が喜々として記念写真に収まり「私は野戦軍司令官です」やと？　相手は我が国の領土と資源を掠め取ろうと虎視眈々と狙うとる独裁国家なんやぞ。そんなに日本を「解放」したかったら、まとめて人民解放軍に入れてもらえ！

今、不幸にも9・11や地下鉄サリン事件のようなテロ事件が起きたら、もしアメリカがイラクに替わりイランに兵を進めたら、もし我が国の海上自衛隊の護衛艦が沖縄沖、あるいは東シナ海で中国や北朝鮮の魚雷攻撃を受けたら、我が国のリーダーは毅然と対応できるのであろうか。北朝鮮のノドンが我が国の大都市に降ったら、悪夢では済まんのである。あのサダムよりもっとアホでヘタレな金正日がトチ狂ってミサイルぶっ放すことだって、あり得る情勢やないか。ミサイルの弾頭が通常弾頭の保証はないぞ――。

沖縄から米軍基地が消えたら、一週間で尖閣《せんかく》に中国人の村ができるであろう。三月《みつき》もせんうちに人民解放軍が沖縄本島に無血上陸や。そうなったら、本書に登場するイラクの略奪者みたいに、今まで隠れとった中国人不法滞在者のやりたい放題や。

イカン……、文庫のまえがきを書いとんのであった。七年後に祖国がこんなテイタラクになるなんて夢にも思わず、我らバッタ・カメラマンは、あの時、あの砂漠の国で幾多の修羅場を踏み、命賭けの大バクチをいくつも勝ち抜いてきたのである。

誇張でもウソでもない。わずか四週間で、幾人もの同業者が武運拙《つたな》く砂漠に倒れた。ワシらのほうが、どこぞの国の政治家よりよっぽど命賭けとるのである。

まぁ、ボヤいたところで、ワシらカメラマンは、所詮《しょせん》、この仕事が好きでたまらん。修羅場を忘れられん。今もこの原稿を内戦寸前のバンコクで書いているのである。負け惜しみやないで。その証拠に、自称ジャーナリストはすぐ権力の亡者に官房機密費で頰を張られ、集票マシンに成り下がるが、カメラマンから政治家に転落したヤツは一人もおらん。不肖・宮嶋、同業者を代表して言わせてもらえば、ワシらはそのことを誇りに思うとるのである。

平成二十二年五月三日　日本の憲法記念日
バンコク、パンパシフィック・ホテル二七一四号室にて

宮嶋茂樹

まえがき

全国推定二万人の不肖・宮嶋ファンの皆様、お待たせ致しました。実に二年ぶりの新刊です。それで、なんで四年前のネタなんや……と肩を落とされた方、まあ、読んでから文句タレてくだされ。ちょっと長いけどナ。

孔子様も言うとるように「温故知新」なのである。同じ過《あやま》ちを繰り返さんためには、故《ふる》いことをきっちり学ばんとイカン。当時の私が、メディアが、日本政府が、いや世界中が、いかにトチ狂い、読み間違えたかを笑いながら確認してください。そして、あの砂漠に、もう少しだけ興味を抱いてください。

忘れてはおらんでしょうな。今も、あの砂漠の上を、わが同胞航空自衛隊のC―130輸送機部隊が展開中なのを。そして、アラビア半島沖からインド洋にかけて、わが海上自衛隊の艦隊が多国籍軍部隊に洋上補給を続けているのを。

開戦から、この本に記《しる》した時点（二〇〇三年四月十七日）までの約四週間に、何千人もの人間が命を落とした。そのうちの数人は、私の目の前、すぐそばで、である――。

この戦争の後、一瞬だけ訪れた「平和」な期間にも、六人の日本人がイラクで不慮の死を遂げた。そのうちの一人は、もちろん、近い将来訪れる悲劇を予知することなく、この本に元気いっぱいで登場する。

この仕事で、私はホントに引退を決意した。もう紛争地や大規模災害の取材は、若くてイキのいいガキ・カメに任せ、銃声も悲鳴も嗚咽《おえつ》も届かない冷暖房の効いたオフィスで無責任な「総合分析」をし、勝手なノーガキをコクほうに回りたいと思ったのである。

数ヵ月後、そんな決意はあっさり反古《ほご》にしたが、これ以後、未《いま》だバグダッドには足を踏み入れていない。そして、今は、行きたくとも行けない状態が続いている。

日本国政府が国外退避勧告を取り下げず、イラク政府に圧力をかけ、ビザを出させないという方法で、我々フリーの邪魔をしている（としか考えられん）のである。

もちろん、闇ルートを手繰《たぐ》れば道はあるが、それには莫大なゼニがかかる。そして、今、あの街で自己の安全を確保するのにも莫大なゼニがかかるのである。これらがクリアされない限り、私はバグダッドを再訪するつもりはない。

あの砂漠の国からは、いずれアメリカさんも手を引かざるをえんであろう。それがどんな事態を招くかは棚上げにして……。そうなったら、いったい、この戦いは何やったのやろう。国籍を問わず、積み上げられた屍《しかばね》の山に、どんな意味があるというのであろう。

それは、この本を読んでもわかりません。書いた私にもわからんのやから……。ここに記《しる》すのは、あの時、バグダッドで何が起きていたか、それらに不肖・宮嶋がどう対処したか、それだけです。

二〇〇七年夏

宮嶋茂樹

目次

2 裏切りの町
――信じる者は捨てられる 57

3　ビザ商人イブラヒム　123
――報道ビザ売買の闇ルート

（以下、下巻に続く）

1 アンマンで悶々

——ワシにもビザを出さんかい！

戦地に入る——それだけで大変なんやで！

嫌われる理由

ルフトハンザ機がアンマン国際空港に着陸し、目の前のドアが開け放たれると、ムア～という独特の匂いが吹き込んできた。

それぞれの国には独特の匂いがある。ご存じ金浦改め仁川国際空港にはニンニクの匂いが立ちこめているし（大韓航空機だと機中に足を踏み入れるなり、その匂いが鼻を突く）、マニラのベニグノ・アキノ空港ではココナッツ・オイルの腐ったような匂いでムセ返りそうになるし、モスクワはなんや腋臭《わきが》みたいな匂いがする。

それじゃあ、成田はどんな匂いかっちゅうと、日本人の私にはわからんので何人かの外人に聞いてみたが、ほとんど無臭らしい。一人、クロアチアから来たネェちゃんは「強いて言えば醤油の匂いネ」と言っていたが——。

三月十五日午前一時半（二〇〇三年）、私は香辛料の匂いの中に降り立った。不肖・宮嶋、一二年ぶりの湾岸である。湾岸といっても「踊る大捜査線」ではない。中東の湾岸である（湾とはペルシャ湾を意味するが、もうちょい拡大解釈してアラビア半島一帯）。

多くの読者は湾岸が私の鬼門であることをご存じであろう。一二年前、当たり前やが、私もまだ若かった。三〇にもなっていなかったのである。あの時は、アンマンまで来ておきながら、多国籍軍の取材規制に阻まれ、最前線どころか、各国軍が集結していたサウジアラビアにさえ入れなかった。そして仕方なしに「祝停戦！　湾岸原色美女図鑑」なる企画をカマし、湾岸諸国ならびに日本中の良識ある方々から大顰蹙《だいひんしゅく》を買った（ごく一部では好評）のであった。

だから、湾岸は嫌い――と言えんこともない。しかし、私がこの一帯を好きになれん本当の理由は別にある。汚い髭を伸ばし、酒も飲まんのに地面に頭スリスリの、あの宗教が嫌いなのである。正確に言うと、そんな宗教儀式は別にどうでもエエ。問題は人びとの頭の中にイスラムの教義だけがギッチリ詰め込まれていて、他のもんを受け付けないことである。

そのような人間しかいない国にロクな国はない。二年前（二〇〇一年）に行ったパキスタン、タジキスタン、アフガニスタン、そしてインドネシア、みーんなイスラムである。私の知る限り、その中にマトモな国はただ一つもないのである。

誤解を恐れず言わせてもらう。私は紛争のタネを撒《ま》き散らすアラブ人とイスラム原理主義者たちを好きになれない。そのような人たちとは、できれば関わりを持ちたくないし、そうした地に足を踏み入れたくはないのである。

しかし……、そうも言っとれん事態になった。ブッシュが「やる」っちゅうのである。草の根分けてもサダム・フセインとその一味を探し出し、問答無用でブチ殺すハラなのである。

ここまで話がジェームズ・ボンド級になったら、写真界のリーサル・ウェポン、この不肖・宮嶋が出張《でば》らんことには収まらんであろう。週刊文春の一〇〇万読者（ちょいサバ読み）だって納得せんであろう――。

というわけで、このヨルダンはアンマンにまで、はるばるやってきた。しかし、ともかく鬼門なのである。地球の肛門のごとき呪われたこの地で、仕事なんかできるのであろうか。今回も、イラクどころか米軍の前線基地のあるクウェートにも入れんのとちゃうやろか――。

香辛料の匂いに包まれただけで、早くも腰が引けるのであった。

アブラ虫

深夜のアンマン国際空港は静まり返っていた。そりゃあ、そうである。こんな時期に、こんな国にやってくる物好きは我々の同業者だけ。すでに日本政府はイラクどころかヨルダンにまでレベルなんぼとかいう避難勧告を出しているのである。

さほど待つこともなく、すんなり入国審査を終えると、その先では白タクならぬポーターが手ぐすね引いて待っていた。どれもこれも怪しげなヒゲをたくわえ、つなぎの制服でしきりにガンを飛ばしてくる。

シカトして、窓口一つの銀行を目指す。たとえチップといえど、こんなところで貴重なドル札をくれてやるわけにはイカンのである。発着は少ないが二四時間営業の国際空港、夜中でもしっかり銀行は開いていた。窓口に一〇〇ドル札二枚を差し出した。一ドル＝〇・七ヨルダン・ディナール（ＪＤ）である。

ポケットにＪＤを突っ込んでターンテーブルへと向かう。ツナギの若い衆がカートの脇でニヤつきながら見ている。だいたいクソ空港に限って、カートを借りるのにゼニがかかる。モスクワしかり、アンマンしかり（ともに当時）である。

スーツケースは待てど暮らせど現われる気配がなかった。しゃあない。カートを借りにいくと〇・五ＪＤ、一ドル弱である。しかも一緒にツナギのニィちゃんがついてきた。

「ノー！　要らんわい！」

ポーターなんぞ必要ないとはっきり言っとるのに、ツナギのニィちゃんがまとわりついて離れん。相変わらずスーツケースは出てこん……。ニィちゃんは相変わらずニタニタしている。いかにも意味ありげに――。そういう訳か、腐れアブラ虫が！グルなのである。荷物をターンテーブルに載せるヤツとツナギのゴロツキどもがグルになって、ポーターを頼まんことには荷物を載せんのである。もう、最低である。

二時を過ぎている。仕方なしにOKを出すと、すぐにスーツケースが出てきた。まったくダニのような連中である。ターンテーブルから税関をノーチェックで抜け、タクシー乗場まで五〇メートル。これで五JDであった。八〇〇〇円である。世の中にこんな楽な仕事があるであろうか。時給に換算したら、私よりはるかに高いではないか。

二〇分後、やっとこさ、アンマン・インターコンチネンタル・ホテルに辿り着いた。夜の街もホテルも一二年前とさほど変わりばえしていなかった。しかし、そんなことはどうでもエエ。どうせ、この町で仕事をするつもりはない。ここは最終目的地バグダッドへのワンステップにすぎんのである。

世界チェーンを展開するインコン（インターコンチネンタル・ホテルの略、以下同）も午前三時のロビーはまったく人気《ひとけ》がなかった。駐車場の柱の陰にポツンと置かれたカートを一人で引っ張り、三つのスーツケースと一つのカメラバッグをよっこらしょと載せた。さすが五つ星ホテルのカート、握りの真鍮《しんちゅう》がピカピカである。ふぁ〜、ネムゥ〜、おっ、一句できた。

あくびをしても一人　不肖

フロントの中で眠気をこらえているニィちゃんにクレジットカードを投げ、バカでかいキーを受け取る。やっとこさ部屋に入ったのは午前三時三〇分。成田を発って実に二四時間後のことであった。

砂漠の砂になったほうがマシ

翌朝（といっても三月十五日）、インコンは五時間前とは打って変わった喧噪《けんそう》であった。例によって世界各国から最もガラのよくない人種の大集合である。一階の朝食ブッフェ会場といわず、ロビーといわず、ホテル中に怒号と下品な笑い声が充満している。

日本人の姿もチラホラ見える。皆、血と硝煙の匂いを嗅ぎつけてきた、私と五十歩百歩の連中である。

しかし……、ホントに戦争が始まるんであろうか？　まだ信じられん。

ともあれ、まずは腹ごしらえである。目玉焼きにソーセージ（ビーフです。イスラムですから)、チーズ、キュウリ、と大皿いっぱいに載せて――。

うん？　腹を空かして、とうとう幻でも見とんのか？

足を止めてよーく見ると、そこにあるのは紛《まぎ》れもなくお櫃《ひつ》ではないか！　ステンレスの器ではなく杉のお櫃である。成田を発って二日も経っとらんのに思わず駆け寄る。中身はなんやパサパサっぽいが、紛れもなく銀シャリである。隣に味噌汁の鍋もある。透けて見えるくらい薄いが、味噌汁以外の何物でもない。しかも箸まで揃っとるやないか！

おかずを載せた大皿をオノレのテーブルに置いた私は、再びお櫃と味噌汁の鍋へと向かった。ロシア人なみにウォッカ漬けの体だが、所詮、稲作農耕民族の血が流れているのである。

「うまい……」

パサパサ飯とうっす～い味噌汁でも幸せを感じる。他のことは不運というか不幸ばっかなのやが……。なんちゅうても、お先真っ暗。血と硝煙の匂いに誘われてフラフラ飛んで来ただけで、この先の展望なんてサッパリなのである。おっ、また一句できた。朝メシを食っても一人……。

問題はビザである。ビザが取れんことにはイラクに入国できん。ここでまた「湾岸美女図鑑」なんてことになったら、世界中の笑い者になってしまう。とても紀尾井町には帰れん。砂漠の砂になったほうがマシっちゅうもんである。

もちろん、ずっと前からビザの手配はしていた。去年（二〇〇二年）十月に、東京は青山のイラク大使館に出向き、報道ビザの申請をし、ずーっと待っていたのである。ところが、半年近く経っても、私にはビザがおりなかった。

私には、である。世界平和に屁のツッパリにもならん、名前も聞いたことのない日本政府の特使や、歌や踊りで平和がやってくると信じている人間の屑、もとい「盾」と称する左巻きの皆様にはアッという間にビザが出ているというのに……。

それだけではない。大新聞、大テレビ局、はたまた親アラブ、親パレスチナのフリー・ジャーナリストにだって、ビザをバラ撒いとるのに、である。

それなのに！　この宮嶋にはナシのつぶてなのである。自慢ではないが、私はリッター四キロも走らんベンツを年間一万キロ以上転がしているガソリンの大消費者、アラブ産油国の大得意様である。いったい、どういうつもりなのであろうか。

思い当たることは……、ある。「アラブ人、アブラなければアブラ虫」なんてイチビッたことを拙著に書きまくってきた。それを調べ上げたとしか思えん仕打ちである。

それにしても、東京で五ヵ月待ってダメなもんが、このアンマンで出るであろうか。普通に考えればダメである。とするとヒドイことになる。ここに来るだけで五〇万円以上のゼニを使ってしまっているのである。傷口を広げないうちに別の切り口でこの壮大な歴史のうねりを取材すべきかもしれん——。

かすかな幸福感を覚えた朝食の皿はすぐに空になり、私の食欲も急速に萎《しぼ》んだ。腹が膨れても、行くべきところは一つしか思い浮かばない。このときから私のイラク大使館詣でが始まったのであった。

「またかぁ〜」と溜息を吐《つ》いたアンタ、『儂は舞い降りた』(アフガン従軍記上　祥伝社刊)を読んでくれてありがとう。しかし「また」なのである。あの本では上巻が終わってもまだ戦地に辿り着かず、気の短い読者から「あんまりじゃないか!」とお叱りを受けた。故《ゆえ》に今回は手短かに——というわけにはいかん。

そのようなことを言うヤカラは戦場取材っちゅうもんがわかっとらんのである。私のようなバッタ・カメラマンは、その現場に「行く」ことに最も苦労する。そして「行く」ことの中で最も大きなウェイトを占めているのがビザの取得なのである。

代書屋

　インコンからイラク大使館まで一本道、徒歩五分。砂漠のくせして標高が高いので、けっこう肌寒い。大使館はすぐに見つかった。完全武装のヨルダン兵数名が警備に立っているが、すさまじい人混みである。

　これだけのアラブ人がいったいどこから湧いて出たのかと思うくらいである。ビザ待ちの広間に至ってはスシ詰め状態。どこに窓口があるのかすらわからん。もうすぐ空爆が始まるであろうイラクに、なんでこんなに多くの人間が入国したがっているのであろう。

「エエイ！　ママヨ！」と私はその人間の海の中に飛び込んだ。掻き分けて行けば窓口に辿り着けると思ったのである。しかし……、所詮、文明国に生まれ、二〇年以上を東京で生活してソフィスケイトされてしまった私である。筋金入りのアラブの、しかも生活のかかった連中に敵《かな》うわけもない。一分も経たずに、まるでマンガのように人民の海から放り出されるのであった。

　唖然としつつも気を取り直し、周囲を見回すと、なんや、大使館の領事部の向かい側にパラソルを広げている連中が目に入った。ひょっとして……、あれは万国共通の……、代書屋とかいう人間のクズどもではあるまいか？

よぉーく観察してみると、パラソルの下にひっきりなしに男女が訪れている。主《あるじ》らしき男は折りたたみ机の上でしきりにペンを走らせている。もはや間違いない。ちょいと手続きの知識があるとか、要領を知っているというだけで、無知な人民から搾取《さくしゅ》する最低の職業、人間のクズ、代書屋である。

しかし……、背に腹はかえられん。この際、ゼニで済むなら何でもエエ。私は早速、道路を渡って代書屋のパラソルを訪ねたのであった。

パラソルの下のニィちゃんはてんてこ舞いしていた。書類に右から左に（アラビア語は右から左、イスラエルのヘブライ語も同じ）ペンを走らせ、のたうちまわるミミズのような文字を記入し、顔写真をチョキチョキしていた。

「よお！　イラクのビザ、欲しいんやけど……」

私は代書屋のニィちゃんの手が止まったところで声をかけた。

「…………」

怪訝《けげん》な顔をして私を見上げている。

「やっぱ英語アカンか？　ビザや！　ビザのアプリケーション・フォーム（申請書）！」

私はテーブルの上にある書類を指差した。

「エンバシー（大使館）」

ニィちゃんは目の前の領事部を指差して一言だけ答えた。

「わかっとるわい！　やり方がようわからんから頼んどるんや！」

私は財布を取り出すフリだけした。

「ナンボ払たらやってくれんや！」

「ノー、ノー、エンバシー」

アラブはイスラエルに勝てん

私は夢遊病者のように再び大使館の人混みを掻き分けていった。熱気と体臭が充満する待合室の一角に白人の集団がいる。しかも恰好《カッコ》からして同業者！

こりゃあ、お近づきにならなイカン。荒れ狂う嵐の海を救命ボートに向かって泳ぐ遭難者のように、私はアラブ人の波を掻き分け、進んでいった。

白人のグループは窓口のガラスを挟んで職員と丁丁発止とやりあっていた。そして諦めたかのように窓口から離れてきた。

「ビザでっしゃろ？　どないでした？」

名乗る前にいきなり用件を切り出す。しかし、白人のニィちゃんは両手を広げるだけであった。どうせ書類に不備でもあったのであろう。こんなこともあろうかと、私は手元のブリーフケースにはあらゆる種類の書類、あらゆるサイズの顔写真が取り揃えてある。窓口の奥に消えようとしているチンチクリンの職員を大声で呼び止めた。

「ビザのアプリケーション・フォーム（申請書）が欲しいのですが……」

「ジャーナリストなのか？」

「そうです！」

「表通りに面した窓口に回るのだ！」

それだけ言い残して、チンチクリンは奥に消えてしまった。なんや、アラブ人以外の外国人は特別扱いなのか？　それやったらそうと、ちゃんと言ってくれればエエのに……。

私は言われたように表通りに回った。おっ、確かに警備の兵隊の詰め所の隣に厳重そうなドアがある。内側から見渡せるように窓もしっかり開いている。

窓の奥で目を光らせているオッサンに日本の旅券を示しながら「ビザ？」と尋ねてみる。直後、ジィーという電子音がし、厳重なドアのロックが解除された。「よっしゃあ！第一関門突破！」と私は大使館内に躍り込んだのであった。

どうやら、こっちはＶＩＰ用あるいは外国人用の窓口らしい。二〇畳ほどの待合室に椅子があり、同業者風の白人がドッカと腰を下ろしている。東洋人もいる。全部で二〇人くらいである。職員に指示されて入口脇のキンタン（金属探知器）を潜る。ブザーが鳴ったのでポケットから携帯を出して示すとボディ・チェックもしない。アホである。これだから、アラブはいつまで経ってもイスラエルに勝てんのである。

土方になれても

待合室の空気は澱《よど》んでいた。白人にも東洋人にも動きがない。キンタンの横で表通りにガンを飛ばす職員は、ブザーが鳴ると窓から顔を確認し、開錠する。中に入ってきた連中はキンタンを潜《くぐ》って周囲のベンチに腰を下ろす。まったく私と同じ手順で入ってきて、何もせずに座る。何かをジィーッと待っている様子である。

ほとんどが同業者。彼らがガンを飛ばしているのは、奥のガラス戸の向こうである。ガラス戸の傍《そば》に机と椅子が一組。その椅子に座っている職員のところに奥のガラス戸の向こうからひっきりなしに怪しげな男たちがやってくる。入れ替わり立ち替わり、やってきてはボソボソ、ゴソゴソ。身なりは地味な安物スーツにネクタイ、みんなヒゲ面である。

バタン！　ガラス戸が勢いよく開いて、一人のオッサンが顔を出した。途端に同業者たちのケツが浮く。殺到というほどではないが、そのオッサンの周りに人の輪ができた。どうやら、あのオッサンがビザのキーパーソンらしい。

同業者たちはオッサンが手にしているリストような書類の束を覗き込もうとし、制止されている。私も人の輪に加わってみた。

「フィッチ　エイジェンシー（どこの社）？」

「ＢＢＣ！」

「ノー！」

社名を聞くごとに、オッサンはリストに目を落とし、宣告していく。

「ワシントン・ポスト！」

「午後、また来るのだ」

返事はその二つしかなかった。同業者が次々と輪から離れていき、とうとう私一人が残された。そして次の瞬間、ヒゲ面のオッサンとガンが合った。

「どこの社だ？」

「ブンゲイシュ……」

「ノー」

オッサンは終わりまで聞くどころか、リストに目を落とすことさえなく、いともアッサリ答えた。しかし、わかった……。ビザの申請はここで間違いない。あのオッサンが手にしていた書類は本国バグダッドからの招聘《しょうへい》許可のリストなのである。

私もアホではない。この五ヵ月間、何も考えずにボォーっと東京で待っていたわけではない。なぜ人間の盾や大手メディアのジャーナリストにビザが出て、私にはナシのつぶてやったか？　調べましたがな、ちゃんと。

我々報道関係者のビザを許可する、つまり、本国の受入れ先となるのはバグダッドの情報省である。これは私も朝日新聞もＮＨＫも同じである。ところが、大手メディアは、その中東支局が各中東諸国のイラク大使館、もしくは直接、バグダッドの情報省に働きかけていたのである。だから、私もアンマンに行けばなんとかなると考えたのである。

それから、反戦平和団体はっちゅうと、こちらは受入れ先がイラクの平和団体。そしてイラク取材の豊富な親アラブのジャーナリストは、バグダッドの各メディアやイラク写真家協会などを保証団体にしていたのである。人間の盾に至ってはほとんど無審査、無制限という噂であった。

ホンナラ、宮嶋も人間の盾を志願してビザを取得すればエエやないか——と言ったアンタ！　はっきり言ってアンタは正しい。

これまで、私は幾度も身分を偽《いつわ》ってきた。ある時は貿易商、ある時は土方、はたまたある時は大学教授……。故に、この際、人間の盾でも屑でもかまわんではないか——。そのような考えが一瞬、私の頭にも浮かんだことを否定するものではない。

しかし、人間の盾だけは嫌である。土方に扮《ふん》することはできても左巻きに扮することはできん。私は、歌や踊りやシュプレヒコールで世界が平和になると信じていらっしゃるオメデタイ方たちとは考えを異にする。そのような方たちに「ワシも混ぜて❤」と頭を下げるなんて、魂を売り渡すようなもんではないか。

したがって！　取材ビザにこだわりつづけ、五ヵ月間も待ちぼうけを食い、こんなザマになっている私を、読者は嗤《わら》ってはならんのである。

だが、私がそのようにイチビッている間に、アメリカはクウェートに派兵を続け、今やイラク周辺に二〇万人以上の兵力を展開し、いざ開戦！　という状態になってしまったのである。

私のビザ申請書のファックスは、バグダッドの情報省の対アジア局かなんかの机で、書類の山に埋もれ、埃まみれになり、そしてある日、掃除のババアの箒によってゴミ箱行きになってしまったに違いないのである。

それでも、私はオメデタイことに「何とかなるやろ」とタカを括《くく》っていた。イラクは必ずジャーナリストをバグダッドに入れたがるハズなのである。米軍による誤爆を報道させるために。コソボでもそうであったではないか――。

しかし、このアンマンにそんな気配はない。ちょっと考えが甘かったか。さあ……、どないしよ――。サイは投げられ、ビザなしでアンマンである。三月十五日、風雲急を告げる開戦五日前、不肖・宮嶋の〈アンマンで悶々〉が始まるのであった。

従軍取材に乗り遅れた

見切り発車とはいえ、アンマンとはとんでもない所に来てしまったもんである。こういう時はジィーッと状況が変わるのを待って……、なんて考えるヤツは報道カメラマンになってはイカン。公務員にでもなれ。

もし開戦となれば、どこにいるのが一番おいしいか？　大メディアと違い、フットワークが命のフリーカメラマンはまずそれを考える。一番おいしいのは当然バグダッドである。ともかくあの戦力差である。いくら地元でもイラク軍は雪崩れ込む米軍を防ぐことはできん。その米軍が目指すのは首都バグダット以外にないのである。つまりバグダッドにおれば、アメリカさんがやって来て、ゼニになる絵を作ってくれる。それまでホテルでのんびりしとればエエのである。障害はイラク入国のビザだけ……。

次においしいのはどこか？　ここからが本題です。さあ、皆さんも私の立場になって一緒に考えましょう。

アンマンに留まって、押し寄せてくるイラク難民をヨルダン国境の難民キャンプで取材……、なんて考えたアナタ！　もっと勉強して朝日新聞の入社試験にでも臨んでください。そんな写真はフリーカメラマンが撮ってもワン・オブ・ゼムです。その価値は限りなくゼロに近い。フリーはオンリーワンっちゅうのを狙わんとゼニにならんのです。つまりヨルダンに留まることだけは絶対に避けけんとイカン。

さて、バグダッドの次においしい絵はどこで撮れるか？　それはズバリ！　米軍への従軍である。第一次湾岸戦争において、米軍は完全にメディアをコントロールした。そのため、テレビは米軍のシュワルツコフが垂れ流すピンポイント・ハイテク兵器の映像とCNNのピーター・アーネットによるバグダッドからのライブ音声だけという、実にけったいな戦争報道となった。

　メディアがブーたれ、米政府への風当たりが強くなったのは言うまでもない。ちなみに当時の大統領はブッシュの親父、統合参謀本部議長（つまり陸・海・空・海兵、全米軍の制服トップ）はパウエルであった。

　この反省のためか、今回、息子ブッシュは、地上部隊への従軍も含め、大々的に取材を認めたのである。今回（2001・9・11以後）、我が国はイージス艦をインド洋に派遣している。ゼニだけではなく、汗を流しているのである。となれば、日本のメディアもそう肩身の狭い思いはしないであろう。しかも、世界最強の米軍と一緒なら、バグダッドで空爆に脅えつつ取材するより、はるかに安全確実である——。

　ただし、このおいしい話にもマズイところはある。どの部隊に従軍するか、抽選なのである。バグダッドに一番乗りを目指す部隊もあろうが、その後方には何倍もの支援部隊がいるのである。兵站《へいたん》は軍事の要諦《ようてい》ではあるが、カメラマンにとってはスカ。毎日、物資を積んだトラックを撮っても、まったくゼニにはならんのである。

　それでも、抽選に参加したら義務が発生する。腐っても、大義がなくても、これはミリタリー・オペレーションであり、そこに民間人が割り込むのである。その部隊が補給担当《ロジ》だとわかっても、途中で「やっぱやめた」とは言えん。そして、当然、報道の自由なんぞない。厳しい規制下に置かれるのである。だが、それでも、米軍への従軍取材は魅力的である。この大オペレーションの一端を確実に取材できるんやから――。

ホンナラ、宮嶋も従軍したらエエやないかと言うアンタ、はっきり言ってアンタは正しい。できることなら、私もそうしたかった。

しかし……、私がそれを耳にした時点で、フリーにとってはジ・エンドも同然であった。アッと気付いた時にはワシントンでの受付は終了。それでも現地司令部で申し込んだらエエわいとタカを括っていたら、クウェートのビザを東京で取得するのは非常に困難で時間もかかる、というより、そのやり方すら、ようわからんのである。かくして、その期限も終了。私が行動を起こした時には、すでに抽選も終わり、世界のメディアが従軍する部隊が決まったあとであった。

それでも、まだ可能性がゼロになったわけではない。湾岸諸国に張り巡らせた私の情報網にもチラホラおいしい話が飛び込んできているのである。それは、すでに決まった従軍取材以外に、短期の、長くても三日間くらいの米軍前線視察プレス・ツアーを不定期ながら実施しているというのである。ただし、クウェート国内だけ、しかも短期で不定期やというが……。

ビザなしで入国する方法

クウェートに入るべきであろうか。視察ツアーだけでなく、開戦前にクウェートにおるメリットはきわめて大きい。最大のメリットは……、さあ、これからカメラマンになろうとする不届きな輩《やから》はオノレの頭で真剣に考えるように。

クウェート国内の短期のショボいプレス・ツアーしかない町でも、従軍記者にはない、とんでもないおいしいネタが転がっているのである。わからんか？　無理もない……。シロート衆にはチョイとむずかしかったか？

クウェート国内だけの短期ツアーなんて、そんなもん、開戦前の建前だけとちゃうか？イザ開戦となったら、クウェート・イラク国境に集結している米軍地上部隊は怒濤のごとくイラクに突入する。それは間違いない。もちろん、抽選に当たった従軍記者ともどもである。

イラク軍と米軍の戦力差は歴然である。いくらイラクの共和国防衛隊や大統領親衛隊が精強でも、都市部のゲリラ戦で多少の戦果を挙げるのが関の山であろう。

戦闘は米軍のワンサイド勝ちになる。たちまちイラク国土の九〇パーセント以上は米軍の制空権下となるであろう。同時に戦車を核とした機動部隊が雪崩を打って進軍していくハズである。さしたる抵抗も受けずに……。

次々とクウェート・イラク国境を越えていく米英軍、それに引っ付いていく従軍記者たち。この時、当然のこと、誰もイラクの入国ビザなんぞ持ってはいない。どこの世界に、これからブチのめしに行く国のビザを用意する軍隊があろうか。これから始まるのは戦争なのである。戦争にはパスポートもビザも要らんのである。

さあ、わかってきたか？　開戦と同時に崩壊するイラク・クウェート国境、そこにいれば、ドサクサに紛れてイラク入りできる。若干の勇気と根性さえあれば――。これがクウェートに滞在する最大のメリットなのである。

米軍の越境後、イラクのボーダーの入国管理システムは崩壊してしまうのである。米軍に越境しようとする我々を止める権利なんぞあるハズもない。繰り返すが、越境した米軍兵士、従軍記者は誰一人としてパスポートもビザも要らんのである。

だから、開戦後のドサクサにクウェート国境からのバスラ（イラク南部）入りを狙うという手がある。下手したら、南から制圧していく米軍をゴボウ抜きにしてしまうかもしれん。これはかなりアブナイ橋やが、バグダッドに先乗りすることだってできるやもしれん。とにかく前線の近くにおるということは、そういうチャンスに恵まれる可能性が高くなるということである。

うーん……、どないしょ？

バグダッドに見切りをつけ、クウェートに向かったほうが賢いのであろうか？

クウェートのビザは、東京よりアンマンのほうが出やすいハズである。東京のクウェート大使館で尋ねたら限りなく複雑怪奇であったが、ここアンマンで私が聞いたところによると、なんやドバイ形式やという。

クウェートは小さな都市国家なので、クウェート・シティに点在する豪華ホテル（ハイアットとかシェラトン）の宿泊を予約し、その予約確認書を入管に、ホテル側もしくは先乗りしている知合いか誰かに提出しておいてもらえばＯＫやというのである。東京とは雲泥の差のスカみたいな手続きである。

しかし……、不安なこともある。クウェートはサウジアラビアと並び、酒がシャレにならん国である。従軍している連中もクウェート滞在中は一滴も口にできないという。

うーん……、ここアンマンでショボい写真を撮りながら、イラク入りのチャンスを狙うのが賢いのか……。それともクウェートで一発逆転を狙うか……。

不肖・宮嶋、ギラつく太陽の下で一人、思案に暮れるのであった。

出はじめた小便は止まらない

午後も他に行くアテのない私は、イラク大使館の特別待合室に出かけていき、同業者の動向を探ったが、何の収穫もなかった。

夜、インコン一階のバーは同業者の吐き出すタバコの煙と下品なジョークとアムステルのビールの匂いが充満していた。ここじゃあ、堂々とウォッカが呷《あお》れる。しかも深夜まで。バーに備え付けのテレビからBBCの国際ニュースが流れ続けているが、誰も注意を払おうとしない。皆、内容なんぞ、先刻承知なのであろう。

インコンは時ならぬ金払いのいい客たちの殺到でホクホクであろう。酔うにつれ、態度と声がでかくなるアメリカ人同業者がカラみだしても、バーテンたちはニコニコ顔を返すだけである。

BBCは、ニューヨークの国連本部での多数派工作（米英VS露仏）、その経過と安保理メンバー国の葛藤を放送し続けていた。

この安保理がアメリカの暴走を止める最後の砦である。しかし、ブッシュは安保理の決議いかんにかかわらず、イラクに武力行使する、つまり、攻め込んでフセイン一族をブチ殺すとコキ出している。国連の権威なんぞ、世界唯一の超大国アメリカにとって屁でもないと、堂々とコイているのである。

いつ戦争が始まるのか、世界広しといえども、ブッシュとその側近しか知らんであろう。本当に戦争が起こるのであろうか。周辺国に大軍をチラつかせ、フセインにキャンと言わせようとしているだけではなかろうか？

しかし、アメリカがズルズル開戦を延ばし、ヤラなかった歴史的事例を私は知らない。すでに二〇万人とも三〇万人とも言われる米軍部隊が展開しているである。それだけの部隊の食糧、武器、弾薬、宿泊施設のロジだけで、一日数万どころか、数億ドルが飛んでいくのである。

そして、ここまでやっておきながら、一発も撃たず部隊を帰したら、ブッシュは再選がなくなるどころか、腰抜け大統領としてアメリカの歴史教科書に名が残ってしまうのである。親子で湾岸に関わったブッシュとしては、一度振り上げた拳は振り下ろさな、カッコがつかんであろう。

昭和十六年十二月、真珠湾攻撃に向かう帝国海軍機動部隊指揮官たちは、連合艦隊司令長官・山本五十六から「もし米英との外交和平交渉が進展した際には攻撃せずに帰ってこい」という命令を受けていた。今回と同じような状況である。

しかし、血気盛んな帝国海軍の指揮官たちは、この命令を「一度出はじめた小便を止めるようなことはできない。第一、志気にかかわる」と鼻で笑ったという（阿川弘之著『山本五十六』新潮文庫を参照されたい）。

今、アメリカはそんな段階をも超えてしまっている。そして、フセイン親子が尻尾を巻いてイラクから逃げ出すなんて可能性もまったくないのである。そしたら、やっぱ、やるしかないのであろう。

イラクの国土は大部分が砂漠である。四月五月になれば気温は四〇度、日によっては五〇度に達するという。しかもハムシーン（砂嵐）がやってくるのである。

イランのアメリカ大使館人質事件で、アメリカは大使館員救出のため、砂漠に特殊部隊を送り込んだが、折からの砂嵐でヘリが事故を起こし、部隊は全滅してしまった。そういう苦い経験もしているのである。

もし、今を逃せば、砂嵐の季節になってしまう。米兵は砂漠で砂嵐にまみれて、とても戦争どころではなくなる。ガス・マスクに防護服なんて着用したら、たちまち脱水症状であろう。それじゃあ、あと半年か一年、チャンスを待つかといったら、そんなもんムリである。二〇万からの米兵を一年間も外国で遊ばせたら、どんだけゼニがかかるかわからんではないか。

アメリカのタイム・リミットは三月中旬と言われている。そして、今日は三月十五日なのである。早く動きださねば、とわかってはいるものの、身動きが取れん――。

人権派カメラマン

開けて十六日、昨夜の深酒も、勤勉な私の早起きを妨げなかった。落ち着いて酔えないほどイライラしているのである。朝食の白メシと薄い味噌汁とシャケの切り身もどきと目玉焼きだけが、わずかに私を癒してくれる。

今、このインコンには少なからぬ日本人がいる。最上階のスウィートに陣取るテレ朝はエンジニアも含めてごっそりやし、そのすぐ真ん前が日テレ。NHKも堂々とプラカードを掲げている。新聞も同様である。新聞、テレビの皆様は、アンマンでもやることは山ほどある。毎日、何回も締切りと中継がある彼らにとって、反戦運動の取材や中継は重要な仕事なのである。

しかし、フリーの私にとって、そんなもんは砂漠の砂ほどの価値もない。新聞社のカメラマンと同じ写真を撮っていたら一銭にもならんのである。万一、これから始まる戦闘をここ隣国ヨルダンで眺めるハメになったら、全仕事パー。使える写真が一枚も撮れないまま尻尾を巻いて帰国することになるのである。

チラチラ、ガンを飛ばしてくるヤツがいる。この時間に昨日もいた手持ち無沙汰げな二人連れの日本人。朝メシを食いながら、二度目にガンが合った時、一人がおずおずと腰を上げた。

「あのお……、覚えていらっしゃらないかもしれませんが……」

私のテーブルに寄ってきた黒い顔にはもちろん記憶がある。

「いいえ！　ゴラン高原ＰＫＯのダマスカス以来（新潮社刊『国境なき取材団』を参照されたい）じゃないですか？　トヨダさん！」

面識はあるが、友人ではない。初対面以来、名前だけは注意して雑誌に目を通してきた。パレスチナ問題などを積極的に取材されている中東ベースの人権派カメラマン豊田直巳氏である。

「いつイラクに入られるのですか?」

当然の質問であろう。

「いやあ、ビザにてこずっておりまして……」

私は発狂しそうなイライラをオクビにも出さずシレーと答えた。もう一人、昨日から豊田氏と一緒の人物には見覚えがなかった。この方は、私とガンが合うと軽く会釈をしただけ。

「そうですか。こちらもですよ……」

ウン? 豊田カメラマンもビザで苦労? そんなハズはないやろ……。その仕事振りは私も知っている。アホの一つ覚えのようにパレスチナ通い。イラクでは劣化ウラン弾被曝問題取材。フセイン政権の覚えめでたいハズの方である。事あるごとに「アラブ人、アブラなければアブラ虫」などと書いてきた私とは違い、即日、ビザが出てもおかしくない方である。

事実、出発前、テレ朝からインマル(インマルサット=衛星電話)を借りる時、私は豊田カメラマンも売込みに現われたという噂を耳にしていた。もちろん、手ぶらで売込みができるほどフリーの世界は甘くない。まして人権派という理由でゼニが出るなんて、もっとあり得ん話である。

豊田カメラマンの売りはもちろんビザであった。彼のような人権派でイラク写真家協会にコネがあれば、簡単にビザが手に入るという噂であった。イラク写真家協会が真っ当な団体なら、日本写真家協会の会員である私にも、同じ「写真家協会」のよしみでチャンスはあるかもしれんが、どう考えてもマトモな団体のワケがない。

いずれにせよ、そんなバリバリの中東通の人権派カメラマンが、この期《ご》に及んでビザ待ちをしているとはとても思えんのやが……。

しかし、昨日からこのロビーをウロウロしているところを見ると、あながちウソでもなさそうである。う～ん、どうも解せん。ここは膝を交えてジックリお話を伺いたいところだが、一度お会いしたことがあるだけ、しかも反戦平和絶対主義の方なのである。

それに、もう一人のオッサンが近付いてもこないのもおかしい……。ありゃあ、お目付役か何かやろか？　普通、不肖・宮嶋クラスのフリーですら、飛ばされるときは一人である。豊田カメラマンがフリーの記者とツルむとは考えられんし、仕事をもらった出版社の社員編集者とはもっと考えられん。お互い食事中のことでもあり、短い挨拶だけで済ませ、箸ならぬフォークとナイフを動かす作業に戻った。

メシを食い終わっても行く所はなかった。いや、あるのやが、そこへ行っても事態に進展があるとは思えんのである……。

インコンから徒歩五分のイラク大使館は、朝も早よから、どこから湧いて出たのか、大量のアラブ人でごった返していた。大使館の敷地内におっ立ったポールに翩翻《へんぽん》と翻るイラク国旗が恨めしい。また今日は一段と勢いがいいではないか。アンマンの町中でこの風だと砂漠は砂嵐の真っ只中であろう。

領事部の隣のＶＩＰルームみたいな大広間にも、白人、アラブ人が頻繁に出入りしているが、ビザがシステマチックに発給されている様子は皆無であった。いったい皆はどうやってビザを取得しているのであろう。昨日から偵察し続けても、さっぱりわからん。

こりゃあ……、腕っこきの通訳でも雇い上げてバリバリ働かさんと、どうにも動きようがない。それはわかっとるのやが、そんなスゴ腕はとっくに欧米のメジャー、日本の大新聞、大テレビ局の唾が付いとるハズである。

イカン、イカン！　ここＶＩＰホールでさえ、ビザを発給しとる形跡がないのである。

アンマンでダメなら、東京や……。ひょっとして東京のイラク大使館で、すでにビザが出とるかも……。んなわけないか。

フルアサインメント

ドイツで買ったケータイに電話がかかるのは、もちろん編集部からではなく、すでにバグダッドやクウェート、また日本に不本意ながら残っている同業の戦友たちからであった。

根性なしの代名詞ポンタイ（日本大使館）職員にそろそろバグダッド退避命令が出されるであろうこと。クウェートの米軍前線司令部では、従軍の最終締切りがまだあと一つ残っており、それは空母「キティホーク」への乗艦だという。

冗談やない。たしかにキティはイラク空爆への攻撃機、戦闘機の最前線基地である。しかし、カメラマンが撮れるのは、それらの発着艦シーンと爆弾やミサイルの搭載シーン、もしくは上陸する海兵隊員たちの緊張した表情、それで全部である。

最もムカつくニュースはビザについてであった。なんと取材ビザは一切出ていないとコイていた東京のイラク大使館が、バグダッドでの反戦反米運動のための自称市民団体の皆様にビザを乱発しており、外務省の渡航自粛勧告なんてカエルの面《ツラ》に小便とばかり、メンバーが次々と中東に出発しているというのである。

これは、本当にやり方を間違ったのかもしれん。東京でジィーッと辛抱強く待ち、やりたくはないが「人間の盾」と称する左巻き連中に混じってバグダッド入りするほうが、はるかに簡単やったのではなかろうか？

しかし……、左巻きに化けるのだけは……。いや、そんな意地張って、肝心のバグダッド入りの機会を逃すほうがアホではなかろうか。

何か、何か、手はないであろうか……？　溺れる宮嶋、藁をも摑んでしまうのか？

今、バグダッドにいる連中はどうやってビザを取ったのであろうか？

まずは、私の先を越してバグダッド入りした村田カメラマン。これは取材ビザである。週刊文春編集部のなーんもわかっとらん女性編集者が、イラクのビザを持っている中東通のカメラマンということで、フルアサインメントを出した。東京でビザが取れず、思案投げ首の不肖・宮嶋にサッサと見切りを付けて、である。

そしてアフガンの戦友、共同通信の原田カメラマンとモスクワ支局の有田記者。いくら共同の特殊部隊と言われる二人でも、イラクに密入国はあり得ない。有田記者はずーっと前からアンマンかモスクワで取材ビザを申請し、やっとこさ取ったハズである。原田カメラマンは、私と同じ時期に東京で申請し、去年（二〇〇二年）の暮れにビザを受け取っている。それは私自身が大使館で確認した。

そして、これまたアフガンの戦友、綿井健陽氏である。これがわからん。どうやってビザを入手したのか……。綿井氏は一応、アジア・プレスという事務所の所属だが、それはフリー記者やカメラマンの寄り合い所帯みたいなもんである。つまり綿井氏は実質的にはフリーである。テレビ局や新聞の支援もある程度は受けているものの、それは私と同じレベルであろう。

その綿井氏がここアンマンで私と同じように悶々としていたのは、すでに私の耳に入っている。しかし、三日前にバグダッド入りしている。ということは、ここでビザを取ったと考えて間違いなさそうである。いったいどうやったんや？　ひょっとして突破口はここにあるやもしれん。バグダッドにいる綿井氏に連絡の取りようもないが……。

手段は選らんどれんというたって……、もしかしたら……、私が前の湾岸戦争で使った手、巡礼ビザかもしれん。イスラム教に改宗して……。あ、あかん。イラクにはバビロンの遺跡はあってもメッカはない。

観光かぁ！　観光ビザとちゃうやろか？　しかし……、これから戦争が始まるっちゅう国にノコノコ観光に出かけるアホが……、おるんや、現に今ここに！　そうや、大使館の窓口で「ジャーナリストか？」と聞かれ、つい「そうや」と答えてＶＩＰホールで待たされ、そこから袋小路に入り込んだのである。私は入口を間違えただけなのである。

ちょいとシラジラしぃが、もう一回大使館や！　大使館でアホのフリして「バビロンの遺跡に観光に行くんですぅ」とイテこまそう。左巻きのフリはできんが、アホのフリならできる！　私は再び大使館にダッシュした。

一〇分後、また途方に暮れた。領事部の一般窓口はすでに閉まっており、午前中、あれほどおったジモピー（地元ピーブルの業界用語）らしきアラブ人が一人もおらんのである。

あかん……、裏喰い虫、再びか……。

あのアフガン取材でのドシャンベの悪夢（祥伝社刊『儂は舞い降りた』を参照されたい）が甦る。あの時は、綿井氏も原田カメラマンも有田記者も裏喰い虫になりかけていたが、今、ここアンマンでは私一人である。三人とも、もうバグダッドでやりたい放題であろう。

よっしゃあ！　明日からは観光でトライや！　ちょいと元気が出てきたやないか。

夕方、も一つグッドなニュースが飛び込んできた。東京からやってきたテレ朝社会部の山野記者からである。すでにビザがあるのに、この時期は危険だからとバグダッド入りを躊躇《ためら》っているNGOの日本人メンバーがいるというのである。

なんで、それがグッドかて？　簡単やないか――。

もし、そのNGOの日本人メンバーが行かないのなら、代わりに私が行き、ちょいと用事を済ませてあげて、そのあとはこっちの本職に復帰するのである。

その方が手に入れたビザを私がもらえばエエ。なあに、この時期にビザが出た方である。フセイン政権、イラク大使館の覚えめでたい方に違いない。「ハラが痛くなったから、代理に不肖・宮嶋を行かせる」と言えば、すぐに認めてくれるであろう。

しかも、その用事っちゅうのはバグダッドに医療品とガキどもの描いた絵を届けるだけだというではないか。そんなもん、一日で済む。あとはこのオメデタイNGOの方々をいかに丸め込むかである。

幸い、テレ朝の山野記者は、このメンバーたちと取材がてら食事する予定があるという。そのとき偶然を装ってなだれこみ、ナアナアで話をまとめてしまえばエエ。ここまで来ておいてバグダッド入りを躊躇うビビリのNGOなんぞ、赤子の手を捻るようなもんであろう。

悶々としつつも、視界の隅にわずかな光を捉えた不肖・宮嶋であった。

2 裏切りの町

——信じる者は捨てられる

人権派の豊田氏（右）とその相棒・清水氏

なんでワシだけ……

翌十七日も、朝も早よから大使館通いであった。ただし、今日はツーリストとしてである。しかし、受付で私が外国人（アラブ人以外）だとわかると無条件でVIPホールに回るように言われ、あとは取り付くシマもない。

それもそうか……。うなだれて大使館をあとにするほど、不肖・宮嶋も甘ちゃんではない。大使館横のスナック・スタンドのベンチでケバブなんぞを頬張りながら鋭くガンを飛ばし、どんなヤツがどんなやり方で大使館に日参しているのか、観察したのであった。

そもそもビザには付物のアプリケーション・フォーム（申請書）すら見当たらんのである。申請書がない、すなわち永久に申し込めない。アンド、永久にビザが手に入らんということであろうか？

東京の大使館でもレター（推薦状）と日程表だけは手渡した。しかし、申請書はバグダッドから返事が来てからの一点張りで、とうとう書かせてもらえなかった。それやったら、今からもう一回、レターをアンマンの大使館に手渡そうにも、いっつも一時間に一回出てくるオッサンは「ビザの受付はもはやしていないのだ」と受け取りもせんのである。

そもそも、私が東京で提出した書類はいったい、今どこにあるのか？　もちろん、このご時勢である。大使館が郵便でレターをバグダッドに送っているわけではあるまい。FAXであろう。そしたら、バグダッドの情報省のFAXはどないなっとるのであろう。私のレターが順番待ちで五ヵ月もきちんと整理されているとは思えん。相手はアラブ人である。よくて情報省の窓際でホコリを被っている。順当ならゴミ箱かシュレッダーにかけられたであろう。

皮肉なもんである。テレ朝の支局にはイラクのビザを持つ記者がゴロゴロいる。もちろん、有効な報道ビザである。なのに、業務命令で、そのビザを行使することができない。つまり、ビザはあっても行けないのである。

霞《かすみ》クラブ（外務省の記者クラブ、ほとんどの新聞・テレビは加盟している）を通じて「絶対に行くな」とふっとい釘を刺され、各社、抜け駆けなしで、ヤバイから逃げるという消極論に落ち着いたのであろう。そして、社員である限り、東京の命令には従わざるを得んのである。

どっちが残酷であろうか。ビザがあるのに、社命により行けない新聞・テレビの記者、そして、行ける態勢なのに、ビザがない不肖・宮嶋。

カメラマン生活二〇余年のカン

午後、大使館でのハリコミに疲れ、インコン一階のコーヒー・ショップでトルコ・コーヒーを啜《すす》っている時であった。私のテーブルの向かいの椅子に、何の断りもなく一人の細身のアラブ人がドッカと腰をおろした。

「ちょっと話していいか？」

流暢な英語である。

「ああ……」

私はコーヒーカップから唇を離した。

「日本人か？」

「そうや。それが何か？」

「通訳は必要ないか？」

この地にあまた湧いて出た、怪しげなアラブ人通訳と称するヤツである。ここアンマンもドシャンベやジャボルサラジ（拙著『儂は舞い降りた』を参照されたい）と同じである。しかし、出遅れたと思っていたら、この期《ご》に及んでまだ通訳が残っとったんかいな？　しかもマトモな英語をしゃべるヤツが。まぁ、どうせロクなもんやない。

「いや、当面、通訳してもらいたくても取材対象がないからのぉ……」

「おれはニホンケイザイシンブンの仕事をしていた者だ。記者が帰国しちまって、ちょうど次の仕事を探している……」

そうか、日経はこんなオイシイ時期にバグダッドから引き上げて、そのまま帰ってしまったんかいな。

「邪魔して悪かった……」

「待ってくれ」

席を立とうとした男を押し止めたのはカメラマン生活二〇余年のカンであった。

「なんだ？　仕事の邪魔じゃないのか？」

「いや、仕事はここではしないが、ビザの情報がほしい。もちろんイラクの」

「それで？」

「ビザの情報を持ってきてくれれば、明日からでも仕事を頼みたい」

「お安いご用だ。俺はファドだ。ここアンマンに住んでいる」

「ワシはミヤジマや。このホテルに滞在している」

「いつ、どこで、次、会える？」

「明日の朝、部屋まで電話をくれ」

「わかった……」

　これがファドと私の運命の出会いであった。今、私が東京でこの原稿書けるのも、すべてこの男と会ったことから始まる。しかし、この時のファドは、ただの怪しいアラブ人であった。

　その日の夜、ニュースで外務省がバグダッドの日本大使館職員に脱出を命令し、国連査察団も脱出の準備に入ったことを知らされた。いよいよ風雲急を告げてきた。

　共同通信も脱出するという。原田、有田といえば「共同の特殊部隊」「陥落・解放コンビ」といわれるスゴ腕である。当然、この戦争でも米軍によるバグダッド解放（占領）まで居付き、その「解放取材レコード」を塗り替えるもんだと思っていたのやが……。

　脱出してくるのは共同だけではなかった。あのスカイ・ニュースもフォックス・テレビもバグダッドを引き払うという話である。皆様の受信料で運営されているNHKなんか、ハナから逃げ出す算段であったらしい。まあ、皆様のNHKは当然として、フォックスやスカイというバリバリまで逃げ出してくるとは……。こりゃあ、米英の極秘軍事情報か何かで、本当にバグダッド近郊に化学兵器があると伝わっているのかもしれん。

イカン、イカン！　化学兵器があろうがなかろうが、メジャーの正規軍がいないからこそ、われらフリーの狩場である。豊富な漁場である。ひょっとして、こんなチャンス、ユーゴ空爆以来ではないか。アフガンでは朝日新聞までいたが、今回はバグダッドの日本人社員記者、カメラマンがゼロになるのである。早く行きたい！　社員の方々がアンマンでのんびりしている間に、この不肖・宮嶋がペンペン草も生えんぐらい荒らしまくり、稼ぎまくるのである。

いい情報と悪い情報

十八日朝　枕元の電話が勢いよく鳴った。受話器を取り上げると、オッサンの英語であった。しかもアラブ訛りの……。朝っぱらから縁起が悪い。不機嫌そうな声で返事をすると、なんや聞き覚えのある声であった。

「ファドだが……」

「誰やそれ、ワシは男の声で起こされることほど腹の立つことはないんや――」

「そうか……。それは悪かった。昨日依頼をされたビザの件だったので、あわてて駆け付けたんだが、もう少し後のほうがいいか？」

そや……、昨日のオッサンや。

「それで、ビザの情報はあるのか？」

「いい情報と悪い情報がある」

「……、いい情報から」

「ビザのメドが立ちそうだ――」

受話器を持つ手が震えてきた。

「悪い情報は、アンタはオレを雇う必要があることだ。今、下にいる」

受話器を叩きつけると同時に部屋を飛び出た。エレベーターを待つ間も惜しんで階段を駆け下りる。ロビーのコーヒー・ショップの、昨日と同じテーブルで、オッサンは昨日と同じようにタバコをくわえていた。

「まあ、一服するか？」

ファドの差し出したケントを一本抜くと、五〇セント・ライターで火を着けてくれた。

「いい情報と悪い情報がある」

「ウルサイッ！　たった今からアンタを雇う。早く用件を――」

「取材ビザ取得は極めて難しい……」

「そんなこたぁ、知っとるわえ！」

「最後まで聞いてくれ。観光ビザなら何とかなりそうだ。それがダメならムジャヒディン・ビザなんてのもあるそうだ」

「かんこおう？　それでいつ？」

「四八時間後に……」

「よっしゃあ！　のったあ！」

「ただし……」

「ただし？」

「ミニマム五人が必要だ」

「心配いるかえ！　テレ朝の支局に五人ぐらい——。名前だけなら、すぐや！」

「名義だけじゃあ、ダメなんだ——」

ファドの聞いてきた話によると、知人の旅行代理店に依頼すれば、イラク航空のアンマン支店を通じて、イラク観光省に知らされ、そこからイラクとヨルダンのボーダーに知らされる。そこに五人の身柄と名前があれば、その場でビザが発給されるということであった。

「それで、有効期限は？」

「マキシム、ツーマンツ」

「ス、ス、スゴイ！」

報道ビザですら一〇日という話である。それが二ヵ月も——。なんちゅう太っ腹なビザなんや。今、バグダッドにいるフリーのジャーナリストたちもビザには悩まされている。陥落までバグダッドに残りたいと思っても、肝心のビザが一〇日間しかないのである。一〇日経ったらイラクを出るか、情報省を拝み倒し、さらに一〇日間のビザ延長を頼まなければならないのである。

このため、早くバグダッド入りしたから有利というものでもないのである。そうか、わかった。綿井のニィちゃんはこの手を使いやがったのである（ハズレ。後日、聞いたらもっときわどいオーディナリー・ビザであった）。

ワテと組みまへんか？

しかし、喜んでばかりもいられない。「マキシム・ツーマンツ、ミニマム・ファイブ・メンバーズ」なのである。しかも、その五人は名義だけではダメなのである。

「五人の心あたりはあるのか？」

「ある——」

少なくともあと二人は——。私の目の前はファドだが、その先三メートルぐらいのところに二人いるのである。私は黙って席を立ち、隣のテーブルに移動した。

「豊田はん！　ビザはどないでっか？　はっきり白状しまひょ、ウチはさっぱりや」

豊田カメラマンともう一人の無愛想なニィちゃんはキョトンと私を見上げた。なあに、この時間、ここにおるのである。ビザが取れていれば、出発の準備でアップアップのハズである。

「いや……、いろいろあって……、当たってはいるんですが——」

「で、そのアテはどないなっとんでっか？」

豊田カメラマンのでかい声に負けじと、私の声もでかくなる。

「ちょっと待ってください。最後まで聞いてくださいよ！」

「いや、時間がない。ハッキリ言いまひょ。ワテと組みまへんか？　正直に言いまひょ、ワテには観光ビザの可能性しか残ってまへんのや——」

「まあ、座って。宮嶋さん」

そこからしばらく豊田カメラマンのまわりくどい話を聞く羽目になった。案の定、彼はイラク写真家協会をはじめとしてバグダッドに強いコネをお持ちであった。そして、そのイラク写真家協会のコネで、今回のビザの手続きも完了しており、それが出るのを待っていたのである。しかし、それは未だに出ていない。この期に及んで、である。

「さあ、ボチボチ腹を割って話をする必要がありそうでんな。といっても、こっちには何の情報もないんですが……、観光というウルトラC以外」

「観光はウチもとっくに考えてました」

ハッタリではなさそうである。

「じゃあ、なんで実行されなかったんですか？」

「ほかに強力な手があったから、そっちを待ったほうが安全かなと思って……」

「それが今になってもなお返事なしという状況で？」

「それで焦りはじめてるんです」

「その強力なアテ、コネの可能性に賭けて、まだ待つつもりでっか？　二股かけとっても損はないんちゃいまっか。こっちには優秀な助手もおることだし」

たった一分前、値段の交渉もせず、口約束しただけのファドである。

「ただ！　ただあ！　観光ビザには大きな問題があるんですう」

「五人のメンバー！」

私たち二人は同時に叫んだ。

「お連れの方は？」

「ビデオのほうをやってます、清水と申します。ご挨拶遅れまして」

「そんなことより、やるんでか、やめるんでっか？」

「いえ、豊田さんと行動をともにするつもりです」

「これで三人か……」

「あと二人、いや一人おった。ウチの助手のヨルダン人！」

私は映画『七人の侍』『荒野の七人』を思い出した。しかし、ヨルダン人はイラクとのビザ相互条約により、イラク入国にはビザが不要なので員数には入れない。

「あと二人か……、大きな問題でんなぁ。心あたりは？」

「あります。二人とも日本人。フリーのジャーナリストですが……」

ここアンマンには、硝煙の匂いに誘われて、日本どころか世界中からなんとか一発当てたいと馳せ参じた有名無名の自称ジャーナリストが腐るほど蠢《うごめ》いているのである。

「その二人、間違いなくバグダッドに行く気があるんでしょうなあ？」

「そう言ってました。少なくとも私の前では」

「申請だけして、ボーダーにそいつが現われなかったら……」

「考えたくもありませんが、貴重な時間と現金を捨てることになりますね……」

「とりあえず……」

「とりあえず、至急お会いする必要がありますね……」

「すぐ呼び出しましょう」

狙い通り！　その後一時間にわたって、私と豊田カメラマン、清水氏は鳩首会談を続けた。豊田カメラマンのコネ、ファドの情報を総合すると、だいぶ話が見えてきた。

イケそうである。五人の人間さえ揃えば……。

カモのツガイ

その日の午後、内線電話で豊田カメラマンに呼び出され、ロビーに降りていくと、豊田カメラマンらとともに若いニィちゃんとネェちゃんが一人ずつソファーに浅く腰を下ろしていた。

（こいつらか……、だいじょうぶかいな？）

私の第一印象である。修羅場を前にツガイとは……。そもそも人権派カメラマンと付き合いのある自称ジャーナリストたちである。信用せえと言うほうがムリであろう。

私は、差し出した文春のエンブレム入り名刺と交換に返ってきた名刺と、お二人の顔を交互に眺めた。名刺はお二方とも片面、英語のみ。もろ現地調達のビジネス・カード（名刺）である。ネェちゃんの名刺には「DNA　NEWS　AGENCY」とあった。DNAって、あのデオキシリボ核酸と同じ略字である。DNAもネェちゃんの名も初めて聞く、もとい見る名である。なんやパレスチナあたりで活動しているらしい中東屋みたいである。東京の住所は東中野である。

うーん、だいじょうぶやろか？　いや、事は一刻を争う。どんなアホでも、左巻きでも、ツガイでも、頭数さえ揃ったらエエのである。

もう一人のニィちゃんはまったく口を開かない。現場に出るより一日中コンピュータをいじくっているようなタイプである。名刺を眺めると、こっちはDNAのかわりに、これまた英語でイラク・日本対話計画というロゴが刻みこまれていた。

なんじゃ、それ？　まさか外務省の外郭団体やNGOやあるまいな。いや、住所がその

DNAと同じ東中野である。それにしても暗いヤツやなあ。さすがの豊田カメラマンも、周囲三メートルを真っ暗にしてしまうブラックホールのような雰囲気にビビリ、私と顔を見合わせた。

しかし、退《ひ》くわけにはいかん。ボーダーさえ越えたら、こんなシロート、砂漠に置き去りにすればエエのである。あとは砂漠のお天道様がテキトーに処分してくれるというもんであろう。所詮、員数合わせ、カラッポでも頭さえ付いとりゃエエのである。

二人には行かざるを得ん理由があった。そのDNAの代表のエンドーという方がすでにバグダッド入りしているのだが、そろそろビザが切れるので、かわりにバグダッド入りしなければならんという。そして、ここ数日そのエンドー氏と連絡がとれず、心配しているというのである。

皆さん、エンドーという名に御記憶はないか？　そう開戦早々、バグダッドで資格外活動でパクられ、終戦までずーっとイラクの刑務所を転々とさせられるという超貴重な経験をしたジャーナリストの方……。そのエンドー氏が、私が聞いたエンドー氏と同一人物だと分かったのは、後日のことやが、要するに二人の親玉のエンドー氏は中東のエキスパート、バリバリのスゴ腕ジャーナリストというより、最もどん臭い、もとい不運な方だったのである。

しかし、この時、そんなことを知るハズもなかった。とにかく犬猫よりはマシなこのツガイを丸め込まねばならんのである。頼りない、暗いツガイとはいえ、この不肖・宮嶋より中東、アンマン情勢には明るい。観光ビザに関する情報を交換してみると、その元締めがイラク航空・アンマン支店だと判明した。

もちろん、この時期、飛行機なんぞ飛ばしているハズもない。バグダッド―アンマン、バグダッド―ダマスカスの定期便は名目上残ってはいるものの、両国つまりシリア、ヨルダンともとっくに運行は停止している。そのイラク航空が観光ビザの斡旋《あっせん》をしとるというのである。

ツガイのお二人様および豊田カメラマンらとは、明朝、朝一番でイラク航空オフィス前で待ち合わせることとなった。これで頭数は揃った。五人の意思は確認されたのである。

懲りないピースポート

午後、またファドと待ち合わせをした。彼も久しぶりの収入（車コミで一日一〇〇ドル）である。ここぞとばかりに駆けずり回っていた。しかし、やっぱ今のところ観光（ビザ）しかないというのが結論であった。まあ、これで最悪四八時間後にはバグダッドである。

よしっ！　一人でイチビっとってもしゃあない。この手でイラクに入った奴の裏をとる必要がある。早速、勝手知ったるテレ朝支局にご報告に上がった。私のアンマンでの唯一支援団体は今や、このホテルのスウィート・ルームのテレ朝支局の方々だけなのである。

「ああ…、宮嶋さん、どうぞお入り下さい」

ここ数日入り浸るうち、テレ朝スタッフの態度もわずかに変わってきた。支援は惜しまんという姿勢ではあるが「まだヨルダンにおるんか？　いつバグダッドへ行くんや、ひょっとして戦争が終わるまで、ここでゴロゴロするつもりやないやろな？」という雰囲気もうっすら漂い始めたのである。まあ、私の僻目《ひがめ》かもしらんけど……。

「どないだす？　シリアークルド状況は？」

「ええ……、さっぱり。各社、足止めみたいですネ。それより、トルコ・ルートの一部が開いて、新聞、テレビ、通信社が入りつつあるそうですよ！　どうです、戦略転換しますか？」

うーん……、トルコ・ルートか、世が世ならソープ・ルートであるなぁ……などとバカ言うとるバヤイではない。

「いえ！　トルコ・ルートでしたらビザも要りませんし、いつでも行けま！　クウェートはどないいだ？」

答えは聞くまでもない。クウェートの読売・小西カメラマンは、一滴のアルコールも口にできず、今だにシェラトン・ホテルのベッドを砂漠の砂より熱く温めるだけの日々であると、風の便りに聞いている。

「クウェートなら、いつでもビザ出ますよ！　でも、あそこも各社手持ち無沙汰みたいですよ」

テレビからは、国連査察団が次々とバグダッドから撤収しつつある映像が流れていた。あとはスペインのアドレス諸島の好戦国サミットで米英スペインの意思統一がされるだけである。

ＣＮＮは、バース党肝入りのデモがバグダッドで派手に気勢を上げている姿を報じていた。フセインはもはや国外に出るつもりはないようである。ウダイ、クサイの二人の息子ともども、いやイラク国民全員を道づれに、勝ち目のない全面戦争に突っ込もうとしている。

信じられんアホである……。

続いて、世界主要都市の反戦デモの映像が流れた。まずはここアンマン、さすが双方ビザ免除している間柄、パレスチナ人たちが反米・フセイン絶対支持のデモである。

そして日本からはなんと東京は晴海埠頭の映像。「NO WAR」なんて書いたでっかい横断幕を広げた客船がテープを引きちぎりながら出港するシーンである。その横断幕にこれまたでっかい字で「PEACE BOAT」とあった。

まったく、懲りない人たちである。海の上であんな幕掲げて、誰が見てくれるのであろう？　どうせ、オノレらは船の上でどんちゃん騒ぎ、行き先はハワイか平壌か南京であろう。ＣＮＮも、あんな横領詐欺代議士が代表（当時）のボートなんぞ映しとると、レンズが腐るぞ……。

愛に満ちた言葉で

その夜、テレ朝社会部の山野記者が例のＮＧＯの方々（56ページ）と食事をされるというので、私も偶然を装い、引っ付いていくこととなった。なあに、焦る必要はない。私には四八時間後に観光ビザが出るのである。

とは言うものの、やっぱ、イラク市民のために医薬品を運ぶＮＧＯのビザのほうが安全度は高いであろう。そもそも、こんな物騒な時に観光ビザでイラク入りするなんて、シラジラしいにもほどがある。それに比べると、医薬品を運ぶNGOビザには必然性っちゅうもんが備わっとる。軍のエスコート付きで大歓迎してくれるやもしれんのである。もっとも、この時期、イラク軍のエスコートなんて固く辞退したいが……。

ビザの手配がカブっとるやないかと心配してくれたアナタ、エエ人やのう。ここは裏切りの町アンマンなんや。誰が言ったかって？　フッフッフ……、そら、ワシや。

これから、おめでたいNGOのボランティア・ニィちゃんを丸め込んだら、観光ビザなんぞ要らん。DNAの二人はもちろん豊田カメラマンらも見捨てるのである。

すると四人はどうなるか？　五人から一人でも欠ければ、観光ビザは全員分パー。四人は私の代打を探してまた走り回る。それだけの話である。そんなことで良心が痛むようなら、私は二〇年もカメラマンを続けてはおらん。他の連中だって同じである。リスクの多い観光ビザより、他のオプションを鵜《う》の目鷹《たか》の目で物色中であろう。

だから、ここは騙《だま》し、抜け駆けなんでもアリ、裏切りの町アンマンなのである。この町で蠢《うごめ》いている世界各国のジャーナリストのうち、笑う奴はほんのわずかであろう。私はどうしても笑うほうに入らねばならんのである。

さあ、次の相手は人を疑うことを知らん、お坊ちゃまたちである。舌先三寸、要領カマシであまたの戦地、修羅場を凌いできた不肖・宮嶋、愛に満ちた言葉でイテコマシたろやないか。

インコンの前からタクシーを拾った私と山野記者はＮＧＯメンバーのヤサまで迎えに行くことになった。現地に根ざしているということであろうか、アンマンでヤサである。こんな町でヤサなんか構えるから、ケツが重うなって、バグダッド行きをビビるのである。

まあ、そのおかげで私にチャンスがコロがり込むかもしれんのやが……。

走ること一五分、薄暗い街灯の住宅街でタクシーは止まった。

「ほいじゃあ……、迎えに行ってきます」

私に言い残して、山野記者は民家の階段を上って行った。スゴい……、こちらに下心があるとはいえ、ＮＧＯというのはエエ根性しとるもんである。待ち合わせなら、最悪、家の前の道路であろう。同じような民家が並ぶ住宅街ならなおさらである。それをまあ、家の中で迎えを待つとは……。しかも、東京から来た大テレビ局の社会部の記者の迎えを、である。

なかなか出てくる気配がない。ハコ入り娘やあるまいし、ピンポン鳴らしたら、とっとと出てこんかい……などと空きっ腹を抱えて不機嫌になる私をよそに、きっと人助けのためのお話でもしていらっしゃるのであろう。

最も怪しげな肩書き

薄暗い街灯の向こうから現われたのは四つの人影であった。一人はもちろん山野記者。一人はえらい背が高い、明らかに白人の長髪ヒッピー風。そしてメガネでヒゲヅラの日本人の男、もう一人は日本人の女であった。ビザの交渉さえなかったら、絶対に相手にせん、世間知らずのお坊ちゃま、お嬢ちゃまたちである。

「スミマセン、遅くなりました。お待たせしました……」

私に向かってまず口を開いたのは山野記者であった。

「いえいえ……」

日本製のセダンのタクシーに客が五人、ぎゅうぎゅう詰めである。いや、文句を言ってはイカン。今夜は私がツイデなのである。セッティングしてくれた山野記者の顔も立てなイカン。

メガネのヒゲヅラは、外見からは想像もできないほど温和そうな性格であった。名刺の団体名は日本・国際ボランティアセンター略してＪＶＣ。世の中で最も怪しげな単語が連続する肩書きである。だいたい、肩書きやノーガキに国際とかボランティアと付く方にロクなもんはいない。「国際ジャーナリスト」落合信彦さんみたいなもんである。しかし……、国際ボランティアセンター？　どっかで聞いた名である。イヤーな予感がしてきた。

もひとつ肩書きがあった。「パレスチナ事務所」である。うーん、アブナイ。名前は佐藤真紀氏。女のほうではなく、ヒゲヅラの男が、である。

ネェちゃんの名刺の団体名はＪＩＣＡである。あのジャイカ、国際協力事業団（現在は国際協力機構）である。ニセモノでないとしたら、日本政府お墨付きのバリバリのプロである。しかもナースだという。うーん……、ボランティアに政府とツルんだナースか。ナースのネェちゃんは、山野記者とパレスチナ以来懇意になさっているという。ボランティアは自分で勝手に名乗れるが、ナースは国家試験がある。ナースのおネェさんは長い海外暮らしのご苦労を淡々と話してくださった。タクシーの中でぎゅうぎゅう詰めになりながら……。

もう一人の白人は自称アメリカ人、自称フォトグラファーで、これが一番アヤシゲである。名刺なんぞ持っとるハズもなく、名前も忘れてしもうた。私とて、この業界二〇年、同業者は匂いでわかる。その立ち居振る舞い、物言いに接したら、どの程度かすぐにわかるのである。結論は言うまでもなかろう。

コイツはアメリカ人の例に漏れず、口数が多く、声が大きい。そして、くだらんアメリカン・ジョークを連発するのである。しかし、今夜はこのアホのくだらんジョークに黙って耐えなイカンのである。私の最終目的のためには……。

ナースのおネェさんのケータイがひっきりなしに鳴りだした。コールの度に我々は体をよじりながらスキ間を作ってやる。話の内容から、もう一人、友人を宴に呼ぼうとしているらしい。タダメシと分かって、友人にもその恩恵を分けてあげようというのである。

さすがお優しいというか、これがイラク人民のために奉仕するボランティアの資本家（テレビ局）に対する態度なのである。

会場の中華料理店は彼らのご指定らしかったが、タクシーはアンマン中をグルグル走り回り、一向に着かない。どうやら道がわからなくなり、ヤミクモに走り回っているみたいである。

結局、追加の友人ネェちゃんが先に着き、その誘導でやっとこさ辿り着いた。タクシーに乗り込んでから実に一時間一〇分が過ぎていた。

これがボランティアの行動基準であろうか。もとより、マットウな社会人とは思っていなかったが、これで本当にバグダッドに行くつもりなのであろうか……。

ボランティアの正体

小洒落た中華レストランに他の客はいなかった。不肖・宮嶋、ここが勝負のしどころである。ムカつくことの連続やが、耐えがたきを耐え、忍びがたきを忍ぶ時なのである。

イスラムのくせにローカル・ビールを作っているほどアルコールに寛容なヨルダンでは、もちろん酒はＯＫである。料理とビール、そしてワインまで注文して宴は始まった。

「ボランティアの皆さんのお仕事には本当に頭が下がります。非力ですが、こんな私にも何かお手伝いできることはありませんか」

私は歯の浮くようなおべんちゃらを並べた。もう、明日にでも総入れ歯になってしまいそうである。我ながらよく言えるもんである。

私の命運を握る佐藤真紀氏というヒゲ面は有名なボランティア活動家らしい。少なくとも、ここアンマンやパレスチナで活動を続けているのは評価できる――などと、私は必死に自分に言い聞かせ、一生懸命、ヨイショを続けるのであった。

佐藤氏とナースのネェちゃんがともにイラクのビザを持っているのは簡単に確認できた。あとはそのビザを私に振り替えなさいと、どうやって切り出すかである。

聞くところによると、彼らの活動は、医薬品を手配し、アンマンからバグダッドへ届けること、ついでに日教組のセンセイたちがガキどもに描かせた絵をバグダッドのガキどもに届けることとであった。

おやすいご用ではないか。アラブ人との発狂しそうになる交渉も、写真の撮影も電送も取材もないのである。ビザさえあれば、屁みたいなもんなのに……。

「なんで?」と、この時は不思議に思ったが、後日　佐藤氏の正体を橋田信介氏と村田信一カメラマンから聞いて納得した。佐藤氏はパレスチナのガキどもにとんでもないことを吹き込んでいるのである。パレスチナ情勢については説明したら本一冊分でも足らんので、ここでは詳しくは触れんが、要するに近代兵器で武装したイスラエル軍に、パレスチナ人は投石、自爆テロの報復を繰り返し、バリバリ攻め立てられてシャレにならん殺し合いを続けとるのである。

どっちが先に手を出したかを説明するには旧約聖書まで遡《さかのぼ》らなイカンのやが、要するにニワトリが先か卵が先かという話である。

さて、イスラエルにヤラレまくっとるパレスチナのガキに、このヒゲのボランティアが、何を吹き込もうとしているか。なんと……、エエか？　覚悟はエエか？

それは、日本国憲法第九条の精神や！

どや？　ひっくり返ったか？　それをイスラエル兵に説くなら、わからんこともない。しかし、やられ放題、投石や自爆テロしか抵抗の方法がないパレスチナのガキどもに説いているのである。それはもう「黙って死ね」と言うに等しい。「右の頬を殴られたら左の頬を出せ」というキリストの教えにも等しいであろう。

それだけやない。この佐藤氏のノー天気、ナンセンス、恥さらし活動を、立派だ、スゴい、エラいと持ち上げ、宣伝した日本のメディアがあったのである。そう、あの大新聞である。

橋田信介氏は、二〇〇二年のパレスチナ自治区ジェリコへのイスラエル軍進駐、そしてアラファト議長の包囲、軟禁というシャレにならん時期、佐藤氏のことを知った。そして、興味を持ち、事務所を訪れたのであった。すると、予想どおり佐藤氏以下事務所の皆様は尻尾を巻いて逃げ出し、もぬけの殻やったという。

そのような方だから、この時期、風呂の薪にもならない、日本のガキの描いた絵をイラクのガキに届けようなどという発想が生まれるのである。しかも、アンマンまで来て、イラクのビザも出とるのに、この期に及んで「危ないから」と二の足を踏んでいらっしゃるのである。

危ないからこそ、オノレが運べば平和を訴える絶好のチャンスになるというのに……。

溺れる宮嶋、藁をも摑む

どや？　驚いたか？　スゴイやろ？　この不肖・宮嶋がこんな立派な方にビザの名義切り替えをお願いしようとしているのである。

「サトウさん！　ところで、その平和を愛する子どもたちから預かった絵、どないされるつもりですかいな？」

私は頃合いを見計らって、水を向けてみた。

「はあ……、それなんですよね……。この時期にはちょっと危ないし……」

「何言うてますのや！　こんな時に運んでこそやないでっか？」

「でもね……」

「なんやったら、それ、私が運ばせてもらいまひょか……。いや、私は怪しいもんやないんでっせ。こう見えても、日本を代表する週刊誌のカメラマンでっせ！」

佐藤氏の目が不安そうである。そりゃあ、そうである。こういう方々にとって一流雑誌とは朝日ジャーナルや論座（もうないか）、週刊金曜日（フライデーではない）のことである。

「なあに……、私は一年のほとんど、紛争地を渡り歩いとんでっせ！　コソボと比べりゃあ、中東なんて東京といっしょでっせ！」

佐藤氏の目がますます不安になっていく。イカン！　コイツが知っている修羅場といえば、パレスチナである。そのパレスチナに、私は足を踏み入れたことすらない……。

「できたらそうしていただきたいんですが……」

……ゴクッ！　あっさりである。いともあっさりである。待て、ここで色気丸出しで飛びつき、ホンネを見透かされるワケにはいかん。

「そうでっか……、ほなら協力させてもらいまっさ！」

「でも……、無理なんです。ビザが……、ビザが書き換えられないと思うんです……」

「何言うてますのや。そんなん、私がやりま。ほんの数時間、大使館までパスポート持参でご足労願えれば……」

「それで、どうするんですか？」

「黙って立っとってくれれば。あとはリストに私の名を書き足して、一丁上がりですね」

「それが、そんなにうまくいかないと思います」

「なあに、大丈夫です」

私はこの時まで、そうすれば本当に何とかなると信じていた。しかし、それは……、南極観測船「しらせ」に乗る一年前に、単身でスノーモービルで昭和基地を目指そうと本気で準備していたのと同じくらいアホなアイデアであった。

「そのリストが……」

「へえ！　明日にでも持って来てくんなはれ！」

「ないんです」

「へ？」

「もちろん、あるにはあるんですが、そのリストはバグダッドから大使館に送られたものを元にビザが発給されましたので……」

「はあ……」

「もう一度、ビザをもう一名分発給してもらうには、バグダッドの受入れ団体から書類を送ってもらわないと……」

「そこを無理矢理ねじ込むんですよ。佐藤さんの代わりに私が行くと言って……」

「私ですら、バグダッドから大使館に書類が届いてから発給されたんですし……」

「そこをダメ元で……」

たとえ一パーセントでも……、溺れる宮嶋、藁をも摑む思いだったのである。

アカン！　ダメや……。

もう初めから頭の構造が違うのである。どっかから引っ張ってきたゼニで、ガキの絵を届けようなんてことを考え、やっぱり危ないからやめようかなぁと迷っている方である。

こっちは生活かかっとんのじゃ。一台のベンツと何人かのネェちゃんを飼わなイカンのや。それをまあ……、向こうから来る書類を待つやとぉ？

こういう連中をアテにした私もアホであった。焦りは禁物やが、こういうババを摑まずに済んだのはラッキーだったかもしれん（大正解）。なあに、まだ観光ビザがある。

私は山野記者に目配せし、早々に退席することにした。私の目論見が大ハズレだったことをさっきの会話から察したのであろう、山野記者は懐から財布を取り出した。

ボランティアの皆様は、ポケットに手を入れる素振りすら見せない。こういう場ではマスコミにたかるのがこの人たちの常識なのであろう。なんたって、世のため人のため、オノレは安全な場所で、憲法第九条のお題目を唱えていればいい人たちなのである。

当然、私も支払うべきゼニである。山野記者に無理を言い、この場を作ってもらったのは私なのである。勘定は山野記者と私が折半し、領収書は私がもらった。

「盾」の本懐

さらに解せんのは、もう一匹のアホたれアメリカ人である。コイツもまったく払う素振りがない。私はアメリカ人同業者に何人か友人がいる。フリーもおれば、でかい組織に属するスゴ腕もいるが、連中は意味のないゼニを受け取るのを非常に嫌がる。

「なんで、オレがオマエに奢《おご》られなければならないんだ？」

「オレの分はオレが支払うから、オマエはオマエの分を払え」

これが連中の常識である。しかし、コイツは違うらしい。「素敵な夕食をありがとう」と礼を言っただけマシか……。

「おい、あんたはこの人たちと一緒にバグダッド入りか？」

「いや、オレもビザは持ってないぜ」

「ワシと同じか？　どうやるつもりや？」

「アメリカ人の女に頼むつもりだぜ」

そこでコイツは一人のアメリカ女の名を口にした。もちろん、私も名前は知っている。その女に頼めば、二四時間後にはビザが出るという話で、その成功例も聞いていた。しかし、それは人権派団体、ご想像のとおり「人間の盾」がらみなのである。いくら焦ってもそれだけは……。私にはまだ観光という切札がある。

「人間の盾」という世界を股にかけた怪しげな団体の最大派閥は、なんと日本人である。このへんが超オメデタイ。ブッシュやラムズフェルドは「人間の盾は民間人と見做《みな》さない」、つまり盾のメンバーが何百人いようが、攻撃目標には躊躇《ためら》わずミサイルを降らせると断言している。そんな反米・親サダム団体の最大派閥が日本人なのである。

連中は、東京や大阪でプラカードを抱え、ノー天気に「戦争反対」と叫んでいるハナタレどもとは違う。サダムの手先になるために、命懸けでバグダッド入りしとるのである。アホではあるが、なかなかの根性なのである。それは認めてやる。

だから、アメリカには、ぜひコイツらの頭上にミサイルを降らせてもらいたい。コイツらに見事、本懐を遂げさせてやりたいのである。そして、四分五裂した遺体は、この不肖・宮嶋が気合いを入れてカメラに収め、日本国民に見せて差し上げよう。タイトルは「アホは死ななきゃ直らない」でキマリであろう。楽しみなことである。

ただ、ただ疲労感が残り、懐が少し軽くなっただけの虚しいディナーであった。まあ、こんなもんであろう。世の中、そう計算どおりに運んだら世話はない。

山野記者とインコンに戻り、一人で一階のバーのカウンターに腰掛けた。今夜もこのバーは戦時バブルである。バーテンもマスターと思しきオヤジも、生ビールのジョッキを両手いっぱいに抱えて走り回っていた。

寝ていようが、セックス中やろうが

部屋に戻ると、真っ暗な中、室内電話のランプが点灯していた。

ハテ……、奇怪な？　受話器を持ち上げ、メッセージ再生ボタンを押すと、流れてきたのは日本人の女の声。

「バグダッドへ行く必要がなくなりましたので、昼間のお話は、キャンセルさせてください」

なんや？　誰や？　これ？

一瞬の混乱ののち、わが耳を疑った。しばらく受話器を置くことさえできなかった。声の主は、昼間のあの怪しげなＤＮＡの名刺を持つ、自称ジャーナリストのネェちゃんであった。

目の前が真っ暗になる。帰ったばかりで電気も点けていなかったから、もともと真っ暗ではあったのやが……。闇の中でフラッシング（点滅）していた留守電メッセージ・ボタンが虚しく見える。受話器を戻すと、点滅が消えた。

どないなっとるんや、いったい？　なんでこんなことばっか続くんや……。

やっと電気を点ける余裕が出てきた。イカン！　落ち込んどる場合ではない。私は再び受話器を取り上げ、ツガイの二人が泊まっている安宿のナンバーをダイヤルした。就寝中だろうが、セックス中だろうが、そんなことを気にしている場合ではない。

電話に出たのはネェちゃんであった。眠そうな不機嫌な声である。無理であろう……。寝入りバナ、電話で叩き起こされて、心変わりするワケがない。それでも、私は一縷《いちる》の望みをかけ、事情を探った。もう、この手、観光ビザしか残されていないのである。

眠そうな女の声は、申し訳なさそうに言い訳した。ボスのエンドー氏の切れかかっていたビザが延長できたので、バグダッドに行く必要がなくなった。つまり二人はアンマンに残り、これまでどおり後方支援に徹するというのである。

冷静に考えれば、少しばかり妙なところもある。ここ数日、バグダッドから、またバグダッドへの電話事情は急激に悪化している。国際電話はめったに繋がらない状況なのである。それが今夜になって繋がったというのか。しかもエンドー氏のビザの延長もうまくいって……。

たしかに、昼間、彼女はちゃんとエクスキューズを出していた。「ボスとの連絡次第で行けない場合もあり、その際はキャンセルになる」と。だが……、それがなぜ今夜なのであろう。

涙が出てきた。やはり、この町は裏切りの町なのである。人を信じようとした私がアホであった。泣いても一人である。カメラマンとはなんと孤独な職業なのであろう。

イカン、イカン！　涙を振り払い、私は再び受話器を持ち上げた。

まだや、まだチャンスはある。ダイヤル先が内線の豊田カメラマンの部屋なのは言うまでもない。そもそも、あのツガイを引っ張ってきたのは彼なのである。

豊田カメラマンは一発で出た。人権派でも、さすがプロのカメラマンである。真夜中に叩き起こされ、この最悪の知らせを聞かされる心境は察するに余りあるが、しょうがない。

電話口の豊田カメラマンも寝入りバナであったが、相変わらずでっかい声であった。

「ええ、知っています。私にもさっき連絡が……、もう今からじゃ、どうしようもないですよ……」

ネエちゃんは私にメッセージを残し、豊田カメラマンにも報告していたのである。

「とりあえず、すべては明日。夜が明けてから、代わりを全力で見つけ出しましょう」

「は、はあ……」

たしかに豊田カメラマンの言うとおりである。この時間にバダバタ走り回ったって……、どこを走ったらエエのかもわからんし。

「今少し……、可能性は薄いですが、私に心当たりがありますので……」

豊田カメラマンは眠そうな声でそう言い、電話を切った。

心当たりがある……。そんな気休めに期待するほど、私も甘くはない。さっきのツガイも豊田カメラマンの紹介やったし……。焦りで眠れなくなるほどデリケートでもなく、とりあえずスコンと眠りに落ちる不肖・宮嶋であった。

戦時下の観光ツアー

東京では不摂生のサンプルみたいな私だが、翌朝はスコンと目が覚めた。前日、共同の原田カメラマンと有田記者がバグダッドから脱出してきたというので、早速、電話を入れたものの、一〇時間を超えるドライブでシンデいるとのこと……。当然である。

イカン！　とっととメシを食いに下りよう。一秒でも早く、残りの二人のメンバーを探し出さなければ——。朝一番の朝食に、豊田カメラマンも清水氏も下りてきていた。呑気に寝ていられる心境ではないハズである。メシなんぞ、のんびり味わっている場合ではないのである。

我々三人は、話し込んでは溜息を吐き、箸を置くのであった。そして辿り着いたのは、メシを食い終わったらあと二名の調達に全力を尽くすという、アホでも到達する結論であった。

八時前には、ファドもロビーに現われた。時間どおりに来るアラブ人は珍しい。車もちゃんと二〇年落ちのベンツをコロがしてきた。まずは三人ガン首揃えてイラク国営航空のアンマン事務所である。本来なら、五人の日本人が揃って顔を出し、速攻で観光ビザの手続きをするハズだったのに、とんだ計算違いである。

大通りに面したイラク国営航空のオフィスは薄暗く、活気がないというか人気《ひとけ》がない。当然であろう。イラク航空の飛行機は世界中の空で一機も飛んでいないのである。

勝手知ったる様子で、ファドがズケズケと中に踏み込んでいく。蛍光灯の点いた奥のオフィスからアラブ人ネェちゃんが顔を覗かせた。イスラムと言ってもバリバリの原理主義ではないので、ネェちゃんが堂々とケバイ顔を晒《さら》しているのである。

その奥から緑のポロシャツ姿の、お決まりのヒゲ面のアラブ人が顔を出した。年の頃は二〇代後半か、三〇代前半。ファドが馴れ馴れしくニィちゃんに歩み寄り、おざなりに握手した。

「ミスター・ハディムだ」

ファドに紹介されたニィちゃんと豊田カメラマンが握手を交わし、私も続いた。航空会社特有のガラス張りのオフィスには、白い機体に緑のストライプが入ったジャンボ機の模型が鈍い光沢を放っていた。

その奥のハディムのオフィスに、我々三人の日本人とファドは招き入れられた。天井には、埃《ほこり》の積もった薄暗い蛍光灯。よく晴れた通りとは正反対に、悪巧みをするのに相応《ふさわ》しい雰囲気である。さっきのネェちゃんがコーヒーを運んできた。

「さてと……、わが国に観光で訪れたいとか……」

流暢な英語であった。我々三人は顔を見合わせ、頷《うなず》いた。

「ええ、そうなんです。ところで、こんな時期に可能でしょうか？」

もう、開戦が目前なのである。

「ええ。残念ながら、我々のフライトではないのですが……」

当たり前や。民間機であっても、イラクのフラッグ・シップになんて、絶対に乗りたくない。

「しかし……、少し時間がかかりますが、車で行けます」

「はあ……、そりゃあ、よかった」

我々はシラジラしく頷いた。

「ところでビザですが……」

話はいよいよ核心である。

「ええ、通常どおり、問題ありません」

我々はまた顔を見合わせた。いともアッサリである。

「ホンマですか？」

さらに畳みかける私。

「ええ、通常どおり手続きが済めばの話ですが」

「へ？」

「まず、わが国の観光ビザはミニマム五人のメンバーが必要です」

「え？　そうなんですか？　で、国籍は？」

「ええ、ヨルダン以外の国籍でしたら、あなた方日本人だろうが、アメリカ人がいようとです」

そうである。イラクとヨルダンはビザ相互条約で、お互いの国民同士だったらビザ免除のため頭数に入らないのである。

「インドネシア人でも、マレーシア人でもですか？」

豊田カメラマンの心当たりというのは、インドネシア人かマレーシア人なのであろう。

「まったく問題ありません。頭数が五人以上あれば……」

「うーん」

それが一番むずかしいのである。現に昨夜二人に逃げられたばっかである。

「それで、取得までの時間ですが……」

「メンバーが揃いしだい、リストを提出していただきたい。そのリストをバグダッドの観光省に連絡し、受入れ態勢が整いしだい、こちらに連絡があり、即日出発可能です」

「そのリストをバグダッドに連絡するのは……」

「即日ですよ。通常ですと、二四時間で返事があります……」

「通常ならか……」

「ええ、通常ですと……。今はアンダー・ザ・ウォー（戦時下）ですが……」

「連絡方法は？」

「電話とFAXです」

これは急がねばならん。バグダッドへの電話なんぞ、いつ不通になるやわからん。この時期、ボロ負けが決まっている戦争当事国に電話が通じるほうがおかしい。

「それで……、と……、ビザが出るのは……」

「ビザはここアンマンでは出ません」

「へ？」

「バグダッドから返事がありましたら、車で一路、東に向かいます。もちろん、車はこちらで手配します。GMですが……」

五人の客とその荷物を積む車ならミニバンである。ミニバンといっても、GMCはとてつもなくでかい。六人はゆうに乗れる4WD車である。

「ヨルダン・イラクのボーダーでメンバー全員が揃っているのを確認できしだい、イラクに入国できます。我々の側のボーダーで、観光省の者がお待ちしており、そこでビザが発給され、とりあえずバグダッドへ向かいます。それから先は、こちらのスケジュールになります」

ハディムはやおら、コピーの曾孫コピーのような汚い一枚の紙を我々に配った。

「イラク観光ツアー」

要は、旅行パンフレットというかチラシである。ホテルはフォースターズ以上、移動は快適な大型車。一日目バグダッド市内、二日目バビロンの遺跡、三日目バスラに向けて出発……。もうバリバリの、もろパッケージ・ツアーであった。

「これ……、今でも募集しとるというわけでっか……」

「ええ……、この時期、申し込まれる方はめったにおられませんが……」

それはそうであろう。

「それで……、これ、このパックに従って行動せなイカンのでっか？」

「いえ、もちろん、オプショナル・ツアーもございます」

その書類というか、チラシの最後にはこうあった。

「移動とホテルと二食付きで五五〇ドル」

「これ……、みーんなコミコミで五五〇ドルでっか？」

「ええ。あくまで基本料金ですが……。バグダッドのホテルを豪華にしたいとか、一人一部屋を希望されますと、もう少し割高になりますが……」

「で、前払いでっか？」

ここが肝心である。ここはもう完全なアラブ圏である。いくら国営航空といったって油断は禁物である。それにいくら何でも一週間で五五〇ドルは安すぎる。

「バグダッドから返事がありしだい、三〇〇ドルをこちらでお支払いいただき、残金はボーダーを越えてから、向こうでお待ちしている我々の係員にお支払いください」

うーむ。これなら安心である。充分信用できる。しかし……、ボーダーをクロスするまでノービザなのである。このあたりがちょいと不安材料である。

「しかし……、問題があります」

まあ、こんなおいしい話が二四時間でうまく運ぶわけはないか。

「最近、ジャーナリストの方々が、身分を偽って、観光ツアーに参加されようとしています」

ドキッ！

「とんでもない奴らや！」

私は白々しく舌打ちした。

「わが国にサットフォン（SATELLITE PHONE＝衛星電話）は持ち込めません。カメラ、ビデオ……、貴重品も申告していただかないと、出国時に持ち出せないこともあります。もちろん、ジャーナリストの方々でも観光客として行動してくださる限り、なんら問題はありませんが……」

ハディムは上目遣いに、我々三人を舐めるように見回した。チョンバレなのである。しかし、それでもかまわんと言うとるのである。話が早いやないか。観光やろうが、報道やろうが、いったん入国してしまえば、出国する時にフセイン政権は存在せんのである。

「もちろん！　観光客としてのモラルは守ります」

「そうですか……、一応、お心に留めおきください」

我々はハディムとしっかり握手をし、早急にリストを持参することを約束した。

サバネェちゃん

薄暗いオフィスから一歩足を踏み出すと、抜けるような青空が広がっていた。ちょうど外に出たところで、白人のカップルとすれ違った。同業者は匂いでわかるが、今日は匂いを嗅がなくてもすぐわかった。その二人に見覚えがあったのである。

「あっ、サバネェちゃん！」

パッキンの髪にソバカスだらけの面《ツラ》、思わず声が出てしまった。このサバとは〆鯖《しめさば》のサバではない。SAVA、ニューヨークに本社がある写真エージェンシーの大手である。男のほうにも見覚えがあるが、野郎の名前を覚える脳ミソが私にはない。

サバネェちゃん……、ネェちゃんは大好きやが、このサバネェちゃんの面は見たくなかった。あのタジキスタンの首都ドシャンベはアフガン大使館、そこでアフガン入国のための策をめぐらしていた時、我々を仕切り倒していた（詳しくは拙著『儂は舞い降りた』に）のは大使館広報担当のザイーフであった。そのてんてこ舞いのザイーフに取り入り、ヘリ待ちのリスト作成をやっていたのがこのサバネェちゃん。巻き舌の英語でブイブイ言わしていたのである。

「こんなところで何を……」

シラジラしく聞く私。

「ツレを待っているのよ……」

敵もさる者である。

「どこかで、お目にかかりましたっけ？」

どこまでもシラジラしい私。

「アフガンでしょ！」

ここにいるということは、サバネェちゃんたちも私と五十歩百歩の立場なのであろう。

「ご好運を……」

どうせ敵も観光ビザ狙い、あっ、そうか……。この二人を抱え込んでしまえば一丁上がりではないか。しかし……、イカン！　向こうもスゴ腕である。今、こっちから話を持ち掛ければ、我々が握っている情報をゼーンブ吐き出させられてしまう！　夕方まで待っても遅くないハズである。それでダメなら、明日の朝一番で拝み倒せばいい。

いや待て、今やらずして、明日になったら手遅れということも……。しかし、コイツらはイギリス人かアメリカ人……、イラクのもろ敵国なのである。たとえ観光ビザがうまく運んだとしても、そんな国籍の人間二人と行動をともにしたらロクなことにならん……。

我々は効率よく二手に分かれることにした。私がイラク大使館前でチョウチンアンコウのように、何も知らずにやってくる同業者を引きずり込み、観光パックに押し込むという作戦。豊田カメラマンらはファドの車で知合いのホテルをめぐるという作戦である。

なんで私が一人で、アラビア語もしゃべれる豊田カメラマンが車と通訳を引っ張っていくのか、納得がイカン……のやが、そんなことを争っている暇はないのである。

運悪く、すさまじい砂嵐が吹き荒れていた。

「チッ！」

ああ……、アホらし。細かい砂が目に飛び込んでくる。こりゃあ、ろくすっぽ目も開けとられん。こんな腐れアンマンでいったい何をやっとんのやろ……。

カメラマンはライト・プレイスにライト・タイムにいなければならない。それはこの稼業で最も難しいことである。その困難さが身に沁《し》みてわかった。この場合のライト・プレイスはもちろんバグダッド、そしてライト・タイムは開戦前からバグダッド陥落まで、である。

さあ……、鵜の目鷹の目、目を皿のようにしてカモを探すのである。それが今、私がこの町でできる唯一、最良の方法なのである。

砂嵐の中にボンヤリ浮かび上がったのは、ムジャヒディン・スカーフで口元を覆った白人であった。何のことはない。イラク国営航空の前で会ったばかりのサバネェちゃん一派のイギリス人である。

奴の目的はもろ私と同じであろう。その焦りをお互い顔に出さず、見つめ合うガンとガン、弾け飛ぶ火花、そして引力で吸い付けられるように二人は対峙《たいじ》した。

「よう!」

「久しぶり……、トーマスだ」

「ミヤジマや。アフガン以来やな……」

巻き舌のサバネェちゃんと違い、語尾を跳ね上げる典型的なクィーンズ・イングリッシュである。

「ここで取材か?」

「何をシラジラしい……、ビザやろ?」

「ああ……、観光はどうした?」

「そっちこそどうした? 五人揃ったんか?」

揃ってないからここで面合《ツラ》わせとんのやろ!

「あとはヒューマン・シールドしか残ってないか……」

ヒューマン・シールド……、私の最も苦手な「人間の盾」のことである。いよいよコイツらでさえも「人間の盾」に頼ろうとしているのか……。いや、コイツらこそ何を考えとんのかわからん。ドシャンベでもいきなりチャーターヘリをぶっ飛ばそうと企《たくら》んでいた人種なのである。

「じゃあな……」

「グッド・ラック」

社交辞令である。この業界で、誰が、他人の幸運を祈るというのか。私は「テイクケア(気をつけて)！」とすら言いたくないので、最近は「ハブ・ア・グッド・ピクチャー（いい写真を撮ってこい）」と言うようにしている。

「人間の盾」のアジト

あれだけワンサカいた同業者が、こういうときに限って姿を見せん。いや、ほとんどの同業者が、もうここに来る必要がなくなったということであろう。すでに日本の大新聞、大テレビ局の皆様は、行かないくせにみーんなビザ取得済みなのである。今、アンマンで藻掻《もが》きまくっているのは私や豊田カメラマン、さっきのトーマスみたいな一匹狼ばっかなのである。

私も腹を括《くく》らねばならんか……。もはやキレイ事をコイている場合ではない。いや、もう十分汚い事になっているのやが……。

（しゃあない、盾や……、人間の盾や……）

報道ビザだから、大使館員は本国の決済を必要とするのである。「人間の盾」は別の窓口、おそらく領事の一人が単独でスタンプを押しまくっているであろう。

あまりの砂嵐にたまらず、私は携帯を取り出した。ファドを呼び寄せ、車の中でカモを狙うためである。しかし、こういうときに限ってファドの携帯が通じない。しょうがないので、豊田カメラマンの番号を押した。豊田カメラマンの携帯は衛星携帯スラヤである。衛星とアンテナをダイレクトで繋ぐため、屋外でしか使えない。そしてアクセスが悪いのである。

とはいえ、イラク政府が携帯電話を警戒しないワケがない。どんなビザであろうが、携帯型の電話の持込みは一切不可である。もちろん、我々にとっても通信手段は命綱、ゼニの核である。なんとか持ち込もうとする者が後を絶たなかった。

　運よくというか、悪くというか、豊田カメラマンと電話が繋がった。時間はもうない。私も豊田カメラマンも、あと四八時間以内にこの町から出られなければ、大損害と名目丸潰れになる運命である。

「インドネシア人だったんだけど……、つかまらなくて……、ホテルに伝言だけは残しておいたんだけど……」

　もうすぐミサイルが降る独裁者の国に、観光ビザで入国しようとする奴が、そう簡単に見つかるハズもなかった。

「もう一組、心当たりがあるから……」

「あかん！　とりあえず大使館に戻ってくれ！」

　さすがに「その車はワシがゼニ払うとる」とまでは言わんかったが、豊田カメラマンは渋々同意した。やっと戻ってきたファドのベンツに潜り込み、私は砂嵐から逃げられた。

　車内をしばし沈黙に支配された。

「盾、行きまひょ！　連中、あのホテルに巣食っとんのでしょ？」

　私から切り出した。

「そりゃあそうだけど……、昨日、大量のビザが発給されて、連中、すでにバグダッドに出発しちゃったんじゃないかな？」

「とりあえず、行くだけ行って、まだやったらめっけもん！　もしあぶれた奴がおったら、こっちがそいつのゼニかぶってでも観光ビザの頭数揃えまひょ！」

豊田カメラマンはまた渋々同意した。その下町の有名なホテルは、さっきのイラク空港のオフィスから目と鼻の先であった。まさに左巻きの方々が好きそうなスリースターズかツースターズ・クラスのゲストハウス風ホテルである。

「こっちこっち！」

豊田カメラマンが手招きする。さすが左方面に顔が利く方である。スモークガラスの入った薄暗いドアを押し開いた。その瞬間、ツーンと鼻をつく異臭。汗臭いのとは違う、けったいな臭いである。いやーな予感がしてきた。

「豊田ハン！　そのリーダーらしき奴とはお知合いで？」

「うん！　昨日も電話で話したばかり……」

「なんちゅう奴？」

「フランス人！　ミッシェルという名の」

二階のフロントの前でガキがバケツの水にモップを浸していた。オーナーのガキなのであろう。豊田カメラマンがフロントに駆け寄るが……、誰もおらん。

ソファで数人のアラブ人がトルコ・コーヒーを啜《すす》って世間話に興じている。そのオッサンたちの一人が小さなコーヒーカップを摘《つま》んだまま立ち上がり、フロントに戻ってきた。

イライラしながら豊田カメラマンが詰め寄る。

「ミッシェルは？」

「見ていない。奥の事務所を覗いてみるのだ！」

フロントの奥の部屋には、パソコンが二台ポツンと置かれ、ヒゲ面のでっかい白人が一人だけ。

「こいつ？」

私がヒゲ面の後ろから指を指すと、豊田カメラマンがプルプル首を振る。

「ミッシェルはどこだ？」

「知らん。そのへんにいるか、部屋にいるのとちゃうの？」

ヒゲ面は虚《うつ》ろな目をパソコンのモニターから離しもせずに答えた。再びフロントにダッシュして、内線電話のプッシュを押す。虚しい呼出音が返ってくるだけであった。

ダメや、ダメや、ダメや！　アカン、アカン、アカン！

まいった……。本当にまいった。私は頭を抱え込んだ。リーダーのミッシェルがいなけりゃ、今からここで一本釣りするしかない。盾ビザにあぶれている奴が二、三人はいることを信じて……。

「ダメか……」

豊田カメラマンもうなだれる。

「やっぱり、昨日、大量にビザが出て、ほとんど出発しちゃったあとなんだ……、きっと……」

その時、豊田カメラマンの視線が上がった。お決まりの長髪、ヒゲ面、青白いモヤシのようなガリガリ青年がいた。口元には両切りタバコらしきもの……、そう、絵に描いたようなヒッピー、もとい「人間の盾」メンバールックである。

「ミッシェル……」

豊田カメラマンが両手でガリガリ青年の手を握り締めた。私も満面に作り笑いを浮かべて続く。細い指であった。くわえているタバコが妙に細い。さっきからミョーな匂いが鼻をつく……。

これ……、コイツの両切り……、マリファナとちゃうんか？　目も虚ろやないか……。

こんな奴に、頭を下げなイカンのか！

盾ビザでイラク入りした朝日新聞も毎日新聞も本当に立派である。社命とはいえ、お仕事とはいえ、こんな連中にひれ伏してビザを払い下げてもらったなんて……。

こりゃあ……、アカンわ。私も、伊達に二〇年以上、この業界でメシを食ってきたわけではない。こんな連中に近付いてはイカンのである。冷静に考えればそうなのだが、今はそんな贅沢を言っておれんか……。豊田カメラマンがでかい声をさらに張り上げ、頭を下げる。

「しかし、メンバーは今朝出発したばかりだプレ、そげなもの好きはもうおらんと思うビアン」

そこにヨロヨロとアブない足取りで現われたのは、ちょいとアフリカ系の入った長髪、ヒゲ面、しかも天然パーマの、これまたガリガリ、青白い、もとい青黒い顔であった。

ガリガリ二人がフランス語で何かボソボソ話し合う。

「彼が行ってもいいと言っとるプレ。ばってん、ゼニはないと言うとるビアン。どうすると？」

「一人五〇〇ドルちょいかかるが、我々がかぶってもいい」

バグダッドに行けさえすれば、五〇〇ドルなんて屁みたいなもんである。

「ウイ、ウイ、トレビアン！　しかし、彼は英語がまったくできんプレ」

私の目は完全に点になった。なんでよりによって、こんな奴しか残ってないんや。こんなアホ面の観光のためのゼニを私が、いや文藝春秋がかぶらなイカンのか。そんなゼニ、このところメッキリ厳しくなった文春の経理が認めてくれるとは思えん！

それにしてもヒドい！　こんなアホ面と命を懸けなイカンのか……。今、アンマンに居残っている奴なんて、盾の連中でも持て余すようなクズの中のクズなのである。そんな奴と一〇時間、へたしたら何日間も同じ空気を吸わんなアカンのである。

「彼は行ってもいいと言っているが……、どうビアン？」

ミッシェルが英語に通訳してくれるが、もはやうれしくも何ともない。ゼニはこっち持ちなのに「メイゴー（行ってもいい）」である。どうしてテイク・ミー・プリーズ（連れて行ってください）と言えんのであろう。こういう人種は……。

「連絡先は？」

「このホテル」

我々はろくにツアーの内容も説明せず、ほうほうの態《てい》で盾の巣窟をあとにした。やっぱり、こういう結果に終わる運命だったのである。

植民地根性が沁みついとる

「まだもう一組、もう一組、心当たりがあるから。さっき宮嶋さんが電話をくれた時、行こうとしていたインドネシア人なんだけど……」

なんや、まるで私がファドを呼び寄せたから行けなくなったみたいな言い方である。

イカン！　人間イラつくと僻《ひが》みっぽくなる。こういう時こそ、冷静にならなイカンのである。

「そいつらのホテル、遠いんすか？」

「ううん……、そんなに。ちょっと郊外だけど……」

こういう時に限って渋滞にブチあたる。

「まだスか？」

「うん。もうすぐと思うけど……」

立体のインターチェンジをグルッと遠回りして、これまた安っぽい郊外型のホテルにフアドのベンツは滑り込んだ。

「で……、どういう連中なんすか？」

「インドネシアのテレビ局！」

「なんで、テレビの連中がこんな不便なとこに泊まっとンスか？」

「長期滞在するからじゃないの？」

「長期滞在ねえ」

迷路のような廊下を二、三回曲がって、目指す客室は……、ドアが開けっ放しになっていた。

日当たりのいい部屋に、黒い顔色のテレビクルーと記者が五人ほど。皆、サンダル履きで原稿と格闘中、というより談笑中である。

「ところで、皆さんの中でイラクに行きたい人はいるの？」

「そりゃ、もちろん、行きたいべ！」

「どないだ？　観光ビザで一緒に行かへんけ？」

説明を始めた私の話は途中で遮られた。

「それでいったい、いくらかかるべ？」

「一人頭五五〇ドル！　こっちは少なくとも、あと二人メンバーが欲しい！」

「そげな話、乗るわげにはいがね」

「なしてね？」

私の英語もつられて訛る。

「そげな話、ゴロゴロしとるべ。オラたちの仲間も一五〇〇ドルさ払って、ハメられた奴もいるだ。アンタらも注意したほうがよかんべ」

「ンだンだ。五五〇ドルでイラクまで行けたら世話ねぇべ」

たとえ騙されても五五〇ドルなんか惜しむか！

「いいえ、いいえ。ゼニは半金だけイラク国営航空に払って、残金は後払いの明朗会計でっせ！それに国営航空のオフィスは逃げまへんで！」

「アブネ、アブネ！　実は一度似たような話でハメられて、国境から追い返されたんべ」

「ンだ、悪いごだ言わね。あぎらめて、ビザが出るまで、ここで取材するべ……」

ここまで団体で来ているからには、国を代表するようなジャーナリストたちであろう。

それがこのテイタラク。

なんで「よっしゃあ！　オラの命、アンダらに預けるだ！　アジア人のド根性、見せてやるべえ！」という奴がおらんのじゃ！　オランダに二〇〇年も統治されて、植民地根性が沁みついとるのであろうか……。

ファドのベンツに腰を落として、ドッと疲れが出てきた。

「どうだった？」

冷静に尋ねるファドに、首を振るだけの気力しか残っていなかった。

「アカン……」

「困ったねえ……。こうなったら、報道ビザを待つしか手がないのかねえ……」

「どうしますか？　もう一度、盾のとこへ戻ってみますか？　ボクは気が乗りませんがね……」

「う〜ん」

豊田カメラマンも、あのプー太郎にはマイッタのであろう。首を縦には振らなかった。

「一度、ホテルに戻りますか……」

「うん！」

ホテルに戻っても、やることも待つ人もいない。しかし、この四時間で四日間分の疲れがきた。

「どうする？」

「ああ……、とりあえずホテルに一度戻ってくれ。そこで君も一休みしてくれ！」

「わかった」

シンガポール人カモ

ファドがベンツを渋滞の町中へ向けた時、突然、車内に着信音が鳴り響いた。豊田カメラマンのスラヤである。

「エ？　ハロー、ハロー！」

衛星電話は動くと感度が鈍くなる。特に屋内、車内ではブチブチである。

「ハアーイ！　ハウ・アー・ユー？　サンキュー・フォー・コーリング」

豊田カメラマンの、他人をイライラさせるほどでかい声が車内を満たす。

「豊田はん！　誰ですねん？」

私はたまらず声を張り上げた。

「サンキュー、サンキュー」

エアコンのないベンツが渋滞に捕まり、もう皆、汗だくである。滴《したた》る汗を拭きながら、やっと豊田カメラマンは携帯から顔を離した。

「朝、言ったシンガポール人！」

「ほれで……？」

「いや、国境まで取材に行ってたらしく、今やっと携帯が通じる幹線まで戻ってきて、ボクらが残しておいたメッセージを今受け取ったって……」

「ほれで！」

「え？」

「ほれで！　カモになるんでっか？」

「あ？　そうだ。聞くのを忘れてた」

信じられん人である。このような神経でないと中東ベースの仕事はできんのであろう。

「でも、アンマンに戻って来るまで、だいぶ時間がかかるよ。たぶん夜になる。それからでも……」

「何言うてますんや！　観光のリストを提出する時は本人いらんのでしょ！　旅券ナンバーとフルネームさえわかったら、顔写真も発給まで必要ないんでっしゃろ！　それやったら、今、丸め込んで、名前と旅券ナンバーを聞き出せば、明日にはビザを受け取れるやないですか」

「そうか……」

「さあ！　携帯の通じる今のうちや！　もういっぺん電話しなおしなはれ！」

私は懐のGSMを豊田カメラマンに差し出した。電話は一発で繋がった。

走る車の中に、再び豊田カメラマンのバカでかい声が響く。

「もう一度繰り返す。名前はミスター・チャン、C・H・A・N……、生年月日、ナインティーン・シックスティ……、パスポート・ナンバー……、発行年月日……、ナショナリティ、シンガポール……」

私は一度も話をしなかったが、シンガポール人はすぐさま、我々の話に乗ってきた。三人である。揃った！　我々と合わせて六人である。

「よっしゃあ！　ファド、とりあえずダウンタウン！　イラク国営航空や！」

豊田カメラマンから返された私のGSMには汗がベットリひっついていた。

「あとで、アンマンまで帰ってきたら、ゆっくり話がしたいって」

当然そうであろう。もし明日ビザが出たら、六人は運命共同体になるのである。中国人かマレー人か知らんが、ゼニのこともはっきりさせとかんとイカン。こういう多国籍取材団となると、往々にしてアジア援助国の日本人が諸々の勘定をかぶるハメになる。

イラク国営航空に立ち寄り、ハディムにリストを手渡し……、これであとは天命ならぬ、ビザを待つだけとなった。サイはとうとう投げられたのである。

3 ビザ商人イブラヒム

——報道ビザを売買する闇ルート

闇ビザを買ったワル。右は村田氏

イライラして死にそう

インコンに戻り、とりあえず報告を入れるため、テレ朝の支局に顔を出した。

「エッ?　観光ビザ?」

山野記者は素っ頓狂な声を上げた。

「観光ビザなんて、あるんだあ……。でも、大丈夫スか?」

「大丈夫も何も、これしか方法がおまへんがな……」

「ちょっと……、うちの助手に確かめさせましょうか?」

「へえ?　でも、あまり騒ぎを大きくしても……」

ちょうど部屋に入ってきた、アブドラ・ザ・ブッチャー似のエジプト人は、目を白黒させた。

「観光ビザだって?　そんな話、聞いたこともないのだ」

「え?　でも、すでに手続きが終わりましたよ」

「なんて奴なのだ?　その仲介をやっている奴は」

「いっやあ……、イラク国営航空のオッサンで……」

「どうやって、そいつと知り合ったのだ?」

「うちの通訳を介してですが……」

「通訳の連絡先はどこなのだ?」

ファドの携帯のナンバーを告げるや、ブッチャーはダイヤルした。ファドはもちろん一発で出たようである。しばらく大声で携帯に怒鳴り続けたあと、ブッチャーは私に振り返った。

「観光でイラクに入国できるなんて聞いたことがないのだ。あなたはもっと注意すべきなのだ!」

もうサイは投げられたのである。ルーレットの玉が盤の上をカラカラ転がっとる。玉がどの目に落ちるか、今は待つしかないのである。私は重い足を引きずって部屋に戻った。

ルーム・メイクの済んだ八一三号室は、ニューつつみ荘とは比べようがないほど小奇麗に片付いていた。白い清潔感が私の孤独に輪をかける。何かしていないとイライラで死にそうである。

何かやるべきことは……、そうや、原田に電話したろ! 撤退の社命を受けてバグダッドからアンマンへ戻ったばかりのハズである。

よっこらせっと……。ベッドにケツを落として受話器を上げ、ロイヤル・ホテルのナンバーを押し、オペレーターに部屋番号を告げた。虚しいコールが一〇回ほど続いた挙げ句、「ノー・アンサー(誰も出ませんが……)」とオペレーターの事務的な答えが返ってきた。

今度は支局にしている部屋の番号を告げると、こっちは一発で出た。

「共同……」

さすが答えも短い。

「原田カメラマン、おりますか? 長い知合いのミヤジマちゅうもんですが……」

「原田ですか? バグダッドから徹夜でぶっ飛ばしてきて、今、泥の中ですね」

「ということは、有田はんも?」

「そうですね。どうします?」

私は「翌朝また電話する」とメッセージだけを残した。あの二人のことである。おそらくゴネまくったことであろう。一度出国してしまったら、苦労して取ったビザもパーである。居残っていれば、カブールに続き、バグダッドで二度目の首都陥落に立ち会えるであろうに……。

アンマンに来て三〇〇回目の溜息を漏らして受話器を置いた時、珍しくGSM携帯がモーツァルトの着信音を奏《かな》でた。東京の編集部からのわけがない。豊田カメラマンからであった。

「何度も内線かけたんだけど、話し中だったもんで……。大至急、下の喫茶店まで下りてきてもらえますか？」

「ええ。もちろん……」

私はシステム手帳一つ引っ摑んで部屋を出た。大至急って、例のシンガポール人がもうアンマンに帰って来て、打合わせが必要なのであろうか……。


ビザまで売買しとったとは……


喫茶店では、豊田カメラマン、清水氏、そしてファドが、トルコ・コーヒーを啜っていた。

「どないしたんでっか？　急用って？」

「ええ……、彼がスゴイ話を聞き込んできたもので……。最初に雇い主の宮嶋さんに聞く権利があると思って……。それで慌てて探したんですよ」

「私に最初に聞く権利があるって……。でも、お二人はもう聞いちゃったんでしょ！」

「ええ……、まあ……」

「ファド、なんや？」

二人はファドが私に話をする間ですら、じれったそうであった。

「報道ビザが手に入る！」

こんな話で浮き足立つほど、私はこの町でいい思いなんか一つもしていない。

「それでいつ……？」

「二四時間以内」

「二四時間？　つまり、明日の今頃にはバグダッドに出発できるっちゅうのか？　アホぬかせ。そんなオイシイ話があったら、皆とっくに飛びついとるワ」

「ただし……、ゼニがかかる！　高いぞ！」

「エエから！　なんぼや？」

「一三〇〇！」

「ディナールのわけないな……。一三〇〇ドル、約一五万円か……」

安い！　今の私の正直な感想である。最強のビザが二四時間で手に入るなら、一五万円なんてハシタ金、一日で元が取れる。議論の余地はない。

「もちろん、その話、乗らせてもらう。ただちに手続きに入ってくれ。どこから拾ってきた話や？」

「話せば長くなるが……、要は、イラクのビザを売買しているブローカーと知り合えただけだ」

「ビザの売買やと？」

株や債権が売買できるのは知っとるが、ここじゃあ、ビザまで売買しとるんか……。さすがアラブ商人である。そういやあ……、ここらじゃ、女まで売買しとると聞いたことがある。売春ではなく人身、パッキンネェちゃんを目方で売っていると……。

「ネ？　だから早くお知らせしようと思って……」

豊田カメラマンと清水氏が恨めしそうな視線を送ってきた。この話がホンモノなら、イラク写真家協会のコネも観光ビザもスカである。

「ボクらも、ぜひ、その話に乗らせてもらおうと思って……」

返事を躊躇《ためら》う私に代わって、ファドが冷静な声で注意を促した。

「ただし……、この話はバレてしまうと……、なかったことになる」

そうか……、アラブ社会には、賄賂をもらった役人の手首をチョン切る習慣がある。誰が仲介しているにしろ、バレたら一大事なのである。できれば、二人の申し出は断わりたい。なんちゅうても平和主義の人権派、あらゆることで私と判断が分かれるのは目に見えているのである。

しかし、二人は知ってしまった。いくら人権派でも、いくら私が断わろうとも、知ってしまった以上、このルートを手繰り寄せようとするであろう。そして、もし自力で見つけられなければ、このルートそのものを潰し、同業者（私）にオイシイ目にあわせないようにするやもしれん。いや、私ならそうする。

「ファド、どうする？　三人一緒ならディスカウントか？」

「それはないだろう。しかし、この三人に留《とど》めてもらったほうが無難だ」

ファドの日当は半分、豊田カメラマンにかぶってもらう。それで手を打つべきや。

「よし！　ブローカーに会う。どこで会える？」

「ここだ！　このコーヒー・ショップにやって来る。もちろん、私の顔見知りだ」

「こっちも約束は守る。ゼニは一セントも値切らん。もしうまくいったら、ファド、君のボーナスもたんまり払おうやないか」

「心配ないだろう。きっとうまくいく。それより観光ビザの話はどうする？」

「報道ビザが取れるのなら、もはや必要ない」

「いいのか？　シンガポール人は？」

「気の毒だが、三人には泣いてもらう。我々が報道ビザを手に入れるまでは同時進行や。手に入った瞬間に三人は見捨てる！」

シンガポール人に声をかけた豊田カメラマンは渋い顔である。人権派だけあって、良心っちゅうもんが痛むのであろう。しかし、この話には涎《よだれ》が出るくらい乗りたいのである。

「よっしゃあ！　ファド、ワシはそいつの顔を拝むまで、ここを一歩も出る気はないからな。オノレにも付き合ってもらうで！」

「むろん、そのつもりだ。私もようやくアンタらの役に立てそうでうれしい」

携帯にしゃべり続ける男

重い重い空気が喫茶店に漂い、ヌルヌルに湿った時間が流れていく。

「ファド、まだかいのう……？」

「そうだな……、確かに遅いな」

またまたイヤーな予感が……。もうイヤーな予感にもすっかり慣れてしまったが――。

「よしっ！　電話してみる」

「なんや！　電話番号、知っとんのか？」

「ああ、携帯だがな……。少しくらいならいいか。教えてやる、奴の正体を！」

ファドの話によると、ブローカーの名は通称イブラヒム。英語読みだとエイブラハム・リンカーンのエイブラハムである。コーランの中で重要な役回りをやってそうな、偉そうな名である。

イブラヒムはアメリカのテレビ局の助手をしているうちにイラク大使館とコネができ、この商売に手を染めたという。一三〇〇ドルのうちの三〇〇ドルくらいは奴の取り分なのであろう。

それにしても妙である。二四時間以内というと、大使館から本国の情報省に投げたビザ申請書の回答を待っている余裕はないハズである。すると、この話がうまくいき、ビザを取れたとしても、入国後にバグダッドの情報省に出頭した時、このビザが売買された、情報省の正式な承認のないビザだとバレてしまうのではなかろうか。

いや、そんなことはもはや考えたくもない。今はとにかく、イラクに入国してしまうことである。なーに、本国の情報省も開戦になったらケツに火がつく。そんな承認をいちいち確認する余裕なんかないハズや——と楽観するしかないのである。

もし、このタイミングでこの話がまとまれば、私は一番おいしい時期に、最強のビザで入国できるのである。すでに正規の報道ビザでバグダッド入りしている同業者たちも、そう何回も滞在期間を延長できないであろう。すると、彼らがみーんな去ったあと、私は余裕をかましてバグダッド入りすることになるのである。

これで去年のカブール陥落大チョンボの禊《みそぎ》も済ませられる。カブールの恥をバグダッドで雪《すす》ぐのである。フッフッフ……、一人ほくそ笑む不肖・宮嶋であった。

「間もなくここに現われると言っているが……」

四時を過ぎていた。イカン！　この菊の御紋のついた私のパスポートにガビーン！とビザが押されるまで笑っとるバヤイではないのである。もう何杯の、この甘ったるいトルコ・コーヒーを啜り、何本のショートホープを灰にしたことであろう。初めてのデートを思い出させるような心臓に悪い時間が過ぎていく。

「あいつがイブラヒムだ！」

ファドの一言に我に返った。三人が一斉にに振り返ると、携帯片手に喋り続けている長身の男がいた。どう見ても怪しい。アカン、またイヤーな予感が膨らんできた。

ファドがさりげなく近付いていく。歩きながら携帯に喋り続けるイブラヒムは、電話に夢中で気付かない。前に回り込んだファドが手を上げると、喋り続けながら片手で制した。怪しい……。だいたい携帯を手放さん奴にマトモな奴はおらん。

「もうしばらく待てということだ……」

テーブルに戻ってきたファドが呟《つぶや》いた。

「ここまできたら、ナンボでも待ったるワ……」

イブラヒムが出現してから一五分以上が過ぎた。テーブルの上に、なんやメモや書類を広げ、まるで事務所代わりである。携帯はひっきりなしに呼出音を発していた。

「よし！　ファド！　今や！」

やっとイブラヒムが携帯をテーブルに置いた瞬間、私はファドを急《せ》き立てた。ファドが静かに立ち上がり、イブラヒムのテーブルに向かう。よっしゃあ！　幸い、誰もそばにおらん。

ファドがすぐ横に立ち止まると、イブラヒムはメタル・フレームのメガネ越しに、悠然とファドを見上げた。まずは固い握手である。腰を下ろしたファドが何かを囁《ささや》きかけるが、イブラヒムは無表情に机の上の書類にペンを走らせている。

やっとイブラヒムの口が動いたが、もちろん、さっぱり聞こえない。聞こえてもアラビア語はわからんのやが……。ファドがこっちを向いて頷いた。我々は同時に腰を上げ、おずおずと二人のテーブルに向かった。イブラヒムがローレンス・フィッシュバーン並みの上目遣いで我々を見上げる。

「座ってくれ！」

流暢な英語であった。まあ、驚くことはない。アメリカのTV局に、おそらくここでは目も眩む日当で雇われていたのである。ペラペラではないほうがおかしい。

「ニュース・ペーパーか？　TVか？」

「アプリケーション・フォーム（申請書）に書く必要があるのか？」

「あんたらが書く必要はない。なんでもいいんだ」

私と顔を見合わせたあと、豊田カメラマンが答えた。

「私たち二人はTVだ」

「じゃあ……、ジャパンTVだ。そっちはニュース・ペーパーか？」

「ニュース・マガジンだが……、まあ何でもいいけど……」

「じゃあ、ジャパン・ニュース・ペーパーだ」

豊田カメラマンらは、日テレの仕事をすることになるので「ジャパンTV」で何の問題もないであろうが、私はジャパン・ニュース・ペーパーである。アサヒ・ニュース・パーパーよりずっと権威がありそうではないか。エエんやろか？

イブラヒムは書類にジャパンTVとジャパン・ニュース・ペーパーと、なんやムチャクチャいい加減に英語で書きなぐった。そして、我々の不安を察したように顔を上げた。

「いくらかかるか、知っているか？」

「ファドから聞いている」

「払えるのか？」

「問題ない！　それでいつ？」

「明日だ。明日の午後、この場所で待っていてくれ」

「それで、旅券は？」

「明日、その時でいい。ゼニもだ。あ、名前と旅券ナンバーだけは聞いておこうか」

なんや、メッチャ、エエ加減である。しかし、再びサイは投げられた。しかも、きわめてエエ加減に。あとは、明日、ゼニを払うだけである。

ホンマに買えるんやろか？　ビザが……。

アルミホイルでE爆弾対策

イブラヒムのテーブルを離れ、再び元のテーブルにドッカと腰を下ろした。

ファドが右手を差し出してきた。

「おめでとう……」

私はファドの右手を軽く握った。

「まだ早いか……」

豊田カメラマンたちとも顔を見合わせる。

「さあて……」

「とりあえず、明日ビザが出るものとして準備しよう！　宮嶋さんは明日、出発できますか？」

「ビザさえあれば……」

「食料とかは？」

「要りますか？」

「普段でしたら、バグダッドは人口三〇〇万のマトモな町ですが……」

「そやなあ……、明日からは平時ではないからなあ……」

「それに現地では、Ｅ爆弾が使われるという話です」

「Ｅ爆弾？　何ですの、それ？」

「エレクトリック爆弾のＥらしいですが……。それを使われると、パソコンやらインマルのＩＣがぶっ飛んで使用不能になるそうですよ」

「へ？　それやったら、爆発の時に大量の電磁波を出す核やないですか！　空中高くで爆発して、コイル状になったアルミ箔が四散して電線に巻きついて、送電をストップさせる爆弾が米軍にはあると聞いたけど……、ホンマに、デジカメやパソコンがパアになる爆弾があるンすか？」

「米軍だから何やるかわからないですよ。とにかく、アルミホイル巻いて、電磁波を防がないと……。明日の午前中は各自、買い物に専念するということで……」

「何か、共同で買うとくもんは？」

「食糧はヨルダン領内の国境でも買えますし、各自ということで。アルミホイルはこっちのほうで用意しておきます」

「ほうですか。私は、ちょいと小振りの鞄が要りようなんで……」

「とりあえず、午前中に買い物を済ませ、正午にはホテルに戻るということで……」

ファドに明日も八時にホテルに来るように頼み、約束のカネを渡した。リベラルな豊田カメラマンは、私の尻馬に乗ったお礼に六〇ドルの現金を預けてくださった。私より若いとはいえ、二人もガキのいるファドは喜々として帰宅していった。

人権派カメラマンの苦悩

と、その時である。なんや刺すような視線と人の気配を感じた。見上げると、黒い顔の東洋人が二人突っ立っていた。見覚えのない顔である。なんやこいつら——と座ったまま見上げていると、豊田カメラマンがハタッと膝を叩いた。

「あっ、忘れてた。宮嶋さん！　こちら、昼間電話した、我々と一緒に観光ビザを申請したシンガポールのジャーナリストの方々……」

「シ、シ、シンガポール……。そういえば……」

顔が黒い。中国系ではなく、フィリピン人かマレー人みたいである。アンマンに帰って来たら打ち合わせしようと、こっちからお願いしたのを忘れとった。まあ、どっちにしろ、観光ビザなんか、もうどうでもエエのである。

いや……、そうもイカン！　イブラヒムのルートがポシャッた場合を考えたら、観光ルートも押さえとかなイカンのである。さすがに豊田カメラマンは気まずそうな表情だが、ここは肘鉄食らわせて、素知らぬ顔をさせておくしかない。

「手続きはどげんと?」

シンガポール人の一人が口を開いた。

「あ……、ああ! 無事すんだ。君らの名と旅券番号は登録した」

行き掛かり上、コイツらを騙しておくのは豊田カメラマンの役目である。

「いつ(ビザが)手に入ると?」

「早ければ明日にも」

「どこで?」

「ボーダーをクロスしたあとで」

「メンバーは?」

「我々三人と君たち三人の六人だ」

「そうか……」

お互い緊急の連絡先を教え合った。最悪の場合、この六人で観光ビザを握り締めてバグダッドに向かうことになる。しかし……、明日、報道ビザが買えたら、我々三人は即ボーダーを目指す。コイツらを放り出して、である。博愛主義の豊田カメラマンはいかにも辛そうである。

「なに、あの三人には我々がボーダーを越えた後、この方法を教えてやればエエんですわ！」

慰める私に、豊田カメラマンは頭を二度三度振り、自分を無理やり納得させていた。アンマンはまさに裏切りの町である。

明日は忙しくなる……。いや忙しい日になってほしい。午前中に買い物、午後にはイラクに向けて出発である。忙しい……、久しぶりに忙しくなった。この町に来てから、毎日ボーッと待つだけの日が続いたが、明日の今頃はバグダッドにすっ飛ばす車の中である。

この時期に、バグダッドまですっ飛ばす酔狂な運転手と車の手配は、中東通の豊田カメラマンにお任せである。

機材は大丈夫か。これから最終チェックである。あっ、イラクの報道ビザには機材リストが必要なハズである。今、手元に一通もないから、これから作らなあかん……。このホテルにタイプライターあったっけ？

あっ、ヨルダンのプレスカードを情報省でもらってこなイカン。機材を最小限にした時のウエスト・バッグにインマル用のリュックも必要である。アレもコレも……。それに、今夜は最後のアルコールになるハズである。浴びるほどウォッカを飲まなイカン。女は……、諦めるしかないか。帰国の経由地ドイツまでガマンである。

ブッシュ大統領が明日、アンマン時間未明には重大発表をするという。おそらくイラクに宣戦布告することをアメリカ国民に告げるのであろう。ならば、なんとしてでも明日三月十九日は忙しくなってもらわんとイカン。私の尻には火ならぬトマホーク・ミサイルが迫りつつある。

RBGAN《アールビギャン》偽装工作

カメラだけでも幾つも持ち込むのに、今回はテレ朝から預かったインマルや、KDDからレンタルしてきたRBGAN（格安データ通信しかできん衛星電話）も持ち込まねばならん。

バグダッドから戻ってきた日本人記者によると、報道ビザ所有者は全機材のリストを提出し、大使館から承認のスタンプをもらわんと、イラクから持ち出す時、没収されてしまうという話である。現金も然《しか》り。国境の税関で全所持金を申告し、スタンプをもらっとかなイカン。脅しではない。イギリスのTV局クルーが無申告の現金六万ドルを国境の税官吏に巻き上げられているのである。

インマルは国境で封印され、バグダッドの情報省で封印を解いてもらう。もし勝手に封印を破れば没収。イリジウムやスラヤなどの衛星携帯電話を隠して持ち込み、それがバレたら即没収、国外退却になるという。

そんなリスクを冒して、なんで隠すか。申告するとベラボーなゼニがかかるのである。報道ビザで入国の場合、手持ちの衛星電話一台につき一日一〇〇ドルの税金を毟《むし》り取られる。私の場合、インマルとRBGANの二台で二〇〇ドルになる。何もせんでも、使わんでも、一日二〇〇ドル、約二万五〇〇〇円のキャッシュが消えていくのである。

うーん……、一〇日で二五万、二〇日で五〇万やないか。衛星電話だけで、である。

イヤや！　絶対にイヤや！　相手がイラクの情報省やろうが、そんなベラボーな、ワケのわからんゼニを取られるなんて……。ここは何としてでも、一台は隠して持ち込まねばならん。私が喜んでゼニを払うのはストリップ嬢の胸の谷間だけである。

幸い、RBGANには受話器もダイヤルも付いていない。一見したら、中折れのプラスチック板である。これをコンピュータと称して持ち込めば、税金は払わんで済む……。

よっしゃあ！　早速、偽装工作である。私はこういう工作が大好きである。どうせ相手は独裁国家の野蛮人である。羊の雄雌《オスメス》は判別できても、このRBGANが衛星電話とは気付くまい。現に、ソニーやパナソニックの国で生まれた不肖・宮嶋でさえ、パソコンと電卓の区別がつかんかったのである、この出張に出る直前までは。

もちろん、本物のパソコン（これは無税）も持ち込む。それにRBGANを接続し、東京は紀尾井町の週刊文春編集部へ画像をブッ飛ばすのである。ゆえに、このRBGANはパソコンをパワーアップするスーパー・コンピュータということにしたらエエのである。

まずは、英文で書かれたラベルをみーんな剝がしてと……。メーカー名をガムテープで隠すのはバレバレだからヤメ。テレ朝のピカピカのステッカーがあった、しかも日本語の。これをキレーに貼ってと……。完璧や！　これが衛星電話だなんて、イラク人には想像もできんであろう。

次は……っと、ヨルダンのプレスカードである。すでに申し込んであるのを受け取っておかんとイカン。ヨルダン情報省の出張デスクを訪ねると、ドアの外まで同業者が溢れ出していた。明日にもアメリカが全面戦争に突入するのだから当然である。人垣を掻き分け、担当のネエちゃんのデスクに辿り着いた。

「日本人、ミヤジマや！　三日前に申し込んだヨルダン情報省発行のプレスカードをくれ！」

「あれ？」

書類と格闘していたネェちゃんが素っ頓狂な声を上げた。

「これ！　ミ・ヤ・ジ・マ……、あなたのプレスカードなのか？」

彼女の浅黒い指の間にパウチされた白いカードがあった。

「ハイ！」

デスクのネェちゃんが差し出したノートに受取りのサインをすると、プレス・カードが私の手に渡された。ヒドイ……、私の顔が顎から眉までしかないではないか。大きすぎた写真の外側をチョン切ったのである。

「トホホ……、情けない顔……」

情けなくても、プレスカードはプレスカードである。こういう身分証はいくつあっても多過ぎることはない。明日、事が上手く運んでいても、どこかで「ヨルダンのプレス・カードを見せないとダメ」なんて因縁をつけられるやもしれんのである。

次は機材リストや。私はエレベーター・ホールに向かった。テレ朝のアンマン支局で、この軽いオツムを下げ、文春のレターヘッドにプリント・アウトしてもらうしかなさそうである。二十一世紀のTV局の支局にタイプライターはありそうにない。

機材リストを作り上げ、日付の変わる頃に部屋に戻ると、珍しく電話が鳴った。どうせ東京のわけがない。「あらよっ!」と取り上げた受話器から低音の男の声が聞こえた。なんや、男か……。飛び込みのパンスケのネェちゃんかと思ったが、まあいいか……。ここは同じインコンでも、モスクワではなくアンマンである。

「宮嶋さん! ビザどうでした?」

「……、あっ、有田はん! 久しぶり!」

「バグダッドからぶっ飛ばしてきたので、爆睡してシンでました。すみません」

「ええ! 私、まだここにおるんですわ……」

「まだいいじゃないすか。私と原田さんなんか、出てきちゃったんですから……、社命で!」

「戻らないンすか?」

「ええ、しばらくは無理でしょう。ビザも使い切っちゃったし……。ところで、宮嶋さんはビザどうされました?」

「あったらとっくに行ってますがな……」

「目途はあるンすか？」

「………、ありま！　確実でおま！　しかも明日には……」

「それはすごい！　どういうルートですか？」

「………」

「とっておきですか？　それともヤバイ筋ですか？」

「私がボーダーを越えるまで、いかなる行動《アクション》も起こさないとお約束してくれるなら……」

「……いいでしょう」

「買いました！」

「へ？」

「ゼニ出して買《こ》うたんですわ！」

「で、いったいいくら？」

「一三〇〇」

「ドルですよね？　大丈夫ですか？」

有田記者は私の身を案じて「大丈夫か」と聞いているワケではもちろんない。社命でいやいや脱出してきたのである。そして、ビザを使い切ってしまい、新しいビザがすぐにでも欲しいのである。だから「そのルートは大丈夫か」と聞いているのである。

「詳しい経緯《いきさつ》は、私がここを離れる寸前にお教えしますんで……」

「ええ……、上手くいくといいですね。いいですなあ……」

「しばらくアンマンに？」

「すぐにも戻りたいですよ……」

ミナまで言うな。辞表を出さなければ行けないのは知っている。根無し草のフリーカメラマンには止めてくれる人間なんて一人もいないが、大通信社の将来のある記者には、東京から両手を広げて止めてくれるエライさんがいるのである。

たとえ辞表を叩きつけても、東京から持ってきたインマルは当然召し上げであろう。そうなれば、行っても送稿できない。原稿を送れん記者やカメラマンなんて、糸の切れた凧みたいなもんなのである。

「原田はどないしてます？」

「腐って不貞寝《ふてね》です」

「そやろのう……。バグダッドで待っとると伝えといてください」

あとはアルコールを補充するだけか……。明日からはアルコール抜きである。いや、たしか一二年前はパレスチナ・ホテルのバーで酒が飲めた。バカ高い酒であったが……。

明日の夜はバグダッドの夜景を見ながらウォッカをクイッと空けよう。眼下に拡がる空爆の炎をツマミにしながら……。

私は通い慣れた一階のバーに降りていった。あと三、四時間で、ブッシュ大統領の重大発表がある。バーの中はその緊張感を紛らわすためか、満員である。皆、ビールのジョッキをチビリチビリやり、無理に奇声を上げている。

つけっ放しのBBCからはバグダッドからの中継が流れていた。レポーターの背景は一二年前と変わらぬ煌々《こうこう》としたモスクと夜景。本当に間もなく全面戦争が始まるのであろうか。どう見ても、静かな平和そうな砂漠の町ではないか……。

初のアラブの友人

三月十九日、いつもの目玉焼きかけご飯を掻き込んだ。上手くいけば、この目玉焼きかけご飯も最後である。豊田カメラマンも清水氏も落ち着かない様子であった。

「ブッシュのスピーチ、聞かれました？」

「いや、何、言うてました？」

「日付が変わる時……」

「うん、変わる時、どないに？」

「攻撃開始です」

「お二人さん！　それじゃあ、昨日の打合わせどおり！　ということで」

「十二時に、このコーヒーショップに戻るということで……」

荷物の整理は昨夜あらかた済ませた。機材の点検もした。どうせ車で行くのである。荷物は大きくても困るまい。それより買い忘れたブツの調達である。まだ、この四時間ですべきことが山ほどある。ファドは八時前にはコーヒーショップに現われていた。アラブ人には本当に珍しい、時間に几帳面な男である。

「よく眠れたか？」

「おかげさんでな！」

「プレジデント（大統領）のスピーチは聞いたか？」

目が覚めてから一時間以内に二度も同じ質問である。

「聞いていないが、内容は知っている」

「そうか……、いよいよだな……」

「そうや！　あと一六時間や。アンマンからバグダッドまでどれくらいで行く？」

「すべてがスムーズにいって……、六時間ってとこか……」

「六時間か……、すると夕方六時にはここを出発しないと……」

「とんでもないことになるな……」

「あと一〇時間か……」

昨日、私のパソコンには、知りたくもない情報が、日本の金玉堂（某大新聞社カメラマンのコールサイン）から届いていた。攻撃開始時刻は米軍基地各部隊にばら撒かれたエンベッド（従軍記者）からジャブジャブ漏れ出した情報で、もはや周知の事実であった。それらを並べれば、アメリカの戦略は明白。ドイツ機甲師団ばりの電撃戦と第一次湾岸戦争以上の大物量戦である。

おそらく、日付が変わる頃にはペルシャ湾上の米軍戦闘艦から大量のトマホーク・ミサイルが発射される。ロンドンの戦略爆撃機基地から飛び立ったB―52も同じくトマホークを降らせる。トルコの空軍基地や空母「キティホーク」から出撃するF―15、F―16、F―18は精密誘導爆弾でイラク空軍基地やレーダーを叩くであろう。

そしてクウェートで、今や遅しと待ち構えている二〇万の米英連合軍が一気にM1戦車を先頭に北上を開始するのである。そのスピードたるや、まるで一年間溜め込んだ末に、テクニシャン女に先端をチョイと撫でられただけでドッカーンとイッてしまうくらいの勢いであろう。

もちろん、米軍が地上部隊だけで進撃するワケがない。そのエスコート役はAH―64、通称アパッチ・ヘリである。これにかかったら、イラクのT72戦車なんぞ、ブリキのバケツである。それが砂漠を埋め尽くすほど飛び回るのである。

そんな空の下をバグダッドに向かうのはゴメンである。いくらハイテク満載のアパッチのガナー（射撃手）のコックピットでも、バグダッドに向かってぶっ飛ばす車の中の人間の国籍までは判別できんであろう。車のフロントガラス越しにアパッチを見てしまったら、次の瞬間、我々の身体は三〇ミリ機関砲によってミンチにされるのである。

怖い！　何としても夕方六時には出発せんと……。

「ビザが手に入ったら、どうするんだ？」

「もちろん、すぐに発つ。そのために、これからショッピング・センターに行く」

そや！　もしビザが手に入ったら、私と豊田カメラマンら三人でバグダッドに向かうことになる。平時ならいざ知らず、開戦直前のイラクの首都に外国人だけで向かうのは不安である。

「おい！　ファド！　おまえ、明日から空いとんのか？」

「その質問を待っていた！」

なんちゅう奥ゆかしい奴や。こりゃあ、不肖・宮嶋、四一歳にして、ようやくアラブ人の友人ができるやもしれん。

「ファド！　ということは……」

「ああ……、あんたの仕事が手伝えるのならうれしいよ」

「ビザは？」

あっ、そうや。ヨルダン人はイラク入国のビザがいらんのである。

「今から行くところはフセインの王国やぞ」

「ああ、ここもフセインの王国（先代国王はフセイン一世）だ」

そうや。この国も半島国家と同じく、親子二代にわたる王国であった。ただし、この国の二代目は海外留学経験のある民主的な指導者、国民に親しまれ、尊敬もされている。

「しかも、戦争が始まるんやぞ」

「ああ、それを承知でだ。心配するな。オレはイスラエルでも働いてきたんだ」

「なんや、外国で仕事したことあるんか？　それでパスポートもあるんやな？」

「それが問題だ。ヨルダンとイスラエルが国交を結んだのは知っているな」

「ああ。一二年前、ここに来たとき、今の国王のオヤジが条約締結寸前やったからな」

「オレは貿易の仕事で何度かイスラエルに行った。去年も行ったばかりだ」

「ほれで……？」

「パスポートにイスラエル入国の記録が残っている」

「おまえ、アホやろ！　ようもまあ、あんな物騒な国の入国記録を旅券に残しとくのう。ワシらでも、あの国のスタンプだけは絶対押させへんど」

「日本人の場合はそれができるのだろうが、我々の場合は押印を拒否できない」

「……ほれで？」

「このままだと、当然イラクに入国できない」

「ほれで……、偽造するか、他人名義にするか？」

「いいや……、今日の午前中、旅券事務所にこのパスポートを持っていけば、夕方には新しいパスポートになる」

「そりゃあすごい。日本では何日もかかるけどのう」

「だから、あんたが買い物に行っている間に旅券事務所に行かせてくれ」

かくして、私はアンマンのショッピング・センターに、助手は旅券事務所に向かった。ショッピング・センターは、ちょうど町田の西友レベルで、買い物するのには、さほど言葉に困らない。リュックと食糧くらいのハズが、大量の商品を目にすると忘れてきたものが次々に思い浮かび、アッという間に正午近くになった。

ファドのベンツを駐車場で待つ間、ショッピング・センターの玄関横のケンタッキー・フライドチキンに飛び込んだ。まだヨルダン・ディナールが腐るほど残っている。豚肉メニューはないやろうが、まともなメシはこれが最後になるやもしれん。ガラガラの店内でチキンバーガーを頼むとサラダも付いてきた。店外の手すりに腰掛けて嚙み付く。うまくもまずくもない。

すぐにファドのベンツが駐車場に滑り込んでくるのが目に入り、私は腰を上げた。右側の助手席のドアを開け、車内に体を滑り込ませると、ファドの顔色が冴えなかった。

「旅券は大丈夫やったか？」

「それが……」

ファドは旅券を私のヒザの上に投げた。一枚目に顔写真。これは日本と同じである。ページをめくるとヘブライ語のスタンプが目に付いた。

「そこじゃない。問題は一枚目だ……」

写真の下に? まったく判読不能のアラビア語があった。

「旅券の有効期限が一年以上あるだろ」

「さあ……、さっぱり読めん」

「とにかく、それはまだ一年以上有効な旅券だ」

「ほれで?」

「有効期限が一年以上ある旅券は、即日発給されない。そんなこと、知らなかった」

「どれくらいかかる?」

「数週間だ。紛失届けを出して再発行を申請してもそれくらいかかる。最後の手段はヘブライ語のページだけを破って使うという手もあるが、バレた時、あんたに迷惑がかかる」

右手に持ったままだったチキンバーガーに再び噛み付いた。冷めてまずかった。仕方がない。ファドがいない道中は不安やが、どうせ国を出たときは一人だったのである。

時間がない！

インコンのコーヒー・ショップに戻り、豊田カメラマンらと合流すると午後一時。あと五時間である。大使館まで行く時間、チェック・アウトの時間を考えると四時間もない。今すぐにビザが手に入っても怖いくらいである。

外はいい天気であった。コーヒー・ショップから見えるプールの青い水が目に沁みる。今回の仕事がいつ終わるかわからんが、この町に無事戻ってくることができたら、あのプールサイドでウォッカのグラスを傾けたい。

腰を下ろしてから一時間で、テーブルの灰皿はてんこ盛りになった。私よりずっと長くアンマンにいる豊田カメラマンの焦りは私以上であろう。

「いつでもチェック・アウトできますか？」

「ええ、五分以内に」

貧乏ゆすりが止まらない。時計の針は無情にも回り続ける。

「ファド……、イブラヒムは？」

「まだだ……。電話してみるか？」

「あと三〇分待っても姿を現わさないようだったら電話してみてくれ」

まだイブラヒムには一セントも払っていない。ハメられたところでゼニの被害はないが、時間だけは惜しい。一〇本目のタバコに火を着けて、何気なしに周囲を見やると、妙なことに気付いた。一時間以上前から粘り続けている客ばっかなのである。しかも皆一様に落ち着きがない。

（まさか……）

豊田カメラマンにも目配《めくば》せする。一人二人なら偶然もあろうが二桁はいる。秘密だと言いながら、こいつら全員、イブラヒムの客なのではなかろうか。

「ゲッ！」

決定的である。サバネェちゃんまで姿を現わし、腰を下ろした。しかも、あのイギリス人と一緒に。皆、このコーヒー・ショップでイブラヒムを待っているのである。

「ファド！　電話してきてくれ！　ついでにイラク国営航空のディレクターにも」

軽く頷いて席を立ったファドは、私が一一本目のタバコを吸い終わる前に戻ってきた。

「すぐ来るそうだ。ディレクターはまだバグダッドから返事がないと言っている。返事が来しだい、オレに電話が入る」

イブラヒムの話がガセだったら、シンガポール人とともに観光ビザで国境にブッ飛ばさなければならない。頼む！　早くしてくれ！

三時を過ぎた頃、やっとイブラヒムが姿を現わした。昨日と同じく、携帯を耳に当てたままである。数人のアラブ人がイブラヒムを遠回りに取り囲み、様子を窺いだした。ファドもその中にいる。昨日同様、テーブルに着いても、イブラヒムは携帯に喋り続けている。まるでタイム・スリップしたみたいである。

「車の手配は？」

「うん、済んだよ。前回使ったタクシー会社で……」

「それで、なんぼですか？」

「五〇〇ドル。でもね、普段は一〇〇〜二〇〇で往復できるんだけど……」

「一人ですか？　一台ですか？」

「一台で。ＧＭＣという、でかい４ＷＤだから三人でも余裕。とりあえず、五時にこのホテルに来るよう手配してある」

そうであろう。ビザを手にしたら、すぐにでも出発しなければならないのである。

イブラヒムと顔を突き合わせて話し込んでいたファドがテーブルに帰ってきた。

「先方の担当者、たぶん領事が外出していて夕方まで戻ってこないそうだ。部屋で待つよう、奴は言っている」

溜息が三分間くらい出た。夕方というのはいつや。何時や……。

「どうしますか?」

豊田カメラマンたちと顔を見合わせた。もちろん、部屋で待つつもりは毛頭ない。今は一秒でもイブラヒムから目を離したくない。いつ状況が変わり、すぐに大使館へ行けなんてことになるやもしれんのである。

「すぐ戻ります」

最初に腰を上げたのは私だった。もう、タバコとコーヒーで気分転換できる状態ではなかった。バグダッドに着く前に発狂しそうである。自分の部屋に戻ろうとエレベーターの前まで足を運び、気が変わった。部屋に戻っても、ベッドの脇に五つの荷物が並んでいるだけである。そのままテレ朝の支局を訪ねる。昨日まで慌《あわただ》しかったのに、今や嵐の前の静けさである。機材の手配も、人の気配も、準備はすべて完了なのである。ただ一つ、最前線に正規部隊のクルーを送り込まなかったという点を除いて——。
二、三人残った日本人クルーの顔には、心地よい疲労感が漂っている。
「宮嶋さん、ビザどうでした?」

ビザが出たら、こんな顔して、ここに来んやろ。

「ええ……、また例のごとくです」

「そうですねえ……、やっぱビザの売買なんて匂いますよ」

そりゃあそうや。全面戦争突入寸前の隣国の大使館でビザの売買をしているなんて、匂うどころか、メチャクチャである。しかし……、こんな待つだけの毎日をアンマンで過ごすよりマシなのである。私は重い足を引き摺ってテレ朝の支局を出た。

コーヒー・ショップの様子はまったく変わっていなかった。

「やっぱ……、アカンか……」

豊田カメラマンと交わす言葉も少なくなってきた。あと一時間、あと一時間以内に出発しないと……。コーヒー・ショップの客たちは必死の形相でイブラヒムにガンを飛ばしまくっている。もし、売りビザの枚数が足らないなんてことになったら、奪い合いが始まるのであろうか。

タイム・リミットが過ぎた

そして、午後五時を回った……。ヒゲ面の太ったアラブ人がテーブルにやって来て、豊田カメラマンに何かを言い始めた。どうも「車だけ呼んで、いつ出発するんや」みたいなヤリトリである。そんなこと言うたって、ビザがないことにはどうにもならん。

隣のテーブルにチンチクリンの東洋人がいる。傍《かたわ》らに小さなスーツケースが一つである。よせばいいのに、豊田カメラマンが席を立って声をかけた。東洋人はスーツケースと椅子を私の横に引き摺ってきた。お互い名乗ったが、私の頭に残ったのは、そいつがインドネシア人だということだけである。

「ここに泊まっているのか？」

「うんにゃ、今朝、着いたばかり……」

今朝着いた奴が、なんで、ずーっとこのコーヒー・ショップにおるんや。理由は簡単である。このホテルにたどり着いてすぐイブラヒムに接触できたのであろう。

「荷物はそれだけ？」

「これだ」

食糧も水も持たずに、これからイラクに向かうつもりか。

「もす、運よくお互いビザさ出たら、一緒の車に乗せてもらえねぇだべか？」

「ああ、ゼニさえ払うならな」

「彼、インドネシア人だから、イスラム教徒ですよ。やっぱり同じイスラム教徒と一緒だと何かのときに助けにもなるし……」

博愛主義の豊田カメラマンが言った。イスラム教徒と一緒に行くのがイヤなのではない。これからイラクに行くのに小さなスーツケース一個というのが気に入らん。甘いのに腹が立つのである。そのスーツケースではまともなカメラもパソコンもインマルも入らんではないか。

「ミスター・ミヤジマ！」

ファドが顎をしゃくった。顎の先でイブラヒムが携帯のアンテナをこちらに向け、オイデオイデをしていた。頷いて腰を上げたファドが歩み寄っていく。四、五人のアラブ人もイブラヒムのテーブルに集まった。すぐテーブルに帰ってきたファドの表情にほんの少し微笑が見て取れる。

「大使館へ行こう！」

体中から力が抜けた。午後七時になろうとしている。すでにタイム・リミットの午後六時を過ぎているのである。日付が変わるまでにバグダッドに着くのは不可能か……。

しかし、米軍はまだ攻撃を開始していない。ひょっとして、ブッシュは人道的見地から一日くらい攻撃を待つかもしれん。それに、ブッシュのスピーチはアンマン時間の本日未明やったやないか。たしか、昨日の朝の四時、いやスピーチが終わったのは五時くらいやったかもしれん。その時点では、ブッシュは「四八時間以内に攻撃を開始する」と言ったのである。すると、あと一〇時間あるかもしれん……。

とにかく、急がねばならん。ファドのベンツに走る。大使館の向かいの路地にベンツが停まった時、イヤな事に気付いた。午後七時である。こんな時間に大使館が開いているワケがない。ビザの発給なんて……。それとも秘密の入口から領事の個室にでも入れるのであろうか？

ビザを買う者たち

ファドは迷うことなく領事部のドアに向かった。私が日参した場所である。ドアの真横の詰所からライフルを構えたヨルダン兵がガンを飛ばしてくる。当然や。こんな時間にやってくる外国人はモロ不審者である。歩哨はチラッとファドに視線を向け、後ろの私を一秒ほど見た。ファドが手を掛けた鉄製のノブが回らない。ドアの横の高窓が二〇センチほど開いており、明かりが漏れている。ファドが中で動く影に小声で何か囁《ささや》くと低い電子音が鳴り、ドアのノブが回った。

顎をしゃくったファドに続き、領事部の中に入った。昼間の喧騒が嘘のような静かさだが、待合室には一〇人近い外国人がいた。壁際の椅子に並んで腰掛け、室内を見回す。白人が多い。窓からは次々に小声が掛かり、我々と同じように入ってくる。

「イブラヒム！　イブラヒムはどこよ！」

突然、ハスキーな女の声が緊張を破り、待合室全員の視線が声の主に注がれた。

（サバネェちゃん……）

おそらく、サバネェちゃんもイブラヒムのルートを摑んだのであろう。しかし、今、こんな所でイブラヒムを締め上げると、このルートそのものが潰れ、オノレはもちろん、我々の苦労まで水泡に帰してしまう可能性がある。

「イブラヒムは？」

サバネェちゃんは、待合室の人間に手当たり次第に尋ね、不在だと知るや、すぐに消えた。大使館内に再び静寂が戻った。ポツリポツリとコーヒー・ショップで見た顔が増えていく。しかし、肝心のイブラヒムの姿が見えない。奥に通じるガラス戸が開き、昼間、イヤというほど顔を見た大使館のオッサンが姿を現わした。待合室にいる人間に片っ端から声を掛けていく。

「ジェントルメン！　こんな時間に何しているのだ？　ここはもう閉まる時間なのだ！」

もっともである。どう見ても異様な状況である。しかし、ここで「ヘイそうですか」と帰るワケにはイカン。目配せすると、ファドはすぐに立ち上がり、オッサンにアラビア語で話しかけた。アラブ人独特の身振りを加え、声だけはしっかり絞って。すると、オッサンは何事もなかったかのように待合室の奥に消えた。

「ファド！　なんや？　あいつは？」

「問題ない……、と思うが」

「イブラヒムは？」

「ここに現われると言っていた……、大丈夫だ」

まだ、一ディナールも払っていないが、欲をかいたイブラヒムが、あまりに多くの同業者に声をかけ、トラブッているのではあるまいか。サバネェちゃんの様子を見ても……。

もうたまらん！　私はショートホープを握り締めて待合室を出た。生暖かい風が強く吹いていた。日本では花粉が飛び散っているであろう。この砂漠の国は花粉が飛ばないことだけが取り柄である。デュポンでタバコに火を着けた私を詰所の歩哨がジッと見ている。

立て掛けたライフルはドイツ製のG3か。私のと同じ型である。

吸い殻をドアのそばのゴミ箱に放り投げ、金属製のドアを押し開けようとした時、すぐ横の表玄関がリモコンで開き始めた。ギリギリと耳障りな金属音を立てている。

メタリック・ブルーのベンツがライトを煌々と点け、今まさに大使館に入ろうとしていた。私のベンツの一世代前の、日本の中古車市場では査定ゼロのシロモノである。車内に四人の人影。この中の誰かが領事なのであろう。時間的にも間違いあるまい……。

キャッシュを用意しろ

重い扉を押し開けて待合室に戻ると、イブラヒムが入ってきた。あのベンツが入るのを待ち構えていたのか、それとも一緒に乗っていたのか。

「来た！」

豊田カメラマンと顔を見合わせ、思わず微笑を漏らす。頼むから……、このまま、どうぞこのまま……、こんな歌あったような……。

しかし、イブラヒムの後ろから現われた人影を見て、私は失神しそうになった。サバネエちゃん、あのイギリス人のトーマスとかいうオッサン……。そして、インコンのコーヒー・ショップで擦り寄ってきたチンチクリンのインドネシア人までスーツケースを引き摺ってきた。

役者が揃ったということか……。時計の針は八時を指そうとしていた。互いに牽制し合う鋭いガンが待合室の中を飛び回り、交差し、ときにバチッと音を立ててぶつかる。この中の何人が笑って出て行けるのか。イブラヒムは手元のメモに目を落としつつ、集った客の顔を確認した。そして奥に消えると、すぐに戻ってきてファドに顎をしゃくった。駆け寄ったファドが二言三言、言葉を交わし、私の所に戻ってくる。

「キャッシュと旅券の用意はいいか?」

「もちろんや」

「じゃあ、旅券を預かろう」

私は躊躇わずファドに旅券を渡した。私も四一歳である。もし、ファドに騙されるなら、オノレの眼が節穴だったのだと諦めがつく。しかし、領事とイブラヒムがグルになって騙している可能性は充分にある。

イブラヒムの手元に赤、緑、紺とさまざまな色の旅券が積み上がった。全員が闇ルートでビザを買おうとしているのである。こりゃあ、大使館の窓口を訪ねても相手にされんワケである。どいつもこいつも本当に悪い奴らである。イブラヒムは旅券を抱えたまま奥の部屋へ消えていく。

「もう、大丈夫だと思う」

ファドが声をかけてきた。ビザが手に入ったら、私は出発しなければならない。あと四時間ほどでミサイルが降る土地に、である。微妙である、四時間というのが……。

待合室に戻ってきたイブラヒムは、旅券ではなく、小さな紙を配りはじめた。受け取ったその書類には「Application form for visa」とある。ビザの申請用紙やないか。

ナメとんのか……。今からこんな申請を出しとったら、いつ発給されるかわからんやないか。まだゼニを払っていないだけマシやが、貴重な時間を無駄にしてしまった……。

誰もが目を白黒させて怒り狂っているハズだと思ったら、皆、一心不乱にその書類と格闘中であった。隣の豊田カメラマンも、である。

「あっ！　宮嶋さん！　イラクのビザって、申請用紙は受け取りの時に提出するんですよ！　言い忘れてました」

受取りの時に申請用紙を？　そういえば、東京の大使館でも、ここアンマンでも、ビザの申請用紙はなかった。それじゃあ、手続きの最初、出だしはいったい何なんや？

「これを書く段階になったら、もう大丈夫ですよ」

私の落胆とは逆に、豊田カメラマンは勢いよくペンを走らせている。

ホンマか？　ホンマに……、これで……。

私も急いで書類に記入する。もはやグダグダ考えたところで、どうにもならんのである。イブラヒムが書類を抱えて奥に三たび消えた。

「キャッシュを用意してくれ」

ファドが落ち着いた声で言った。

「いつでもすぐ出せる」

「じゃあ、ちょっと外へ出ようか」

重いドアを押し開けて表に出た。

「頼んだぞ」

小声で囁《ささや》き、ファドの掌に四つに折ったグリーン・ペーパーを押し込んだ。

「一〇〇ドル札で一三枚ある」

続いて豊田カメラマンも。

「二人分！　二六〇〇ドルある」

ファドが薄暗い街灯の下で札を数えはじめた。

「信用しろ。間違いなくある」

ここが肝心である。手の込んだ詐欺師グループなら、ここで大ドンデン返しである。よもや、ビザにこんな大金がかかるとは夢にも思っていなかったが、しゃあない。もうサイは投げられた。ドルは支払われたのである。

午後八時ジャスト。奥から出てきたイブラヒムの両手には旅券とその間に挟まれた書類の束があった。一つひとつ顔写真を確認しながら、旅券が持ち主に返されていく。

「ミヤジマ……」

無表情なイブラヒムから旅券を受け取る。ファドの懐のゼニがイブラヒムに渡ったのであろう。

「確認しろ！」

ファドに言われるまでもない。旅券のページをめくっていくと一八ページに見慣れたステッカーがあった。サダムの紋章、ワシが空を睨みつけているデザイン。ここでパッチもんを掴まされたら命にかかわるので、私は本物の他人のビザのコピーを用意していた。もちろん、照合するためである。間違いない……。ファドがビザに書かれたアラビア語を英訳してくれる。

「パスポートにイスラエル入国の痕跡ある者のビザは無効である……。ミスターは大丈夫か？」

ファドが残念そうに微笑を漏らした。

「ビザのタイプ……、ジャーナリズム」

「うん、ＯＫや」

「期限、すごい、ミスター、三ヵ月もあるぞ。報道ビザは一ヵ月だと聞いていたが……」

「あっ、それ、期限が三ヵ月あっても、一回の滞在は一ヵ月以内ということですよ」

中東事情通の豊田カメラマンが解説してくださる。

「ファド！　ありがとう！」

「あんたの喜ぶ顔が見られてオレもハッピーだ。願わくは一緒に行きたかったが……」

この瞬間、ようやくこの仕事にわずかな光明が見えた。そして、ファドがアラブ人初の私の友人となったのであった。

4　イラク国境を突破す！

——呉越同舟、一蓮托生

この子の頭上にも爆弾が降る

筋金入りのブンヤ

車の手配は豊田カメラマンがしていたが、気になることがあった。運ちゃんは夕方五時にやってきていたが、あれから三時間も経っている。今夜の出発を諦めて手放してしまったとしたら、もう一度、手配できるであろうか。行き先は四時間後にはミサイルが降ってくる国である。これから車を出してくれる物好きが、そうザラにおるとも思えんが……。

三人でファドの車に飛び乗り、ホテルに向かう。もうやることは一つ、一秒でも早いチェック・アウトである。

「豊田はん！　もちろん、すぐに行きはるんでしょ？」

「ええ！　車、すぐに手配します。どれくらいでチェック・アウトできそうですか？」

「もうホテルに着いたら、すぐにでも……」

「私たちもすぐに出られますが、さっきのインドネシア人が一緒に乗りたいと言ってきているんですが……」

「はあ？　あのチンチクリンが、ですか？」

「ええ。同じイスラムの国だし、一緒にいたほうが何かと……」

「ゼニさえ出すのなら」

ウダウダ言い争っている時間さえもったいない。

「車は何でしたっけ？」

「GMCです。というか、それしかないんで。ご存じですよね」

「もちろんですがな！」

GMCはGMのランクル版である。ランクルのように三段目のシートが補助席になっている車検上の八人乗りと違って、文字どおり八人、無理すれば一〇人くらいは押し込める。シボレーのブレイザーと並ぶ4WDの王者である。乗客が三人だろうが四人になろうが、キャパは充分にあるハズである。会話が終わらないうちに、ファドのベンツはホテルに着いた。

「じゃあ、三〇分後にここで！　車は努力します！」

荷物はまとめてある。為すべきことは報告だけ。時計の針は九時近くを指している。あと三時間ちょいでミサイルが降り出す土地に向かうのである。

誰かに言い残しとかんと、途中でドカンとやられた場合、死体が砂漠の砂に埋もれてそれっきりということもありうる。

「エッ！　まさか？　本当に取れたんですか？」

テレ朝支局の山野記者は目を丸くした。そりゃあ、そうである。ほんの数日前、NGOのビザを横取りしようと画策していたのに、買ったとはいえ、ホンモノの報道ビザが旅券に押されているのである。それもブッチャーみたいなエジプト人助手が「エエ加減なことを抜かすな」とファドに噛み付いていたルートで――。

「どうやって……、いったい……？」

「あの例の臨時の助手のおかげで……。すぐに出発します」

「エッ？　夜、走るんですか……？」

「お世話になりました。皆様によろしくお伝えください。バグダッドで会いましょう」

「……お気をつけて」

部屋から荷物を運び出し、ライトを消そうとした瞬間、室内電話が鳴り出した。受話器から聞こえてきたのは共同の有田記者の声であった。

「宮嶋さん！　ビザ、どうなりました？」

私は受話器に向かって思いっ切り胸を張り、自慢気に答えた。

「取れました。しかも、報道ビザ！」

「どうやって、いったい……？」

「買いましたよ！」

「ホントに売ってんですか？　ビザを？　本当に？」

「ピザじゃないですよ。ビザですから……」

「昨日、おっしゃっていたルートですか？」

私が国境を越えるまではアクションを起こさないことを条件に、ファドの電話番号を伝えた。社命で脱出してきたとはいえ、次の取材に備えて、すぐにでもビザが欲しいハズである。

「それでは、出発しますので」

「エッ？　今からですか？　そうですね、急がれたほうが……。で、お一人ですか？」

「いいえ、同じ方法でビザを取った二人のフリーと一緒です」

「エッ？　フリーの方、二名も……。お名前わかります？」

「当然。豊田さんと清水さんという方です」

「下のお名前は？」

さすがである。この時間、この状況下でイラク国境を越えるなんて、何が起きても不思議ではない。私としては考えたくもないが、もしそうなったとき、有田記者は真っ先に配信するつもりなのである。「無謀、日本人フリーカメラマン、アパッチ・ヘリに攻撃され、イラク戦争犠牲者第一号に」と。私は、不吉な見出しを頭に浮かべつつ、電話の相手は筋金入りのブンヤなのだと再認識するのであった。

八〇〇キロ五〇〇ドル

日本を発つ直前に受け取ったアメックスのブラック・カードでチェック・アウトを済ませると、豊田カメラマンらもすぐに現われた。

「車は？」

「間に合いましたよ！　夕方お願いしていたＧＭＣ！」

インコンの玄関前には白いＧＭＣの巨体がガビーンと停まっていた。これか……。これで行くんかいな……。アフガンで使ったトヨタのピックアップ・トラックよりはるかに大きい。傍で、夕方見たヒゲ面のオヤジとニィちゃんがすさまじい勢いで口ゲンカの真っ最中であった。

「これ、豊田の車か？」

「なんてこと言うのだ？　アメリカのＧＭ、ジェネラル・モータースなのだ」

「……なんちゅう、トヨダの車か？」

「うるさいなのだ！」

アカン。この車でないことを祈るばかりである。

「皆さん！　準備できましたか？」

豊田カメラマンから声がかかった。どうも、この車みたいである。

「食糧は？」

「国境近くに安い免税店みたいのがたくさんありますンで、そこで最後の補充を……」

「ヨルダンの出国許可は……」

「えーと……、イラクのビザを持っている者に限り、必要ないと思います。前回までのことですが……。今はこういう状況だから……、ひょっとしたら、ボーダー閉鎖しているかも……。少なくとも攻撃が始まるまではこのままでいいかも」

「ヨルダンのプレスカードをお持ちですよね」

「問題なし」

「これ、昼間買い出しておいたアルミ・ホイルです。今のうちにパソコンやインマルをお持ちでしたら、厳重にくるんでおいたほうが……」

さすがである。しかし、E爆弾ってホンマにあるんかいな？　電源の入っていない電化製品がイカレるほど電磁波を放出するンやったら、同時に人間の体もパーにならんのやろか……。

「それで、例のインドネシアのチンチクリンは？」

「アッ、あの人、やっぱり今日の出発は見合わせるって……」

「やめる？　今日、行かん奴は当分行かんでしょうな」

「怖くなったんでしょう。普通の人なら、当たり前だけど……」

「シンガポールの二人組には泣いてもらいましょ！」

ヒゲ面のオッサンが我々の元にやってきた。さっきまでのすさまじい口ゲンカの余韻が残っているのか、頭から湯気が立ち上っている。

「準備はOKなのか？」

「荷物を積んでくれ！」

「よっしゃあ！」

クロークの横で待ち構えていたボーイを手招きした。カートに載せられた大量の荷物が運ばれてくる。さっきの白いGMCが後部ドアを開けて待っていた。私一人でも六〇キロの荷物がある。三人揃うと相当な荷物である。バカでかいGMCの荷物スペースは瞬く間に埋まり、倒した三列目のシートにも押し込んだ。

「よっしゃあ！　出発じゃあ！」

「ちょっと待つのだ！」

ヒゲ面のアラブ人が叫んだ。

「料金は五〇〇ドルなのだ。この戦争前に五〇〇ドルは格安なのだ。これは初めから話がついていたからで、他の奴に頼んでみるのだ。一〇〇〇ドルも二〇〇〇ドルも取られるなのだ」

どうも、そんなことを言っている。恩着せがましいノーガキが朝まで続きそうな勢いである。

「普段は一〇〇ドルだろ！　しかも往復で。前回もそうだったし……」

さもありなんである。今夜は相場の一〇倍ということになる。高いのか、安いのか、わからん。もう相場なんて崩壊しているのである。ちなみに、戦争バブルが最大に膨らんだ時は片道三〇〇〇ドルにまで跳ね上がった。

豊田カメラマンが頼んだのは、以前バグダッドに行った時に使ったタクシー会社であった。アンマン―バグダッド間に空路がある時でも、荷物の多い我々の稼業は、陸路のほうが安上がりなのである。

アンマン―バグダッド・ルートは直線距離で約八〇〇キロ、運ちゃんたちにとっては通い慣れた道、ドル箱ルートである。需要と供給とアッラーの神の都合で、プライスは変動するのやが、少なくとも今の五〇〇ドルは高いとは思えん。それに、五〇〇ドルといったって、三人で頭割りにするのである。

「さあ！　とっとと出よう！」

ヒゲ面のオッサンを促したが、オッサンはまだニィちゃんと口論している。

「何やっとんのじゃあ！　豊田はん！　ワシがハンドル握りまひょか？」

「ちょっと待って！　何か料金のことで、まだ揉めているみたいだから……」

五〇〇ドル丸々がヒゲ面の運ちゃんに行くわけはなく、その取り分をめぐって揉めているのである。「ヤバイ橋を渡るのはオレなのだ、もっとよこすのだ」と運ちゃんがダダをこね、親方（ニィちゃん）が渋っているようである。どうせ、値段を吊り上げるための芝居であろう。

日本人と働きたい

しばらく消えていたファドが姿を現わした。イカン、イカン。ちゃんとイロをつけてゼニ払うたらんと――。

「よかった……、と言うべきかな」

「世話になった――。これは今日までの働きの分や。約束どおり、報道ビザの割増も入っている」

「本当に一緒に行きたかった……。無理するな。アンマンに戻ってきたら、いや向こうで困ったことになったら電話くれ」

「ああ……」

「最後にお願いがある。オレはしばらくまた失業だ。できたら、アンタらのような日本人と働きたい。誰か紹介してくれないか」

ふむ……、もっともである。この信頼すべき男を他人に提供するのはもったいないが、ファドにも扶養家族がある。

「よっしゃあ！　テレ東でどや！」

というか、テレビ東京しか思い浮かばなかった。日本の大手メディアは、ほとんどがカイロに支局を持っており、同じアラビア語だから、そこから敏腕助手をゴソッと連れて来ている。

しかし、数日前の朝メシの時に会った、アフガン入国前のドシャンベからの顔見知りでもあったテレビ東京の飯島モスクワ支局長は、一人でアンマンに飛ばされてきたばっかであった。

ファドが、日本のテレビ局から支払われる高額のギャラで第二夫人でも囲えれば、恩返しになるというもんである。

「ちょっと待ってて。ファドに礼をしてくるから」

今回のビザ取得の一番の功労者ファドのためと聞き、豊田カメラマンたちも快諾してくれた。まずはホテル内の館内電話にダッシュした。交換手に飯島支局長の名を告げ、部屋に繋いでもらったが、残念ながら応答はなかった。

「よっしゃあ、紹介状を書いたるから、これを先方に見せ！」

私は丁寧にファドのために紹介状を日本語で書いた。

「日本の報道関係の皆様へ　この書を所持するファドなる男は信頼に足る人物です。事実、この度、ファド氏の尽力で私は危機を脱することができました。私はファド氏が貴社のお役に立つことを責任持って約束することができます。不肖・宮嶋」

「これを見せ！　屁の突っ張りにはなる。それに二、三人の日本人に君の携帯の番号を伝えておいた。たぶん、連絡があるやろ」

いや、きっとあるハズである。私が一三〇〇ドルでビザを買ったことを知る有田氏の性格からして、必ずファドに接触し、オノレらのビザの取得を図るであろう。

「ありがとう」

「こっちこそや、いい写真撮ってくるわ！」

爆弾同然のイギリス人

ＧＭＣに戻ると、ヒゲの運ちゃんが後部席に首を突っ込んで、車内の豊田カメラマンと交渉中であった。どうせゼニを吊り上げるのであろう。

「どうなのだ！　ダンナ！　あと一人乗せられるなのだ！」

「何のことや？　さっきのインドネシアンか？」

たしかにまだ余裕がある。助手席までベンチシートだからあと三人は乗れる。

「違う！　あそこのイギリス紳士なのだ」

ヒゲの親方が指差すほうを見て思わず「ゲッ！」と言ってしまった。あのサバネェちゃんの片割れのトーマスとかいう機関車みたいな名前のイギリス人カメラマンである。これがフランス人かロシア人なら問題はない。ゼニさえ払うなら喜んで乗せてやる。

しかし、よりによってイギリス人である。アメリカ人よりはちょいマシやが、これから攻撃を仕掛けると言っている国なのである。そんな国の人間と同じ車で行くなんて、ガソリンかぶって火事場に飛び込むようなもんである。

ここはお互いプロである。日英同盟も半世紀以上前に破棄されている。それに、アフガンのジャボルサラジではイギリス人と同じ下宿になり、角突き合わせた。入浴をめぐり、連中の身勝手な論理で険悪なムードになったのである。そして、挙げ句の果てに、連中はわが支局の前に巨大なウンコまで垂れたのである（ぜひ『儂は舞い上がった』を参照されたい）。

「アカン！」

三人は同時に口が開いた。

「頼む！　あのジェントルマンも困っているのだ。乗せてやるなのだ！」

どこがジェントルマンや。やっていることは００７も真っ青や。ＭＩ６（MILLITARY INTELLIGENCE 第六部）のエージェントなんて可能性もゼロやない。そんなもんと関係なくとも、イギリス人である限り、ＧＭＣに爆弾抱いて乗るのと同じである。

「絶対に（アブソルートリー）ノー！　もうスペースがない。なんやったらオレが言うたろ」

大量の荷物をポーターに持たせ、恨めしそうにこっちを見ているイギリス人に、何の同情も湧かなかった。悪う思うな、お互い商売や、わかるやろ……。相手はＢＢＣやロイターではない。私と同じ一匹狼のフリーである。

ヒゲ面の運ちゃんは、まだ外の同僚らしきニィちゃんたちと罵り合っている。

「どないします？　豊田はん！　ちょいとイロつけますか？　命預ける相手でっせ……」

「いやダメ！　彼らのためにならない」

スゴい！　ヨルダン人民の金銭教育まで考えとんのか……。私は時間と手間を省《はぶ》くためなら、平気で札束で頬を張れるのやが……。

運ちゃんは諦め切れず、周囲に悪態をつきまくっていたものの、ようやくクランク型のコラムシフト・ノブを下げ、ドライブ・レンヂに叩き込んだ。おそらく六〇〇〇ccの、最もアメ車らしい大馬力エンジンの駆動がガツンとシートまで伝わってきた。

次の瞬間、ＧＭＣはハリウッド映画のカーチェイス・シーンのようにタイヤを軋ませて急発進し、私はファドに最後の礼を言うチャンスを失った。

三月十九日午後九時を少し回っていた。薄暗いアンマンの町をGMCはものごっついスピードで走りだした。運転は荒いなんてものではなくモロ暴走族である。まだ怒りが収まらないのか、運ちゃんは携帯を取り出しては怒鳴っていた。

しかし、いったい何に怒っているのかサッパリわからんので慰めようもない。こんな調子でバグダッドまで走られたら、ミサイルの直撃より交通事故のほうがよっぽど怖い。

酒が飲めんで死んだヤツはいない

街中を抜けると、周囲は真っ暗闇に包まれた。対向車も来ない。砂漠の国のハイウェイで運ちゃんの罵り声だけが響く。こりゃあ……、たまらん……。

一時間ほど走ると電波が切れた……と思ったら、今度はダッシュ・ボードから衛星携帯スラヤを取り出した。悪い奴である。イラクではご法度の衛星携帯を車に隠し持っとるのである。

しかし、猛スピードで動く車の中からでは繋がりにくいのか、またイライラし、そしてようやく諦め、スラヤもダッシュ・ボードに戻した。私はポケットからショートホープを出し、勧めてみたが、運ちゃんは一瞥もくれなかった。

シートベルトを締め直す。ＧＭＣは漆黒の闇の中、ヘッドライトだけを頼りに一五〇キロという、とんでもないスピードで疾走していた。羊でも飛び出してきたら大事故である。実際、ヘッドライトが照らす道端には、時折、羊のミンチが浮かび上がるのである。

しかし、このスピードで行くと案外早くバグダッドに着けるかもしれん。

前方に街らしき灯りが見えてきた。西部劇に出てくる町のように、道路の両側に薄暗い灯りをつけた雑貨屋のような商店が並んでいる。

「ここで最後の買い物をしましょう。このあと、もうありませんから……」

こんな殺風景なところでかいな……。しかも時間がない。

「各自必要なものを、ということで……」

まずは水である。えーと……、ろくな店がない。しかもアラブの商人である。

「ウォーター……」

「……？」

アカン！　えーい、片っ端から車に積み込んだれ。私は水を一・五リッターボトルで四ダースをＧＭＣの後部席に積み上げた。これだけあれば、四週間は保つハズである。食糧は日保ちするビスケットを主食にするしかない。これも段ボール箱ごと買ってと……。次はツマミ……、もといオカズやが、日本人はやっぱり魚であろう……。

なんやようわからん、けったいな絵が描かれた缶詰ばっかである。こういう時、頼りになるのはコンビーフとオイル・サーディンであろう。この二つにハズレはない。よしっと、これも一〇缶ずつもあれば……。

おっ、イカン、酒や！　うーむ……。思案のしどころである。

買うべきか、買わざるべきか……。ハムレットの心境である。命のやりとりをする所へ行くのに、酒もないもんだと思うアンタ！　アンタは戦争を知らん。酒はモルヒネと並んで恐怖と苦痛を忘れさせてくれる特効薬なのである。

しかし……、行き先はイラクである。腐っても、空爆されても、独裁者がブイブイいわせていてもイスラム国である。税関での揉め事を考えたら、やっぱ酒はヤメであろう。たとえ現地で調達できなくても、酒が飲めんで死んだヤツはいないのである。恐怖を枕に寝ればいい……。

なあに、心配いらん。バグダッドには日本の大手メディアが、つい最近までズラリとおったのである。それが慌てて全員撤収、今はもぬけの殻である。

共同通信はパレスチナ・ホテル一六階に支局を構えたまま、現地イラク人の通信員だけを置いている。そして、そこにシーバスを隠匿していることを、出発直前、原田カメラマンの口を割らせて確認している。それをいただくことにしよう。

「さあ、とっとと行きまひょ！　こんな殺風景なとこに用はおまへん」

豊田カメラマン一行に目をやると、なんと買い物もそこそこに、なんやオモチャみたいなビデオ・カメラで撮影中であった。お互い商売である。何を撮ろうと邪魔する気はないが、もう商売かいな……。最後の買い出しをビデオに収めているようである。豊田氏のわざとらしい大きなアラビア語の声が店内に響き、それを清水さんがアップにしたり……。

やっと一息ついたと思ったら、店のオッサンから因縁を付けられていた。そりゃあ、そうである。ヨルダン情報局の取材許可ももらっていないし、エスコートの役人もおらんのである。

「豊田はん！　これからもさっきみたいなことを……」

「ええ！」

これぱっかりはどうしようもない。他人の取材活動をとやかく言えんが、先が思いやられる。この調子で、車が止まる度に劣化ウラン弾の被害でも取材されたら……。

闇のハイウェイをブッ飛ばして

三人が車に乗り込むと、今度は運ちゃんがなかなか車を出さない。身振りを察するに、どうやら「メシを食わないか」みたいなことである。冗談やない。こんなところで一〇分も二〇分もメシなんぞ食うとる暇なんかないのである。

腹が減ってもメシさえ食わせてもらえんとわかり、運ちゃんの機嫌はますます悪くなった。私が彼の立場だったら、もうやっとれんハズである。つい一時間前までの罵声が嘘のように、運ちゃんは黙りこくった。車は再び真っ暗なハイウェイをブッ飛ばす。もはや対向車さえ一台もいない。あと数時間で攻撃が開始される国から誰も脱出しようとしないのであろうか。

国境までは東北東へ真っ直ぐ伸びる、このハイウェイ一本である。真っ暗である。間もなく爆音が轟《とどろ》き渡るなんて想像もできない静寂な闇であった。

ヘッドライトに人影とゲートが浮かび上がった。ベレー帽に軍服、しっかりドイツ製G3ライフルを抱えたヨルダン兵が立ち塞《ふさ》がる。停車した運ちゃんに向かって一言二言、言葉をかける。運ちゃんが我々に「パスポートを……」と告げた。

問題はここからである。平時なら、イラクのビザを持つ者は国境までの通行手形も取材許可書も情報省の役人のエスコートも要らないハズである。しかし、もう平時ではない。あと時計の長針が数回転したら、世界唯一の超大国が隣国に攻撃を開始するのである。

国境の閉鎖は、その国の独断でできる。そして一度閉鎖された国境がめったに再開されないのは戦地の常識。だから、急いでここまで来たのである。

パスポートを一つずつ確認すると、ヨルダン兵はあっさり返してくれた。まずは第一関門通過である。とりあえず国境は閉鎖されていないようである。

やがてGMCのフロントガラス越しに薄暗い緑の水銀灯の森が見えてきた。ヨルダン側のボーダー・コントロールである。まるで『未知との遭遇』の巨大な宇宙船を思わせる明かりである。そういえば、あの宇宙船も砂漠に降り立っていた。

薄暗い光の森には人の気配がまったく感じられない。これからイラクに向かう我々の車線上はもちろん、ヨルダンに向かう反対車線にも一台の車も見えない。

午後十一時を回っている。税関吏も出入国官吏も寝てしまうたんであろうか。そんなことはあるまい。運ちゃんはここを何百回となく通過している。夜中にボーダーが閉まったり、手続きができないのなら、九時過ぎにアンマンを出発したりはしないハズである。

再びゲートが見えた。やはり旅券とイラクのビザを確認しただけで、すぐに車は放された。そして三レーンほど並行する一段と明るい駐車場で、GMCはエンジンを止めた。

「パスポート」

運ちゃんは一言だけ言って、我々に外に出るよう促した。ここが出国審査なのであろう。荷をGMCに残したまま、旅券だけ持って外に出る。目の前がオフィスである。中は暗く、人の気配はない。誰もおらんのかと思ったら、ガラスの向こうでトロそうな蛍光灯が順に点灯し、やがて肩章を付けたニィちゃんが姿を現わした。視線が合い、黙ってガラス戸まで進み、旅券を差し出す。ニィちゃんはペラペラと私の旅券のページをめくり、ヨルダンのビザが押されたページで指を止めた。再び指を進め、今度はほんの三時間前に押されたイラクのビザのページで止めた。

「これからイラクに行くなのか？」

何をアホなことを聞いとんのや？　この先はイラクやないか。

「そうや！」

「クレイジーなのだ」

ガチャリと、私の旅券にヨルダン出国のスタンプが押された。車はそのまま五〇メートルほど進み、天井のある、二列レーンの駐車場みたいな所に停車した。ここも人の気配がせん。

運ちゃんは再び我々三人の旅券を引っ摑んで、車外に出て行った。足元というか、車の下を見ると、車の修理工場のように車幅の中心に堀があり、階段でその底まで下りられるようになっていた。ちょうど人間の肩幅くらいである。

これが税関であろう。下に潜り込むスペースは、車体の下に何か隠していないかを調べるためである。陸続きの国境がないわが国では見慣れないが、ヨーロッパでも中東でも、これがある所が税関なのである。

すぐ戻ってきた運ちゃんは「ハイヨ！」と我々三人に旅券を返し、すぐエンジンをかけた。ヘッドライトで浮かび上がった所だけ砂漠が見える。新月か……、絶好の空爆日和である。米軍が攻撃の火蓋を切るのはいつも新月の夜である。ただ、今回はブッシュの最終通告から二四時間後だとすると、当地の夜明け頃である。

空爆が始まっとる！

ヘッドライトに三重になった金網が浮かび上がった。私でもわかる。あれがイラク側のボーダーである。あの先がイラク共和国、またの名をサダム・フセイン王国である。

「ゴクリ!」

自分の唾を飲み込む音が運ちゃんにも聞こえそうである。GMCはあっさりボーダーの金網を越え、すぐに停まった。ダム工事現場の飯場のような薄汚れた平屋があった。深夜にもかかわらず薄明かりが点いている。

壁面にガビーンと掲げられているのは、あのオッサンのでっかい肖像画。その下には英語で「グレート・リーダー・サダム・フセインの国にようこそ」。

「入管です……。暗くてよくわからないけれど、入りましょう」

つい最近も通ったばかりの豊田カメラマンが教えてくださった。肖像画のすぐ下が玄関。二、三台の車が停まっている。近付くと薄暗いライトの下にGMCが浮かび上がった。ただのGMCではない。フロント・ガラスはヒビ割れ、ボンネットはボコボコ。破片みたいなもんがブスブス突き刺さっとる。まあ、二、三回は転がったような車であった。

こりゃあ、ひどい……。よう、こんな車で走ってきたもんや。

ドアを押して中に入ると、隅に白人が三人いた。こちらに視線を向けようともしない。一人は椅子に横になったままである。よほど長い間、ここに留め置かれているのか。

座ったまま目を閉じていた一人がようやく我々に気付いた。こっちはもう、不安で不安でしょうがないのである。我々三人は同時に口火を切った。

「こんばんは……」

「ああ……」

「どれくらい、ここで……？」

「三時間……、デスかな……」

ドイツ訛りの英語である。渡りに船、ここは日独同盟で——。

「これからバグダッドへ行かれるのでしたら……」

「何言うとるダス。私たちはバグダッドから来たところダス」

「はぁ？」

「我々はバグダッドからここまで辿り着き、これからアンマンに向かうところダス」

なんや、逆方向かいな。

「ウチらはこれからバグダッドです」

「クレイジーデス。表の車を見たダスか？　アンタたちもあんな目に遭いたいダスか？」

ドイツ人三人組はテレビ局のクルーで、何時間か前まではピカピカだったGMCが表のようなタダでも引き取ってくれん状態になったという。交通事故ではなく……。

「エアー・アタックダス」

空爆やと？　ブッシュの最終期限まで五時間もあるやないか。

「まだ始まってないハズやけど？」

「じゃあ、我々の車は何デス？　目の前で火の玉が上がり、その破片で車はああなったダス。真っ暗な中、悲鳴が上がり、地獄絵図だったデス」

「どこらへんで？」

「バグダッドからのハイウェイ上でダス。ここから二〇〇キロ以上東デス」

これから我々が通るルート上で、すでに空爆が始まっとるのである。これは、とんでもないことになってしもうた。

米軍は、西に向かう難民かもしれん車に、この戦争に反対しているドイツ国籍のこのテレビ・クルーの頭の上に、ミサイルか爆弾を降らせたのである。

東に、つまりバグダッドに一台で向かう車なんて、もう目立ちまくりであろう。ミサイルやろうが、アパッチやろうが、撃ってくださいと言うとるようなもんである。これはイカン。非常にマズイ。まだ五時間以上もあるハズやったのが、瞬時にゼロになってしまったのである。

ビザを行使してしまった

私もイケイケドンドンだけのアホではない。いくらなんでも無謀すぎる。しかし……、たった今、我々はサダム・カントリーの領内に足を踏み入れてしまったのである。

ここからアンマンに引き返したら、シングル・エントリーのこのビザは、あれだけ苦労して一三〇〇ドルの大枚を叩いた、私のパスポートに燦然と輝くイラクの報道ビザは無効になる。

行くか、戻るか、二つに一つ。第三のオプションはない……。私の鋼鉄の意志も、虚脱感と疲労感を滲ませるドイツ人たちの顔を目の前にしてズタズタである。

アカン！　初《しょ》っ端《ぱな》からこれでは……。しかし、今は一人ではない。呉越同車ながら一蓮托生の豊田カメラマンと清水氏もおる。ここは同じ日本人同士、励まし合って……。

「豊田はん、どないします？」

「宮嶋さん、どうします？」

「いっやあ……、どないしたもんやろ……」

「このまま行きますか？　それとも帰りますか？　ただし、帰ちゃったら……」

「ビザを執行したことになるンスかねぇ？」

「ボーダー・クロスしちゃったから、そうなりますねえ……」

二人の気持ちはマイナスのベクトルに傾きつつあった。言葉が途切れた時、そばで清水氏がボーっと突っ立っていたのに気が付いた。

「清水さんはどないします?」

返事がない。

「清水はん!」

清水氏がハッと我に返った。

「どないします?」

「……いやあ、私、思考がストップしちゃって、頭の中が真っ白で、考えが……」

入口に人の気配がした。ボロボロの、そしてバラバラの私服姿の一団である。

「ジャパニーズ!」

我々のほうに向かって手招きした。

「なんですの? 豊田はん、アレ?」

「さあ……? 入管だと思うンですが……」

ヒゲ面の目つきの悪いヤツが一人、英語をほんのチョイとだけ話せそうである。

「パスポート」

我々は言われるままに旅券を、ビザのページを広げながら手渡した。入管職員というよりアリババの盗賊のような雰囲気である。とても歓迎されとる雰囲気ではない。

このままこの入管小屋の裏に連行され、よくて逮捕、最悪なら人知れずドタマにドカンと一発、ハゲタカの餌にされるのではなかろうか？　運転手も入管のオッサンらに引っ立てられるように一緒に消えてしまった。そして、また不気味な静寂が戻った。

ドイツ人たちは相変わらずベンチに寝そべっている。もう何も考えたくなかった。ボーダーをクロスして、入管に旅券をかっさらわれた以上、ビザは間違いなく執行される。ここから引き返すのは簡単である。旅券が手元に戻りしだい、同じ入管の人間に「帰る」と宣言すればいい。理由を「怖いから」と正直に述べて、である。

外に車の止まる気配がした。大型バスからゾロゾロと人が降りてくる。真っ黒な顔をしたアフリカ系黒人たちであった。四〇～五〇人が一挙に待合室に雪崩れ込んできて、室内の空気は一気にワキガ臭くなり、騒がしくなった。しかし、集団特有の快活さや騒がしさがない。

好奇心旺盛な豊田カメラマンが早速話しかけ、笑顔を浮かべつつ会話を始めた。人のことは言えんが、この人、やっぱ、どっか肝心な神経が欠落しとる。

「スーダン人だって！」

豊田カメラマンにふいに声をかけられて我に返った。

「あの人たち、スーダンからイラクに出稼ぎに来て、今から本国に疎開するって……」

「あっ、そう……、スーダンか」

アフリカの北朝鮮と呼ばれる、最貧国の一つである。外から何やら声がかかり、黒い人夫たちは一斉にゾロゾロと起きだし、やがてバスに乗って出発していった。沈みかけた船から逃げ出すネズミのような連中だから、あっさり出国審査が済んだのであろう。

「ジャパニーズ！」

再び入口のところから声をかけられ、また我に返った。さっきのメガネのヒゲ面の手に三つの日本の旅券と一つの緑色の旅券（運ちゃんの）が握られていた。外を指差し、我々に出て行くように促す。旅券をチェックする間もなく、再び薄暗い駐車場に出た。

寒い。アンマンも標高が高く、朝晩はちょいと冷え込んだが、さすが夜の砂漠である。おまけに風が出てきて、肌を刺す寒さである。ゴアテックスの上着の襟を立てながら、GMCに戻り、慌てて旅券を確認する。すでにアラビア語で入国スタンプらしきものが押されていた。これで、もはや退路は断たれた。いや、帰ろうと思えば帰れるが、もう一回、あの発狂的な手続きと一三〇〇ドルを払うのはイヤである。運ちゃんがすぐに車を発進させた。

「アレ？　もう終わったの？　これでオーケーに？」

後ろの席の豊田カメラマンに聞いてみる。

「まさか……、だって、まだ税関が済んでいないでしょ！」

そうか。これからイラクの税関でしっかりやられるのか……。車は三〇メートルほど走ってバラック小屋の前で停まった。これなら歩いたほうが早いやないか。いや、荷物があったか……。

ガイガー・カウンター持参

「見つかっては困る物は車の中に隠しておけ」と言われていたが……、正直に車から荷物を引き摺り下ろそうとする私を運転手が止めた。「いいから、いいから」と言っているようであった。この運ちゃんの機嫌をとるのに苦労したが、今はとにかく死なばもろともである。

小屋の中はムッとしていた。毛布をかぶった男が壁際の地べたに何人も寝転がっていた。そばにしっかりカラシニコフを立て掛けてある。

「なんや、こいつら？」

「くっさあ……」

まさか、こいつらが税関吏なんやろか……。こりゃあ、税関吏というより山賊、もろアリババの一統である。全員、むっさあいヒゲ面、汚いスカーフを頭に巻いている。一人のデブが目をこすりながら、部屋の隅っこの机に座り直し、口を開いた。

「旅券を……、何か申告するものは？」

下手クソな英語やが、どうもコイツ一人しか英語を話せんようである。申告するものはゴロゴロあった。我々はいったん旅券をデブに渡し、ＧＭＣからスーツケースをすべて引っ張り出して小屋に引き摺り入れた。

夜中に叩き起こされたデブは機嫌がいいワケがない。機材リストの一つひとつに目を通しては「現物を見せろ！」と言い、ブツを取り出すと「もういい……」と言う。その繰り返しである。

ただ一つ違ったのは通信機器、テレ朝から借りてきたインマルである。デブはインマルの鞄を厳重にチェックした後、ファスナーに針金を通し、その結び目を釣りの錘のような鉛で丸め、割印でグニャリと押し潰した。

「この鞄はバグダッドに着くまで開いてはいけないのだ。申告書にバグダッドの情報省の担当官のサインとスタンプをもらってからなのだ。それまでに無断でこの封印を解いたら逮捕なのだ。サインなしで開けた鞄は国外に持ち出せないのだ。開けたら逮捕なのだ」

アホや。私が再びここを通る時、サダム政権なんぞ、存在しないハズである。封印なんて、まったく意味がない。

「わかったか、なのだ？」

「へい！　バグダッドに着くまで、けっして使いません」

ホンマにアホや。運ちゃんは車にスラヤを隠しとるというのに――。

豊田カメラマンも私と同じような感じでチェックを受けていたが、彼はインマルは小型のミニタイプしか持っていなかったが、とんでもないモノを持ち込もうとしていた。もちろんリストに載せて、である。デブはそれに気付いた。

「なんだ、このカウンターというのは？　見せるのだ！」

豊田カメラマンは革のケースに入った、なんやけったいな機材を取り出した。通信機器ではない。ましてや、カメラでもなさそうである。デブは不審そうに舐めるように見つめている。

（なんですの？　それ？）

私も豊田カメラマンの耳元で囁いた。

（これがガイガー・カウンター）

（はあ？）

開いた口が塞がらん。これが、かの有名な……。そういえば、東海村の臨界事故の時、疑惑の工場の周りに、こんなのを振り回す左巻きの方々がたくさんおられたが——。

（なんでまた……、こんなもんを……）

豊田カメラマンはただでさえ声がでかいのに、こんな小屋でそんなに……というくらいの大声を張り上げ、滔々《とうとう》と説明を始めた。

「米軍による戦争犯罪とも言える劣化ウラン弾によるイラク人民への非人道的被害を世界の人に訴えるため……」

こんなやつらにそんなこと言ったって、わかるワケない。案の定、大揉めに揉め、挙句は「おまえらは査察団なのか？」とまで因縁をつけられる始末であった。豊田カメラマンはこのガイガーでミソをつけられ、スラヤもしっかり没収された。

帰国の際、再度この国境を越える時に返却されるらしいが、そんなもん、パチンコ狂いの借金返済の口約束みたいなもんである。今度、私や豊田カメラマンがここを通過する時、フセイン政権は存在しないであろう。今、目の前で思いっ切り強がっているこのデブだって、その時には逃げ出しているか、殺されているハズなのである。

「あーあ、あっさり取られちゃった」

がっくり肩を落とす豊田カメラマン。

「でも、日テレから借りたものだから……」

しかし……、これからイラクに足を踏み入れるのに、通信手段を一つ奪われたのである。二人ではシノギもしにくいであろう。こっちのほうがイタイはずである。

税関吏の超能力

豊田氏がヘンなモノを持ち込もうとしたおかげで、私にとっては、それがいいカモフラージュになった。取調室の中に安堵の空気が流れ、私はよっこらしょとスーツケースに腰を下ろした。

「それを見せるのだ！」

突然、デブが私に向かって命令した。

「どれ？」

「それなのだ！」

デブは安っぽいボールペンで私の足元を指した。恐る恐る視線を落としてハッとなった。アフガンの砂からも私の機材を守ってくれたゼロハリバートンの一つである。私はこの砂漠に来て初めて、オノレの頭から血の気が引いていく音を聞いた。

このゼロハリの中に申告していない物など入ってはいない。しかし、誤魔化しているブツが一点だけ入っている。私は同じゼロハリのスーツケースを三つ持ってきていた。他にも野営道具のリュックや食糧など、荷物は大量にある。その中から、選りに選って、このスーツケースか……。

税関吏というのは不思議な能力を持っている。成田でも、モスクワでも、イラクでも、本能的にヒトの嫌がるところ、痛いところを突くのである。おそらく私は唯一のヤバいブツを隠したいという思いから、無意識にそのスーツケースに腰を降ろしてしまった。それを、教養のかけらもないデブ税関吏は見破ったのである。

もちろん、拒否できるわけもない。私は覚悟を決め、デブの前にスーツケースを持っていき、ロックを解除した。中はアンマンのインコンでパッキングしたままであった。様々な充電器とテーブル・タップ（タコ足配線のケーブル）と中東アダプター（日本、ヨーロッパの電化製品のソケットを中東用にする）が詰め込まれていた。別にそんなもん、いくら見られても痛くも痒くもないが、あと二つ、高価なブツを詰めていた。パソコンが二台である、申告上は……。

一台は正真正銘のパソコン、この出張のために二〇万円弱も出して、大新聞の写真部の手下に調達させたビクター製の最高グレード（らしい）。これは、荷物の多いカメラマンにとってありがたいことに非常に小さい。私の指ではキーボードなるものがうまく押せんほどのシロモノ。

そして、もう一台がいかにも「パソコン」らしい大きさのRBGAN、つまり衛星デジタル回線用の電話なのである。もちろん、受話器もダイヤルも、キーボードすらない。これにコマンドするのはケーブルで繋がれたパソコンなのである。

デブは、本物のパソコンの入ったソフトケースをボールペンで指した。慎重にパソコンを取り出し、机の上にソッと置く。デブは砂に汚れた手で取り上げ、パチンとロックを解除して開けた。そして、小さなキーボードを一瞥《いちべつ》しただけで首をしゃくった。「仕舞え」である。

次にそれより一回り大きいソフトケースを指した。私が最も見られたくなかったものである。

「これは何なのだ?」

待ってました、この一言でデブは沈黙するであろう。

「スーパー・コンピュータや」

私はシレーッとソフトケースを渡した。デブは勝手知ったるようにジッパーを引っ張り、グレーのプラスチックの板を引き摺り出した。ダイヤルも受話器もキーボードもない、開閉式のプラスチックの板である。これが何だかわかるヤツなんて、日本にだってそうはおらんハズである。

大丈夫や。バグダッドに行く連中は皆インマルを持ち込む。それ一台で会話も写真送稿もできるからである。会話のできんRBGANなんて、私のような貧乏人しか選ばん。そして、今この時期にバグダッド入りしようというヤツに貧乏人なんて滅多におらん。このデブは絶対RBGANなんて見たことがないハズである。気になるSATELLITEなる文字が入ったインストラクションはすべてテレ朝のステッカーで隠してある。

プラスチックの板をしげしげと眺めていたデブは当然のように聞いた。

「申告は？」

「もちろん、してある」

私はスウェーデンのメーカー名が書かれた申告書を指さした。そこには「RBGAN・スーパー・コンピュータ」と書かれていた。

「どうやって使うなのか？」

人間、想定していない質問をされるとビビルもんである。

「さて、えーと、このメインのパソコンに繋いでパワーアップ、バージョンアップさせるのである」

その時、デブは思わぬ行動に出た。RBGANをパカンと開いたのである。もちろん、中には何もない。ベタベタとテレ朝のステッカーが張ってあるだけである。

「ハードディスクは？」

「はあ？　はあどですくって、何それ？」

デブの眼光が変わった。やばい……。しかし、なんやろう、はあどですくって……。私は豊田カメラマンのほうに向きなおった。

「だから、このスーパー・コンピュータに、ハードディスクが入っているかってことじゃないの」

「ほれで、入っとるの？」

「知らないよ！」

「はあどですくはノー！」

なんや知らんが、所詮、このスーパー・コンピュータはパソコンをパワーアップする能力しかないことになっているのである。そんなワケのわからん「はあどですく」のハズはなかろう。それとも、その「はあどですく」っちゅうのが中に入っとらんとイカンもんなんやろか。

デブは舐めるようにRBGANをにらみ続けている。あのてっぺんのコンパス、あれが命取りかいな？　ヤバイ、相当ヤバイ……。

ひょっとして、私はこのデブよりパソコンについて無知なのであろうか。デブは不安丸出しの私に見切りをつけたのか、豊田カメラマンのほうに向き直った。

「アッ、うちはジャパンTV、彼はジャパン・ニュース・ペーパー！　我々二人は、彼とまったく関係ありまっしぇん！」

豊田カメラマンの、信じられん言葉に耳が点になった。私がデブにナメられ、イチャモンを付けられそうなのを見て、一緒やとオノレらもヤバイと見切りをつけたのである。

豊田カメラマンは、さらに、ご丁寧にも自分のビザを指さし、何とかオノレだけでも早くここを抜け出そうと必死である。私のおかげでビザが手に入ったことも、同じ車で一緒にここまで来たことも、もう関係ないのである。これだから左巻きは……。

いや、立場が逆だったら、私も同じ態度をとったであろう。そんなことは、我々プロの間では常識である。オノレの安全、任務のためなら、たとえ同僚といえど見殺しにしなければならん時もある。それは左巻きでも右巻きでも同じなのである。

今、まさに爆弾が降らんとする砂漠の掘立て小屋でまわり中を敵に囲まれ、私は本当の一人ぼっちになったのである。と思った時、デブが口を開いた。

「よし、もうもいい！」

やった！　乗り切った！　口先三寸で一日一〇〇ドルの衛星電話持込料を浮かせた。どうせ、次に私がここを通るとき、こいつらは全員、逃亡しているか、殺されているハズである。そして、何よりもイラク政府自体が消滅しているハズである。入国時と出国時にインマル＋電話の数が減ろうが増えようが、チェックするヤツはおらんのである。

イラクに勝ち目はない

「さあ、行こうか！」

私は豊田カメラマンを見上げた。

「まだ外貨申告が……」

そうやった。グズグズしとれん。一刻も早くバグダッドに辿り着かんとイカンのである。我々は急いで荷物を掘立て小屋から引きずり出した。

「さあ！こっち！」

豊田カメラマンに代わって、今度はあの悪態《あくたい》運ちゃんが我々を先導しだした。屋外に出て、車両検査場をすり抜けると、税関の掘立て小屋の裏側に両替所があった。

もちろんイラク・ディナールと米ドルの両替をする所だが、今は違うらしい。ここでイラクに持ち込もうとする外貨、つまり米ドルを申告するのである。なんやアラビア語で書いてあるが、さっぱりわからん。運ちゃんから説明を受け、私たちは一つずつ単語と数字で空欄を埋めていく。

まあ、次にここに来るときには政権が存在せんのやが、それ以前に強制退去っちゅうこともあり得るのである。今まだ我々はイラク官憲の手の内にいる。あくまでも善良なジャーナリストを装い、手続きだけはキチンと済ませておかねばならんのである。

「ここにシグネチャー（サイン）、ここにも」

一応カッコだけでも米ドルをカウントし、運ちゃんの言うがままに記入していく。ギラギラした私服のヒゲ面の目が、私の手の中の一〇〇ドル札をジーッと眺めている。

と、その時、ラジオを抱えたニイちゃんが両替小屋に飛び込んできた。伸縮アンテナをいっぱいに伸ばしている。スピーカーからはノイズ混じりのアラビア語。落ち着いた男の声であった。

運ちゃんに目を向けると、呻きながら頭を抱えてうずくまっていた。

「コイツ、なに、慌《あわ》てとんの？　アッ、まさか？」

「とうとう始まった。バグダッドで――」

やりやがった！　ブッシュのドアホが！　なんであと半日、いや六時間が待てんのや！

ラジオのアナウンサーはバグダッドをはじめ、イラク全土で本格的空爆が始まったことを告げているという。バグダットまで本格的な空爆下を突っ走らなイカンようになったのである。

腕時計に目を落とすと、すでに午前三時を回っていた。三月二十日の、である。アホやと思っていたが、マジでやりやがった。

「バグダッドに兄がいるんだって……」

豊田氏が運ちゃんのほうへ視線を送り、私に告げた。それで、我々の手を引き、手続きを急がせていたのである。税関吏のアホ面にも落胆の表情が浮かんでいる。

この戦いは行き着くところまで行く。前回の湾岸戦争と違って、今回、米軍は南のクウェートとトルコにまで来ているのである。その地上軍がバグダッドにまで来てしまうことを、ここにいる誰もが悟っているのである。イラクの勝ち目は限りなくゼロに近い。

「もういいのだ。出国時に、この申告書がなければ、外貨を持ち出せない恐れもあるので、決してなくさないようにするのだ――」

もはや、我々にかまっている余裕なんぞあるまい。夜が明けたら対岸ならぬ、このフェンスの向こうの砂漠に、米軍戦車がズラリと並ぶかもしれんのである。

そうなったら、ここにいるイラク人だけで防げるわけもない。ただちに、いつでも逃げ出せるよう準備すべきである。私が彼らなら、当然そう考え、とっくにそうしているであろう。

幸か不幸か、彼らの目の前には国境がある。あの金網を飛び越え、ヨルダンに亡命することも可能なのである。

武士の情け

運ちゃんは焦りまくっていた。東の空がほんの少しだけ白み始めている。グズグスしてはおれん。運ちゃんだけでなく、私もこんな所からは早くオサラバしたいのである。

税関小屋の前に戻ると、見知らぬ黄色のタクシーが止まっていた。はて、こんなところにタクシーで逃げてきた難民やろか？

荷物をGMCに戻す前に、若い税関吏がやってきて、車内をチェックし始めた。まあ、常識で考えたら、それが正しい。車の中をチェックしなければザルである。しかし、フロア・シートをペラッとめくり、下を覗き込むぐらいで、いともあっさり済んでしまった。

このオザナリ・チェックの間も、運ちゃんは怒鳴り通しである。アンマンを発った直後、ギャラでもめた時に怒鳴り上げていた、あの迫力そのまま、時には両手を広げ、オーバーなジェスチャーで半泣き状態で訴えている。それにしても、この騒ぎっぷりは異常である。

東の空がさらに白くなっていた。今日も快晴になりそうである。絶好の空爆日和であろう。もはや賽《さい》は投げられた。

税関小屋の薄暗い灯りをバックにシルエットが動いた。黄色のタクシーのパッセンジャーがトランクから荷物を引きずり出しているのである。あっ、シルエットに見覚えがある！　つい数時間前、インコンのロビーで我々が見捨ててきた、あのトーマスなるイギリス人である。

よくもまあ、一人で……。あれから諦め切れず、車を探し、我々に遅れること四時間、やっとここまで辿り着いたのであろう。緊張と暑さのためか、すでに顔面は汗びっしょりである。手を休めることもなく荷物と格闘しているイギリス人と視線が合った。

「やあ、どうだい？」

手を止めずに、イギリス人が声をかけてきた。お互い長くかかわってはいられない。

「厄介やで（タフ・ジョブ）」

私も短く答えた。

「そうか……」

誰が見ているやもしれん。誰が耳をそばだてているやもしれんのである。

「グッド・ラック！」

車に乗り込む私に、彼はヤケクソ気味に声を投げかけた。これから、どっちかが先にバグダッドに着く。いや、どちらかが着かないかもしれないし、双方とも着かないかもしれん……。

「さあ、なんやかんやありましたけど、もう行くしかないみたいですな！」

「うん！」

豊田カメラマンもすっかり覚悟を決めていた。ところが、清水氏の姿が見えんのである。まさか、こんなとこでカメラを回してるなんて、考えたくもないが……。さすがに責任を感じた豊田カメラマンがＧＭＣから飛び出していった。

「まったく、どこにいるの！」

舌打ちしながら「清水さあーん」と声を張り上げた。朝日が昇り始めていた。清水氏をここに捨てていくなんて考えは、少なくとも豊田カメラマンにはサラサラない。運ちゃんはイライラして、手のひらでハンドルをバンバン叩きだした。

税関小屋の向こうに人影が動いた。朝日をバックに小走りにこちらへと向かってくる。

足の長さから東洋人だと判別できた。清水氏であろう。

「もう、何やってたの！」

人類愛に満ちた人権派カメラマンが声を荒らげた。

「ごめん、我慢できなくて――」

私は何も尋ねなかった。おそらくクソである。我慢する苦しみを誰よりも知る私は、武士の情で清水氏を責めることはしなかった。清水氏を回収すると、ＧＭＣは重低音をうならせ、砂煙とともに東へと走り始めたのであった。

5　イラク戦争犠牲者第一号

――運ちゃんの兄が殺されている！

いきなり、コレか……

半泣きでブッ飛ばす

バグダッドへ脱兎のごとく一直線と思ったら、ＧＭＣは一〇〇メートルも走らずに側道に入った。給油である。こんな戦時下の早朝にガソリン・スタンドが開いているとは、さすが産油国である。油が枯渇したヨルダンから国境をちょっと越えただけで、ガソリンはガクンと安くなる。あれほど焦りまくっていた運ちゃんも、経済観念だけは忘れんとこがアラブ人である。

旧ユーゴで空爆を経験した私はよう知っとる。石油がなければ、戦車も戦闘機もみーんなタダのチョー粗大ゴミにすぎんのである。だから石油精製施設は真っ先に空爆目標となる。ただし、それはユーゴの場合である。アメリカがムリヤリ仕掛けたこの戦争の本音は石油であろう。戦争に勝利しても、石油施設がオジャンだと大軍を送り込んだ意味がなくなってしまう。

スタンドの中からは誰も出てくる気配がなかった。運ちゃんは両手を広げて絶望のポーズである。おそらくタンクに十分な燃料がないのである。

もちろん、運ちゃんも突っ立っているほどヒマではない。オノレで給油ホースとノズルを摑み出した。そしてＧＭＣの給油口に突っ込もうとしたところに、やっとこさ店員のニィちゃんが目をこすりながら現われ、運ちゃんからノズルを奪い取った。

ちなみにイラクではガソリンがリッター一円である（当時。『サマワのいちばん暑い日』を参照されたい）。戦時下であっても、イラクに入ってから給油したいのは当然である。

満タンになったGMCはハイウェイに躍り出た。道はアホのように東に一直線、バグダッドまで続いているハズである。重低音のエンジンが高回転でうなり、大排気量の燃費の悪そうなミニバンは、アクセルべた踏みのまま、朝日に向かって走り続けた。

米軍は、はるか彼方の大気圏外からこのハイウェイを覗いているであろう。今の我々は、開戦と同時にボーダーを越えてきた、たった一台の、いやイギリス人のタクシーを加えてたった二台の怪しい車輌である。イラク軍の高官が舞い戻ってきたと映っとるのではなかろうか。

私は、後部座席で無言の豊田カメラマンと清水カメラマンを振り返った。

「ここからは一睡もしないように……、私は前方を見ますから、お二方は左右を見続けてください。航空機の姿を見つけたら、ただちに停車して車から飛び降りましょう。気休めですけど」

トマホーク、空対地ミサイルともに音速に近いから、耳より目なのである。

運ちゃんが懐から携帯を取り出し、一瞥《いちべつ》してポケットに戻した。圏外なのである。続いてダッシュ・ボードに手を突っ込み、黒い大きな塊を掴み出した。スラヤの衛星携帯である。さっき豊田カメラマンが没収されたのと同じブツを隠していたのである。

アクセルべた踏みのまま、運ちゃんは衛星携帯のキーボードに視線を落とし、焦りまくっていた。これは、空爆より恐い。穴ぼこにでもハンドルを取られたら横転である。対向車が来ないから死にはせんやろうが……。私はしっかりシートベルトを締め直した。

スラヤがなかなか繋がらないのか、運ちゃんの焦りはますます募《つの》り、アクセルを踏み込む足に力が入っていく。もはや半泣きである。

「レストラン、兄……」

片言の英語でそう言っている。ドイツのテレビ・クルーが見た、日付が変わる前の空爆現場がこのハイウェイ沿いにあるハズである。たしかボーダーとバグダッドの中間地点ぐらいと言っていたが……。

ハイウェイは行けど進めど、対向車も追い越す車も現われなかった。突然、黒い影が前方を横切り、シートから跳び上がりそうになる。カ、カラスか……、ホッ——。あれがF—16かミサイルなら、我々はとっくに黒焦げ、バラバラである。

時折、後ろから寝息が聞こえてくる。しかも二重奏である。太陽が昇りだし、車内の温度が上がっていた。緊張の一夜を乗り切り、ホッとしたのであろう。もはや揺り起こす気もない。どうせパイロットに見つかったら死ぬのである。

ただ、奇跡的に私が先に見つければ助かるかもしれん、私だけ。二人を起こす時間的余裕はない。それだけのことである。

一生で一番長い八〇〇キロである。運ちゃんもいつもの何倍も長く感じているであろう。眠い。たまらなく眠いが、怖くて目を閉じられない——。

誤爆現場一番乗り

遠くにインターチェンジらしきものが見えてきた。ハイウェイ上ではああいう所が最もヤバイ。あそこにミサイルを撃ち込めば、橋の上部が崩れ落ち、両線とも使えなくなる。その下に車が走っていれば一石三鳥である。

「あれがシリア街道との三差路だよ」

いつの間にか目を覚ました豊田カメラマンが教えてくれる。インター近くまで来ると「SYRIA」の矢印看板も見えた。

「脱出する時、ヨルダンのルートが使えない場合は、このシリアのルートを使うしかないよ」

そうかもしれんが、我々は三人ともシリアのビザを持っていない。ヨルダンのマルチ・ビザはあるけれど——。

インターを無事越えると、時折、バグダッド方向に向かう車輌が現われ始めた。普段、このバグダッド街道は、イラクからは石油を満載したタンクローリーが、ヨルダンからは石油の売上げで調達した物資を満載した大型トラックがビュンビュン走っているのであろう。しかし、今はそんな車は一台も見えない。小型車がポツポツである。

目を血走らせ、アクセルをべた踏みにしている運ちゃんの脇から距離計を覗き込む。国境から二五〇キロくらいは走ったであろうか。

ウン……？　道路に小石が散らばっとるような——。と思った瞬間、運ちゃんが突如ハンドルを切り、GMCはハイウェイ脇に滑り込んだ。

小石まじりの未舗装のスペースに名ばかりのレストランや売店がへばりついている。開いている店はなく、停まっている車に目が釘付けになった。

無茶苦茶になったワゴン車が二台。その脇に瓦礫の山。これがレストランのなれの果て、いやモスクもあるような――。

運ちゃんが半狂乱で何かを叫び、車から飛び降りて走り出した。サイド・ブレーキも引かず。こりゃあ、早速、仕事になりそうである。しかし、ヤバイ……。まさに行きがけの駄賃のような仕事やが、プンプン匂うのである。取りあえずカメラを出し、状況だけでも確認して――と思った矢先、そばの民家からバラバラと人影が飛び出してきた。

（おっと、アブナイ、アブナイ。あの連中の正体を確かめてからや――）

運ちゃんは、飛び出してきたオッサンたちに何かを叫ぶやいなや、頭を抱えてしゃがみ込んだ。

「見てみるのだ！」

オッサンたちがこちらに手招きしているようである。豊田カメラマンが何事か尋ね、オッサンたちと一緒にレストランのなれの果てに歩を進めていく。

大丈夫そうである。私もシレーッと後に続く。足元は破片だらけ。何か爆発があったことは確かである。ユーゴやコソボでトマホークの空爆跡をいくつも見たが、それよりは規模が小さい。いや、ターゲットが小さかったからかもしれん。

昨夜、ドイツのテレビ・クルーは「いきなり道路脇で爆発した」と言うとった。今、イラク軍には対空ミサイル以外の飛び道具は大砲ぐらいしかないハズである。大砲だったら、砲撃音ぐらい聞こえるハズである。そもそも、この時点でイラク軍がオノレの領土でミサイルや大砲をブッ放すなんて考えられん。

とすれば、やっぱ米軍の勇み足、開戦リミットを破ってミサイルを降らしよったのである。しかもモロ誤爆やないか。こりゃあ、とんでもない現場である。ドイツのテレビ・クルーは逃げるのに必死で、とても撮影どころではなかったハズである。すると、我々がこの誤爆現場一番乗りやないか！

顔が潰れている

瓦礫の山に駆け寄った運ちゃんは、その下を覗き込むや、ワンワン泣きだした。そこにある何かを見てしまったのである。私もおずおずと覗き込んだ。午前七時を回り、外は砂漠のドピーカン、あまりの明暗の差に目が慣れない。

懐からストロボを取り出し、今回初めて持ってきたデジタル・カメラ、キヤノンＥＯＳ１Ｄにセットした。キヤノンの専用ストロボは、カメラにセットして絞込み測光ボタン（プロしか使わん機能です）を押し込むと、約八秒間、最小発光量で光る。これは人間の目に

誤爆現場でボコボコになったワゴン車

駆け付けた田舎のオマワリ

は途切れがわからん連続発光で、かなり強力な懐中電灯がわりになるのである。

暗闇に向けて測光ボタンを押し込む。ピカピカ〜。闇に浮かび上がった像に思わず息を呑んだ。人間である。一発で目が覚めた。人間がこの瓦礫の下におるのである。

目が慣れてきた。ジッと見る。髪が縮れた若い男。もちろん息はしていない。顔が瓦礫の間に挟まって潰れている。ひどい……。アメリカはこのところ地上戦をやっていない。空爆ばっかで、殺された人間の顔を見なくなっている。だから、平気でミサイルをジャンジャン降らせるのである。むごい……、まだ開戦前やというのに。イラク戦争の犠牲者第一号であろう、いや、第二号も第三号も、この瓦礫の下におるやもしれん。

運ちゃんのすすり泣きが続いていた。いつの間にか、一人のオッサンが私の後ろから覗き込んでいた。さっき外に飛び出してきた、あの一団の一人である。

「わしの親戚なのだ」

オッサンは自分の顔と瓦礫の下を指さしながら、ボソッと呟いた。そして、今度は瓦礫の下と泣き続ける運ちゃんを交互に指さして言った。

「兄（ブラザー）なのだ」

まさか……。言葉を失った。ここに来るまで、運ちゃんは片言の英語でブラザーがどうのこうのとブツブツ言っていた。ホンマやったのである。

それにしても、なんちゅう恐ろしい偶然であろう。私が乗ってきた車の運ちゃんがイラク戦争犠牲者第一号の弟だったのである。運ちゃんは、あの税関小屋で雇い主の我々が責められている間にダッシュ・ボードのスラヤでこの悲劇を知ってしまったのである。

豊田カメラマンが運ちゃんの肩を抱いて慰めている。その様子を清水カメラマンがしっかりデジカメに収め、しかもレポートまでしている。

しかし、私はまったく別のことで頭が一杯であった。一刻も早く、この場から立ち去らねば……。すでに誤爆の証拠映像はフィルムに収めた、いや、なんとかカードに記録した。仕事が済んだ以上、こんな物騒な現場に長居は禁物である。といっても、肝心の車が、いや、運ちゃんがこの悲劇である。とてもハンドルなんか握れる心理状態ではない。やがてブルーの制服まで現われた。腰に拳銃が見える。言わずと知れた警官である。かなり悪い兆候やないか。

「豊田さん、豊田さん、早く行きましょ。とりあえず車に戻って」

しかし、聞こえているのか、いないのか、一向に意に介さない様子である。豊田カメラマンは警官に何かを話しかけ、続いて私に応えた。

「大丈夫だって。撮ってもかまわないって言ってるし――」

そんな呑気なこと……、こんな砂漠の集落の駐在のオッサンの言葉なんぞ、何の保証にもならん。ここにイラク軍の情報部かなんかが駆けつけたら、怒り狂って我々を逮捕するかもしれんではないか。なんちゅうても、我々はまだイラクのプレスカードを持っていない。バグダッドで取得せなアカンのである。しかし、運ちゃんがこうなった今、どないしたらエエのであろう。私が転がしてバグダッドまで行けたらエエのやが、運ちゃんが承知するハズもない……。

一〇〇ドルの香奠《こうでん》

やがて、運ちゃんの親戚のオッサンが、ハイウェイを通り過ぎようとした白と黄色のツートンのボロ車を捕まえてきた。まさか、このポンコツでバグダッドに向かえ（あと三〇〇キロ弱）というのではないやろうな――という私のいやな予感はモロ的中した。

今まで五リッター超のＧＭＣにおったのである。それが、今、私の目の前にあるのは、もはや車種どころかメーカーもわからんようなポンコツのセダン。

しかも、運ちゃんがムチャクチャ怪しい。おきまりの髭面、頭には汚いアラファト・スカーフ（アラブ人がスカーフや帽子がわりに使う布）を巻き付けたジジイである。

「バグダッドまで一〇〇ドルで話はつけてあるのだ」

親戚のオッサンが片言の英語で言うに至って、私も覚悟を決めた。もはや、これ以上こんな所でグズグスしとられんのである。

だが、この車でバグダッドに向かうとしても、ジジイに払う一〇〇ドルは、なんで我々が支払わなければイカンのであろう。すでにアンマン―バグダッド間は前金で渡している。その一〇〇ドルはGMCの運ちゃんがボロ車のジジイに支払うべき銭ではないか。しかも、こんなボロ車という不便もかけるのである。

しかし、たった今、兄が死んだ運ちゃんに「その一〇〇ドル、ワレが払え」と言うのはあまりに酷というもんであろう。ただでさえアンマンを出発する時、あれだけ揉めたのである。これは香奠がわりと諦めるしかないか……。

問題は荷物である。あのGMCに積んでいた荷物がセダンのトランクに納まるハズがない。と思っているうちに、親戚のオッサンも手伝って、荷物は次々にセダンのトランクに積み込まれていった。もちろんトランクが閉まるわけもなく、ゴム紐で仮止めである。

それでも積みきれんから、シートにもギチギチに積み、我々三人はヨルダン側で調達した食糧や水ボトルの隙間に潜り込む。こんなんであと三〇〇キロ走らなイカンのか——。

車種もわからんボロ車に、荷物と人間がギチギチである。パンクでもしたら、そこで終わりであろう。ただし、良いことが一つだけある。GMCより目立たん——。

「悪かった。済まないのだ……」

ボロ車に近付いた運ちゃんが一応、謝ってくれるのだけが救いであった。

「深刻に考えるな。元気出して」

私も口だけのお悔やみを車内から述べた。

辿り着けば満室

走り出したポンコツはすぐに止まった。ガソリンを入れるためである。ジジイはこのガス代も我々が支払うべきだとコキだした。もう最低である。これがアラブ人なのである。

リッター一円やないかい、オノレで入れんかい——と無視する。

エアコンもないポンコツにしばらく揺られると、しだいに車が増えだした。道行く人もそれなりに増えている。バグダッドが近いのである。そして、人びとが外に出る時間になったのである。

道行く人は軍人か、カラシニコフを担いだ民兵のような奴ばっかである。そいつらが一心不乱に土嚢《どのう》を運んだり、ツルハシやスコップを振って塹壕《ざんごう》を掘っている。幹線道路にはバリケードや検問所らしきものもあった。チラッと視線を飛ばし、手を振ってくる。軽く手を挙げると、止められることなく、そのまま通過できた。

いつ米軍戦車やアパッチがやってくるかもしれんのに、こんなポンコツ車に係わっている余裕なんかないのであろう。マジ顔でキビキビ動いている。橋の両端、交差点、大きなビル、皆、最後の守りの準備に大童《おおわらわ》なのである。

しかし、そんなタコツボや土嚢で米軍の機甲部隊やアパッチの攻撃を防げると思っとるのであろうか。ボロ車はかすかに見覚えのある通りをカメのように進んでいく。

「ここ大統領宮殿の近くですよ！」

豊田カメラマンが小声で教えてくれた。それでなんとなく記憶に残っているのか。

「普段なら、ここでカメラを取り出しただけで、とんでもないことになるんですけど」

そう聞くと、外の兵隊どもと視線を合わせたくないが、視線をそらすとかえって怪しまれるかもしれん。なんちゅうても、相手は超神経質になっているのである。今、オノレらが立っている場所が、米軍の第一空爆目標であることは素人でもわかることであった。

やっと、やっと、バグダッドに着いた。時計はすでに十二時を回っていた。平時ならたった一〇〇ドル、六時間で着く行程に一二時間以上かかっている。

ボロ車はバグダッド市街を抜け、チグリス川にかかる橋を渡り、その沿岸を走り続けた。ここまで来ると私の記憶も甦《よみがえ》る。各国を代表するジャーナリストがワラジを脱ぐパレスチナ・ホテルはすぐそこである。私が一二年前に滞在していたホテルである。

今回もここに泊まりたいが、東京からもアンマンからもめったに電話が繫がらない状況であった。ホテルのフロントは新たな予約を受け入れる余裕なんぞないであろう。

見覚えのあるロータリーにボロ車が入った。そうや、一二年前、あそこのフセインの肖像の前で記念写真を撮り、年賀状に使ったのである。ボロ車はロータリーを半周してパレスチナ・ホテルのゲートに着いた。

豊田カメラマンたちは早速、荷を下ろし始めた。このホテルに先乗りして、日テレの仕事をしている佐藤和孝氏に部屋を確保してもらっているからである。これだから組織がデカイとこは違う。もっとも、今ここに来ているのはフリーばっかであるが……。

私も一秒でも早く荷を解き、取材態勢に入らなイカン。早速、フロントに駆け込んでみたが、やっぱし満室であった。ちょうど昼過ぎである。世界中から駆けつけたカメラマンたちがこのホテルを満室にしているハズやが、ロビーは信じられんくらい閑散としている。おそらく、同業者たちは取材に出かけているのであろう。

ブロイラーのように

「情報省」と書かれた看板には、そこからの通達らしき文書やジャーナリスト同士の伝言らしきものが貼られ、その傍らに背広姿の怪しいアラブ人の一団が屯《たむろ》していた。恐らく情報省からのお目付役といったところであろう。そんなことより宿である。早いとこ宿を決めんと……。フロントのニィちゃんに尋ねると外を指さされた。

「へえ？」

「シェラトン！」

あっ、そうか。パレスチナ・ホテルとシェラトン・ホテルはツインタワーのように並んでチグリス川沿いに建っているのであった。

「それじゃ、宮嶋さん、我々はここで――」

「おっと、タクシー代、どないする？」

ボロ車の運ちゃんに一〇〇ドル払わねばならんのである。

「宮嶋さんが降りるところで払っておいてくださいませんか？」

こんな状況で、たとえ同業者であっても、いや同業者だからこそ、金を立て替える、すなわち貸すというのは気が進まんが、私も早く宿を探す必要があった。

同じ週刊文春から依頼を受けている村田信一カメラマンもこのホテルに泊まっているハズやが、連絡が取れていない。帰ってくるまでロビーで待つという手もあるが、同じ雇い主でありながら、同じ宿というのも能がなかろう。

そんなことより、とにかく、今は早く落ち着き、数時間前に撮った誤爆犠牲者第一号の映像を東京に送ってしまいたい。よし、もう一頑張り——とロビーを出ると、運ちゃんが勝手に私の荷物を下ろしていた。こんな時だけは気が利くもんである。

「もう少しや」

通じないのを承知で言い、荷物を再び積み込むと、ジジイは露骨に嫌な顔をした。

「シェラトンや！」

「そこなのだ！」

ジジイはホテルを指さして喚《わめ》いた。

「この荷物を見てみい！　担いで歩くわけにはイカンのや」

苛立ちながらも、身振り手振りで説得し、先を急がせた。ポンコツは一方通行のパレスチナ・ホテルの車寄せを出て、すぐシェラトン前で停まった。

「ここでもうオシマイなのだ！」

喚き散らすジジイに一〇〇ドル札を差し出す。

「行き先が違ったから一五〇ドルなのだ」

コレである。コレがアラブ人である。

「行き先が違うというたって、五〇メートルも離れてないやないか！」

「ベンジン（ガソリン）代なのだ！」

普通、ガソリン代込みの料金やろ。第一、五〇ドルやとリッター一円のイラクのガソリンを五〇〇〇リッター以上である。こんなポンコツ、四〇リッターで満タンである。

しかし、言い争う暇ももったいない。私は一五〇ドルでやっとジジイを追い払った。二度と見たくないツラである。どうせ空爆で死ぬ奴がおるなら、GMCの運ちゃんの兄よりこのジジイにしてほしかった。アッラーの神も気まぐれである。

車止めからフロントまで、緩いカーブを一つずつ荷物を運び上げる。もちろん、私一人で、である。側にいるセキュリティらしきニィちゃんは見ているだけ。ボーイは出て来ない。ここは世界中のシェラトンの中で最もサービスの悪いホテルである。

ロビーはパレスチナ・ホテルより新しく広々としていた。フロントで行列を作り、キーの受取りを待っている一団に見覚えがあった。アンマンのダウンタウンの腐れホテルで見た連中である。特に目立つ黒人のアメリカ人デブは見間違うハズがなかった。連中はキーを受け取ると、次々にエレベーターのほうに消えていった。ようやくフロントにパスポートを差し出す。

「ジャーナリストなのか？」

私のビザに目を落として、フロントのニィちゃんが訊いた。

「そうや」

「ここはヒューマン・シールド（人間の盾）オンリーなのだ」

そうか。あいつらは全員「人間の盾」か。しかし、すごい。ボランティアがシェラトンに泊まれるのである。そしてカメラマンの私は泊まれんのである。再び荷物を一つずつ担《かつ》ぎ、三〇分前に登ってきたスロープを降りた。まるで拷問である。

こうなると、ブロイラーになるニワトリみたいなもんで、目一杯ムシられる。ホテルの前で屯していたゴロツキ雲助に足元を見られ、一〇ドルも巻き上げられて、連れて来られたのは、橋を渡ったアル・ラシッド・ホテルであった。

ここはパレスチナ・ホテルより有名である。玄関にパパ・ブッシュのタイル画があり、出入りする者はいやが応でも、先々代アメリカ大統領にして現大統領の父親の顔を踏みつけなければならないのである（この時はカーペットが敷かれていたが）。

そんな子供じみたことをするホテルがまともなワケがなく、ガラガラであった。通された部屋は見事に北向き。しかも三階。これじゃあ、どう足掻《あが》いたって、部屋でインマルは使えない。

「なんとか南側に」と頼むとミエミエである。たしかインマルは情報省でしか使えないことになっているらしい。南側の部屋を頼むと、ひょっとして情報省にタレこまれ、即逮捕っちゅうこともある。ここは思案のしどころである。

「もう少し高いフロアの部屋を」

そう言ってみると、フロントは意外な返事をした。

「あんた、エエ根性（ブレイブ）しとるのだ」

この言葉の意味は三〇時間後（300ページ）に分かるのやが、新たに通された部屋もやっぱり北側、しかもたかだか六階であった。

デジタル童貞を捨てた

荷を解く間も惜しんで向かったのは情報省である。幸か不幸か、情報省はパレスチナ・ホテルの対岸、つまり今、私がチェックインしたアル・ラシッド・ホテルの側であった。徒歩だと三〇分かかるが、毎日歩いて通うことに決めた。ホテルのロビーに屯する雲助ドライバーを相手にするともっと疲れるのである。

トコトコ歩いていくと、情報省はすぐに見つかった。世界中からやってきたメディアが屋上にアンテナとブースを持っているので、路上からまるわかりなのである。

背に担いだリュックには、もちろん、ここで封印を解いてもらうインマルとスーパー・コンピュータという触れ込みのRBGANが入っている。

情報省の一階はイラクの役所というより、ロイターやAPなど欧米の大テレビ局の支局状態であった。もちろん日本のテレビ局のブースもあるが、日本人正規部隊（社員記者、カメラマン）は一人としていない。床にはゴミとチキンやナンの残飯が散乱し、ガラスで仕切られたブースの机には埃が積もっていた。

窓口に来意を告げると、あっさりディレクターと名乗るアル・カディンの部屋に通された。応対に出てきたのは、その下っ端のチンチクリンである。インマルをビニール・レザー・ケースごと差し出すと、鉛の封印とそこに押された割印に異常がないか、念入りなチェックである。チンチクリンの手でインマルの封印が解かれ、私の機材リストに彼のサインが書き加えられ、これで使用可能である。

「この電話はこの屋上でしか使用できないのだ。ホテルの部屋で使ってはいけないのだ」

「心配ご無用です。アル・ラシッド・ホテルは北向きですので……」

「うむ。それで、この電話の使用には一日一〇〇ドルの使用料がかかるのだ」

アンマンで聞いたとおりである。この使用料がバカバカしいから、リスクを承知でRBGANをスーパー・コンピュータと称したのである。二台（インマルとRBGAN）で一日二〇〇ドルの出費なんて、とても許せんではないか。

「プレスカードは速《すみ》やかに取得するのだ。パスポートとビザのコピー、顔写真が必要なのだ。コピーはこの近くのコンピュータ・ショップでとれるのだ。申請書にアル・カディン氏のサインが必要なのだが、今日は外出して戻らないのだ。明日必ず来るのだ」

「はい！」

早速、駆け上った屋上はアンテナのジャングルである。もはや私が腰を落ち着けられそうなスペースは、危ないけれど手摺りのないヘリぐらいか――。

目をウロウロさせると、ありました、ありました！　格好のスペースが。CNNである。CNNは、これまでピーター・アーネット気取りの遣《や》り手ニック・ロバートソンがブイブイ言わせていたが、情報省の言うことは聞かんワ、パレスチナ・ホテルでインマルは使うワで、とうとうスタッフ全員、国外退去処分をくらってしまったというのである。

　退去命令が出て初めて許しを乞うたが、時すでに遅し。慌《あわ》てていたのか、すぐ戻って来るつもりやったのか、アンテナを放置したまま退去し、その周りがゴソッと空いているのである。よいしょっとコンクリの床に腰を下ろすと、暑くも寒くもなく、夕暮れの風がそよいでいた。

「まずはマニュアルを――」

　写真界のシーラカンスと呼ばれた不肖・宮嶋が、今日、筆下ろしのカメラで撮ったデジタル画像をRBGANを使って衛星経由で東京に送るという偉業に取りかかる瞬間であった。コンパスと向き合い、アンテナをセットしてしまえば、あとはマニュアル通りである。マニュアルといっても、若い衆のレクチャーをメモしたノートの切れ端であるが……。このメモから一歩でも外れたら、その時点でアウトである。この高価なマシンも燃えないゴミとなる。

プロセスは初めてのわりにはアッサリ済んだ。これでホンマに映像が届いているのであろうか……。不安でいっぱいの不肖を人は責《せ》めてはならない。なんちゅうても、これがデジタル童貞を失った瞬間なのである。

続いて拡げたインマルもすぐ東京に繋がった。こっちはアフガンで経験済みである。果たして——。珍しく一発で電話に出たグラビア班編集者は「結構エグイですねぇ」と感想を述べた。あの瓦礫の下敷きの運ちゃんの兄の写真である。

届いたか——ホッとした、その時、階下からディーゼル・エンジンの重低音が響いてきた。覗き込むと停車した大型バスがカメラを担いだ同業者たちを吐き出していた。

（そうか。これが噂に聞いていた悪名高いバス・ツアーか）

同業者の中に知っている顔もあった。

「あっ、村田さあーん！」

私と同じキヤノンのデジタル・カメラを担いだ村田信一カメラマンである。日本を代表する新聞社の記者カメラマンが一人もいない現場に、一週刊誌が二人もカメラマンを送り込んだのである。これを快挙と言わず何というか。ただ、不幸なことに、肝心の雇い主がそう思っているフシがないのである。

「やあ、やっと来ましたね……」

アフリカ、ユーゴと、いくつもの現場を共にしてきたが、今日はなんだか元気がない。

「どこへ行ってたんスか？」

「情報省のツアーですよ。つまんないとこばっかで——」

「空爆現場ですか？」

「イエイエ、そんなとこ、とんでもない」

「こっちは偶然、現場を通り掛かりましたよ！」

「なんだ、後から来た宮嶋さんのほうがよっぽどラッキーですよ。それじゃあ……」

そんなもんであろうか。

「ところで、ホテル、部屋空いてません？」

「いえ、まったく。たぶん当分ダメでしょう。そちらは？」

「例のアル・ラシッド」

「エッ？　川向こうのですか？」

「ここからは近いけど……」

「大統領宮殿のすぐそばじゃないですか！」

そうか……。あの部屋からよう見えていたのは、公園ではなく、大統領宮殿やったんかいな……。

どうも、村田カメラマンは自由にビシビシ飛び回りたいのに、情報省のシバリがきつく、なかなか思うような絵が撮れず消化不良気味に見えた。

しかし、私はここにおるだけでラッキーなのである。豊田カメラマンのように劣化ウラン一本で何度もここに足を運んでいるわけではなく、村田カメラマンのようなイスラム教徒へのシンパシーもない。私は報道カメラマンとして、この二四年続いた独裁政権が崩壊する場面が見られれば、それで充分満足なのである。

インビジブル・ジャーナリスト

しばらくすると、また見た顔、忘れるわけがない顔が屋上に現われた。

「綿井さん！」

あのアフガンで、所持金わずか三〇〇ドルになりながら、カブール陥落を見届けたビデオ・ジャーナリスト綿井健陽氏である。

「あっ、宮嶋さん！　やっと来ましたね」

なぜか、村田カメラマンと同じことを言う。

「ちゃあんと間に合うところがスゴイですね」

「いっやあ……、アンマンでビザで手こずって……。そちらは？」

「私はオーディナリー（普通）・ビザですよ」

なんや、それ？　観光でも盾でも報道でもないオーディナリー・ビザ……？

「いっやぁ、これだとすぐ出たんですよ」

「はあ？　ところで、バス・ツアーは？」

「いや、私は行ってませんよ。これから、ここでテレ朝の中継でして」

あっ、そうか。テレ朝の立ちレポやから、この情報省の屋上からしかできないのである。しかし、この綿井氏の作戦こそが、今次戦争で最も高度な作戦であった。そのオペレーション・ネームも「インビジブル・ジャーナリスト」つまり見えないジャーナリストである。これこそ、盾ビザで入国したおっちょこちょいカメラマンなど及びもつかぬ高度な作戦なのであるが、その全容が明かされるのは三週間後のことである。

「ちょっと、夜、お部屋に伺《うかが》ってよろしいですか？　なんせ、来たばっかなもんで。それにパレスチナ・ホテルの最上階のバーで一杯やりたいですし……。昨日は一滴も飲んでないんですよ。あそこ、まだベラボーに高いですか?」

湾岸戦争直前、パレスチナ・ホテル最上階のバーではビールもスコッチも一杯三〇ドル以上という超ボッタクリながら、堂々と酒を出していたのである。

「そんなもん、私が来る前から、やっとるワケおまへんやろ!」

綿井氏も私につられてお国言葉になる。

「ほんなら、皆はん、どこで酒を?」

「知りまへんがな! 酒屋も昨晩の空爆のニュースで閉店してまっせ」

とりあえず部屋番号八一七号室は聞き出せたものの、酒が調達できんとは……、計算外であった。これはちょっとシンドイ取材になりそうである。

なんでや? サダムのバカ息子どもがモデルとどんちゃん騒ぎする時にはワインやブランデーが振る舞われたというのに……。そもそも、イラク、シリア、北朝鮮といった独裁国家では、指導者への批判は死刑やが、そのガス抜きとして酒は認められているものなのである。

ふーむ、まあ、しゃあない。ひょっとして、チェック・インしたアル・ラシッド・ホテルでは飲めるやもしれん。ボーイにチップをはずめば、ナイものがあっさり出てくるのがアラブである。

インマルとRBGANをリュックに詰め込み、情報省をあとにした。もちろん、ホテルへの帰路も三〇分の徒歩である。大統領宮殿が目と鼻の先、ショッピング・センターと官庁だらけの道中は、夕方やというのにほとんど人気《ひとけ》がない。街頭にいるのは、タコツボ掘りや土嚢積みの兵隊やカラシニコフを肩にした民兵らしきオッサンばかりである。

建物は日本の霞が関なみのビルが並んでいる。外務省に財務省、そして大きなT字路を左に折れると大統領宮殿にぶち当たる。そこをさらに右に進むとアル・ラシッド・ホテルである。

途中、交差点で土嚢を積み上げている兵士とガンが合った。よし、こんなしょうもない絵柄でもチョイと撮っておくかとカメラに手を掛けた。一応、気が立っているハズである。カメラを指さし、構えるフリをすると、ちょっと待てと手で制せられ、奥の詰所に向かっていった。

別にそれほどの写真ではない。私は「いい、いい」とカメラを首に戻し、アル・ラシッド・ホテルに戻った。

この時、私はただならぬ兵士の雰囲気を感じてヤメにしただけであったが、我ながら鋭い判断であった。後日知ったが、同じように一人で、あるいは自分たちだけで街中に出かけて取材をした外国人プレスが市民から情報省にチクられ、次々に国外退去処分となっていた。この国では、情報省の役人が同行していない取材は認められないのである。一二年前の湾岸戦争直前の時も、その後のごく短期間の平時においても、である。

夜、ホテル一階のレストランらしき食堂に降りて行った。なんや工事中みたいに迷路状に立てられた衝立《ついたて》の奥である。この衝立の意味はさっぱりわからん。一階の外に面したガラスにはガムテープがバツ印に張られている。これはもちろん爆風対策である。

客はまばらであった。ウェイターは一人だけ、しかも真っ黒けの外国人。逃げ損なったスーダン人であろう。あのボーダーで見た一団と同種である。殺風景で寂しい。パレスチナ・ホテルのレストランは賑やかなことであろう。あの一八階建てのホテルが満室なのである。世界中から湧いて出たジャーナリストが肩で風を切って歩き回り、ワイワイ飯を食っているハズである。

それに比べ、今ここにいるのは私と四人のフランス人テレビ・クルー、そしてスーダン人のウェイターだけである。フランス人たちは、きっと私と同じようにパレスチナ・ホテルにあぶれ、ここに落ちてきたのであろう。ラテンのノリはまったく消え失せ、皆、言葉少なに、まずそうにナイフとフォークを動かしている。

「ウィスキー、ワイン、ウォッカでもエエ、ないか？」

一応、ウェイターに聞いてみた。当然「ない」の返事にペプシを注文する。メニューはお決まりの単一メニューであった。ミックス・ケバブの一種類だけ。まだ、そんなにアラブ・メシに飽きていないせいか、一応、食えた。固い羊肉を噛みちぎっている、その時である。けたたましいサイレンの音がした。文字どおりガラスを振るわせ、地響きとともに、である。おっと、やってきました！　言われんでもわかる空襲警報である。

フォークを握っていたフランス人たちが手を止め、顔を上げたかと思うと、真っ黒ウェイターの制止も聞かず、脱兎のごとくで出ていった。

マタイのう（主に関西方面、神戸から西姫路より東の地方で使われる「下手だ、未熟だ」の意の標準語）。いちいち空襲警報に反応していたら、身体がいくつあっても足らんぞ。四人もおるのやから、余裕をカマしておればエエものを。

私は、よっこらしょと腰を上げ、勘定を済ませた。部屋に戻り、カメラバッグ一つ担いで出かけることにした。パレスチナ・ホテルで綿井氏の話を聞くためである。

屋上から対空砲火

昼間、情報省ぐらいなら歩いても行けるが、パレスチナ・ホテルまでは遠すぎる。玄関付近に屯していた雲助たちが不安そうに上空を見上げている。

「パレスチナ・ホテルまで、一時間以内の往復！」

「この空襲の最中に、なのか？」

一人のヒゲ面のニィちゃんがイヤイヤする。なにを言うとんや。こんなもん、怖いワケないやろ。どうせ、値を吊り上げるための演技である。ニィちゃんはサーティ（三〇ドル）から始め、トウェンティ、フィフティーンと値下げし、ここで折り合った。それでも、雲助は「この空襲下でガソリンが値上がりして」とまたしょうもないウソをつく。上はサダムから下は雲助まで、こういう無意味な交渉をグダグダ、グダグダやるのである。

「アラブ人はいったん友人になったらトコトン歓迎する。そして助けてくれる」などとよく言われる。そうなのかもしれん。しかし、歓迎といったって、酒はないし、女を抱かせてくれるワケでもないのである。

それに、こんなグダグダと交渉ばかりする連中と友人になれるワケがない。「おまえこそ男の中の男や」という奴はアラブ中探してもファドくらいしかおらんのであろう。

車に乗り込む寸前、雷のような連続した破裂音が断続的に続いた。対空機関砲である。すさまじい。こんな近くで、というより、このホテルの上からブッ放しとるやないか。あのピーター・アーネットのレポートで、遠景での高高度空爆と対空射撃シーンが流れたが、そんなもんではない。すぐ頭上から、しかも、そこらじゅうの屋上から耳をつんざく破裂音である。もちろん、そんなもんでミサイルや戦闘機が落とせれば世話はない。とても太刀打ちできんから、銃座の人間は恐怖に駆られてバンバン撃つのである。

唯一の例外だったのが、ユーゴ空爆時、「明るい農村」出身のユーゴ兵が旧式の機関銃で、あのF—117ステイルス戦闘機を撃墜したことであろう。その「明るい農村」青年はヒーローとなり、テレビでも引っ張りだこであった。まぐれ当たりとはいえ、ロッキード社とペンタゴンはビビリまくったに違いない。

それにしてもハデである。雲助は砲声がするたびに首をすくめ「バァード」（あかんわ）と連発していた。チップ目当ての演技である。砲声が止んで、やっと行く気になった雲助のクラウンの助手席に乗り込み、「こんなもん、問題あるかえ」と急《せ》かす。

パレスチナ・ホテルのロビーに今度はスルスルと入れた。昼間の閑散がウソのようにざわついている。というより、すさまじい喧騒であった。あのⅦ《セブン》のJ・ナクトウェイがおるやないか。コソボ脱出時、スコピエの空港から同じ飛行機に乗って以来である。

黒ジャケットの金髪は同じくⅦのアレキサンドラ・ブーラや。ＮＨＫの特集番組によれば「フランス出身の旅行カメラマン上がり」やが、Ⅶのメンバーというからには、女とはいえナクトウェイ同様、いや彼以上にアグレッシブでエゲツないはずである。今回も金髪を振り乱して暴れ回るのであろう。

うーむ……。やっぱし、こうでなくてはイカン。ナクトウェイはじめ、このロビーにいるジャーナリストたちも、空襲警報を耳にして浮き足立っとるようである。しかし、現場に飛び出ようとしても、このホテルにはそれを牽制《けんせい》する雰囲気があった。ロビー脇にデーンと置かれたデスクに「MINISTRY OF INFORMATION」の張紙である。

落ちぶれ、忘れられたアル・ラシッド・ホテルと違い、ここは情報省の目がバリバリ行き届いているようである。それにしては、昼間、外から眺めた限りでは、バルコニーにインマルのアンテナが開いていたが――。

インマルは情報省の屋上でしか使えないハズである。あんな外から丸わかりでは「インマル、ここで使うてますよ」と大声で言うとるようなもんではないか。情報省の役人に踏み込まれたら即没収、国外退去になりかねん。早々にヤケクソになっとんのであろうか。

それとも情報省をナメとんのであろうか。いや特別にイラク政府から許可をもらった、サダム体制べったりの外国人、もしくはイラク人ジャーナリストが泊まっとるのかもしれん。四つあるエレベーターが次々とロビー・フロアに降りてくるが、どれも人でいっぱいである。

対岸に火の玉が上がった！

お目当ての八一七号室を訪ねて、一二年前と変わってない木製のドアをノックした。返事がない。再びノック。返事がない。ドアに耳を当ててみるとたしかに人の気配。しかも、モロ関西なまりの綿井氏の声が聞こえてくる。

私も落ちぶれたもんである……。仮にも、大学の後輩に居留守を使われてしまうとは……。タジクからアフガンに向かう飛行機で、私が寝返ったのを根に持たれているのであろうか。

諦めモードで三度目のノックし「綿井さ〜ん！」と声をかけた。

「ちょっと、ちょっと、お待ちください！」

やっとキツ目の返事があり、鍵が開いた。中に入ってみると、綿井氏は電話中継の準備中であった。そうか、綿井氏もインマルを未登録で持ち込んでいるのである。だからノックされてもすぐには出ないのである。情報省の役人に踏み込まれた場合を考えて――。

「あっ、すいませんでした！」

「いやいや、ここ南向き？」

「いえ、この角度からだと南のいつものPOR（中東の上空を回っている衛星）は無理なんですよ。南西にあるIORとかいうのならギリギリ（電波が）届くので……」

「ところで、ここの生活、どないです？」

「どないもこないも……、私は目立たずジミーにやってますよ」

と、その時であった。目の前のチグリス川の対岸で火の玉が上がった。一呼吸おいてドーンという腹に轟《とどろ》く爆発音！

綿井氏は私そっちのけで、三脚に据付けであるカメラへとすっ飛んだ。私は、その瞬間を、火の玉がみるみる小さくなっていく様を、指をくわえて見ているしかなかった。今からカメラを取り出しても煙しか映らない。

空爆は、見えてからカメラを構えたって無理である。予《あらかじ》め目標に向かってアングルもピントも合わせておかなければならないのである。

それに遠い――。遠いけど、あそこ、角度もウチのホテルあたりと違うんかいな――。不安が頭をもたげてくる。また火の玉が同じポイントで上がった。目標は大統領宮殿であろう。しかし、大統領宮殿はかなり頑丈にできている。ユーゴの空爆とは様相が違い、空爆の後、火災が発生しないのである。もちろん、小規模な火災は発生している。しかし、夜、そんなもんを撮っても、ただの火災写真にしかならんのである。

今、チグリス川越しに見えている火炎はいかにもショボイ。こんなもんで、私が綿井氏の部屋でカメラを構えるワケにはイカン。彼の仕事の邪魔になるし、万一、私が情報省の役人に外から見つかってしまうと、綿井氏までイモヅルである。

それに、このホテルには一〇〇を超す世界ランカーの手練《てだれ》カメラマンが泊まっている。彼らも息をひそめ、この爆発にレンズを向けているハズである。

「おじゃました……」

私は静かに綿井氏の部屋を後にし、雲助ニィちゃんのクラウンで再び川向こうのアル・ラシッド・ホテルに向かった。途中、若干の砲声を耳にしたものの、道中は何の問題も起こらなかった。しかし、ホテルに着いてから大問題が起こった。

約束の一五ドルを、雲助ニィちゃんに渡そうとした時である。こういう時のために、私は常に少額のドル紙幣を持ち歩いていたのやが――。

「これは何なのだ？」

こういう英語だけはアラブ人もはっきり言える。練習しとるのであろう。

「米ドルや！　なんや、ディナールがエエのか？　まだ両替してないから、ないぞ」

「違う！　この金額なのだ！」

「一五やろう？　さっき折り合った金額やろ！」

「フィフティーンじゃないのだ！　フィフティなのだ！　ワン、ファイブではなく、ファイブ、ゼロなのだ」

むちゃくちゃである。大ウソである。

「三〇ドルから二〇ドル、一五ドルと言って、そこで折り合ったやないか！」

そう言って、一五ドルを渡そうとしても、受け取らんのである。そのまま無視してもよかったが、あまりのアコギさに雲助をホテルのフロントまで連れて行った。

「おい！　ここからパレスチナ・ホテルまで往復が五〇ドルやと、コイツが言っとる。ムチャクチャやろ！　オマエからも言うたれ！」

「五〇ドルは、リーズナブル（合理的な値段）なのだ」

フロントのニィちゃんの言葉に耳を疑った。グルなのである。このホテルは、もはや真っ当な商売など考えていない。もうどうでもエエのである。ハメられた……。

コイツら、みーんな殺されたらエエんや！

米軍の戦車に踏みつけられたらエエんや！

こんなホテル、燃えてまえ！（三週間後、半分当たった）

私は、呪いの言葉を念じつつ、怒りに震える手で五〇ドルを支払った。長い長い開戦初日は散々なエンディングになった。空爆があったばかりやというのに、煌々《こうこう》と灯りをつけたまま、私はベッドに横になった。

と同時に、一滴もアルコールを入れていないのに、空爆の恐怖なんか他所《よそ》の国の話とばかり爆睡に入った。どうせ、空爆なんか、一晩にそう何度もお目にかかれるハズがないのである。疲れ切ったことさえ忘れる秒睡であった。

6

大統領宮殿、炎上す！

——三月二十一日、バグダッド大空襲

闇夜に破壊の炎

まずはプレスカード申請

昨日、何があったかも忘れているぐらいスッキリした目覚めであった。バグダッド初の朝、ナンと卵だけの朝食を済ませ、リュックを担いで情報省に向かった。

おそらくパレスチナ・ホテルのボードには、情報省のバス・ツアーの案内なんかが張り出されるのであろうが、雲助とフロントがグルになっているようなアル・ラシッド・ホテルにそんな情報が届くワケもない。私は情報省に通うしかないのである。

情報省脇の駐車場には、同業者がチャーターしたシボレーやGMCなどの大型アメ車がズラリと並び、表通りにはシノギにあぶれた雲助どもが屯し、カモを待ち受けていた。建物の出入口近くではチャイ（茶）とゆで卵とナンだけ出す立食いスタンドと煙草売りの屋台が朝の日射しを避けるように街路樹の下で店を広げていた。

情報省前は、朝も早いというのに、立ちレポの中継をやっているヤツがチラホラ。一階のメジャー・プレスのオフィスでは、白人レポーターと現地人助手が打合わせの真っ最中である。屋上ではエンジニアたちが忙しそうにケーブルを手に走り回っている。

今のうちにプレスカードの申請を済ませておこうと、昨日インマルの封印を解いてもらった部屋に顔を出すと、昨日と同じニィちゃんが丸ごと茹でたチキンにむしゃぶりついていた。夜勤でずっと詰めていたためか、酒を飲まないせいか、朝からすごい食欲である。

「カディンさんはまだ来ていない。午後、また来るのだ」

そう言われて去ろうとしたら、椅子を勧められた。

「まあ、食うのだ！」

チキンを手摑みでちぎって寄越そうとする。

「あ、メシ食ったばかりやから……」

ケツに水をかけ、クソを洗った手である。

「アラブ人は、食事を家族友人はもちろん、腹を空かせている他人にも分け与えるのだ」

またアラブ人のホスピタリティの押売りである。

「俺たちは食べ物や水や煙草の火を求められたら、見返りなしに分け与えるのだ……」

（そんなら、昨夜の雲助はいったい何なんや！）

廊下を村田カメラマンが通りかかるのが見えたので、これ幸いと退室した。

「村田さん！」

「ああ、宮嶋さん、今日もバスはあるみたいですよ。もう外に停まってますから」

「それで、どこ行くンスかね？」

「行ってみるまで分からないけど、もう、しょうもないとこばっかしですよ……」

「へぇ、でも初めてですから、行ってきますよ」

「プレスカードは？　報道ビザですよね？　最近うるさくなってますから……。まあ、戦争、始まってますからね」

私はアンマンで大金はたいてビザを買ったことを説明した。

「それより、村田さんこそ、ビザ、もう期限過ぎてるんじゃないですか？」

そうなったら、遅く来た者、つまり私が笑う番である。

「ここで延長できましたよ。それも、もうダメみたいですけど……。だって、宮嶋さんのビザに期限書いてなかったっしょ？」

そういえば、気にもしていなかったが、たしか一ヵ月だったような……。一ヵ月あれば、米軍がやってくるハズである。

しかし、空爆と同時に始まった地上軍の進行は、当初の予想と大きく違い、まだ南部のバスラにさえ達していなかった。開戦前、クウェート国境に米軍戦車が並んだだけで、付近のイラク軍が抵抗もせずに降伏してきたため、米軍にはイラク軍をナメきっている雰囲気があった。

しかし、そう簡単ではなかったのである。この時、南部の要衝バスラを目指していた英軍は、イラク軍の激しい抵抗に遭って足踏み状態。バスラを迂回した米海兵隊、陸軍も、補給が追い付かず、進攻速度は当初の予想を大きく下回っていた。「この戦争は二週間で終わる」と息子ブッシュは豪語していたのに……。

しかもバグダッドは空爆慣れした町である。とても二週間で米軍に占領されてしまうなんて雰囲気はない。たしかに戦時下ではある。しかし、何かまだ悲壮感がない。

「これから、どないなるんでっしゃろ？」

「さあ……、そりゃ、イラクは負けるでしょう」

イスラム教徒の村田カメラマンでさえ、イラクが勝つなんて露ほども考えていないのである。

アフガンと同じ顔ぶれ

情報省の隣の三階建ての民家のような建物から、背広姿のオッサンたちがゾロゾロ出てきた。

「エブリバディ、カムヒア！」

役人らしきオッサンたちがバスから我々に手招きしている。

「あれは？」

「バス・ツアーですよ」

「オレ、行ってみますワ。村田さんは？」

「つまんないから、イラク軍の訓練とか撮りたいんだけだけど、情報省のバカどもが一向に協力しないし……、とりあえず私も行きますよ」

というわけで、バスに向かった。情報省の屋上などで屯していたカメラマンやレポーターたちもぞろぞろバスのまわりに集まってきた。一台では入りきれず、三台に分乗、三台ともほぼ満席である。いったい今バグダッドには報道ビザを所持した同業者がどれくらいいるのであろう。

一番前の席に背広姿の情報省のオッサンが座ると、バスはすぐに出発した。と思ったら、ちょっと走って止まった。もろバグダッドの中心街である。

「どこ、ここ？」と聞くと、村田カメラマンも首を傾げる。

「まぁ、いつもこんなもんですよ」

毎日こんな調子なのであろうか。はしゃぐヤツも興奮するヤツもいないか——と見回すと、意外な人物が目に飛び込んできた。

「おう、ジョンやないか！」

あのファイザバードからジャボルサラジへの道中（『儂は舞い降りた』を参照のこと）一緒だったジョージ・クルーニーのでき損ない、スペイン人TVディレクターのジョンである。

「オオッー、ミヤヒマだっけ？　元気か！」

「昨日着いたばかりや。アナは？」

アナは、ジョンとつるんでいた同じ局のネェちゃんである。

「腹ボテでマドリードにいるぜ。それにしても久しぶりじゃねぇか。何年ぶりか……」

「大袈裟な、せいぜい一年ぶりやないか」

「おい、うちのカメラマン紹介するぜ！　チコという気のいいやつだ。こっちはアフガンで世話になった日本人のミヤヒマだ。アナのことも知ってる！」

ENG（テレビカメラ）を抱えたチコは小柄なラテンのノリの青年であった。簡単な社交辞令を交わしただけだったが……。

「ミヤヒマ、毎日こんな所ばっかり連れて来られて、もうウンザリだ。まぁ、お互い気をつけようぜ。ホテルはどこだ？　パレスチナ・ホテルなら近々こっそりバーを開くんで、その時は遊びに来てくれ！」

「やった！　行く行く！　何がなんでも行く！」

などと話していたら、また意外な人間が目に入った。

「おお〜！　アンタはたしか……」

「あっ！　オマエこそ、あの、ホレ！」

あのユーゴとコソボで一緒のバスに乗った、フィンランド人のマイケル・J・フォックスのでき損ないイルッカであった。「オマエの名は日本語でドルフィンを意味し、日本人にはとても覚えやすい名前や」と教えてやったもんである。9・11直後、パキスタンのカブールでもタリバン支持デモの最中にお互いを見かけていた。

そして、アフガンから帰った私は彼の名をさんざん目にした。イルッカは、あのキャパとブレッソンとシーモアらが結成した写真集団エージェンシー「マグナム」のメンバーとなり、その写真がニューズウィークやタイムにクレジット入りで掲載されるようになったのである。

キャパの教え

「まだニコン使ってんの？」

「デジタルになっちまったけど……」

　欧米カメラマンのライカ信奉はほとんど宗教で、イルッカもライカを首から下げているが、ニコンも併用していた。

「今もストロボ、あの構え型で？」

　イルッカはストロボを使う時、カメラとダイレクトに繋がず、リモート・ケーブルを使う。右手にカメラ、左手にストロボである。そして、左腕を鶴の首のように曲げ、右足を大きく一歩踏み出す。一〇〇メートル先からでもわかる独特の構えであった。

　なんでそんな構えをするかというと、ストロボの光を、カメラが縦位置でも横位置でも自然にその光軸上に持っていけ、影が出にくくすることができるから。そして、極端に横や上下にストロボを持っていくことで、幻想的なライティングを可能にするためである。

「いや、ストロボはもう使わない」

　これはマグナム・クラスの大家に多い。ストロボの光はストレートすぎ、写真がフラットになってしまうのを嫌うのである。ナクトウェイも村田カメラマンも然りである。

カメラマン志望の若い読者のためにもうチョイ書いとこか。彼らがストロボを使わなくなった最大の理由はデジタルだからである。

従来のカラーポジ・フィルムではタングステン（電熱）光下、フローライト（蛍光灯下）、またナイターのようなカクテル（混合）光線、はたまた水銀灯、ピーカン、朝夕、日陰と、色温度（ケルビン温度）が変わると、フィルター・ワーク（フィルター装着）が必要である。ただし、ストロボを使えば、同じデイライト（日中光下）のフィルムで、そのストロボ光が届く範囲ではフィルター・ワークが要らない。

これに対し、デジタルではケルビン温度を自動的に測り、補正までしてくれる。これがオート・ホワイト・バランス（略してAWB）である。この機能によって、ストロボを使わん時でもフィルター・ワークが必要なくなった。私がデジタル化で一番驚いたのは、実は速再生性よりもこのAWB機能であった。これからはフィルムどころか、フィルターまで写真界からなくなってしまうやもしれないのである。

ストロボだけではなく、彼らは望遠レンズも使わない。

「あなたの写真がよくないのは、被写体への近付き方が足りないからだ」

R・キャパの言葉である。ナクトウェイも村田カメラマンもイルッカも、この言葉を忠実に信じていて、せいぜい一〇〇ミリか一三五ミリしか持っていない。ひたすら近付いて撮るのである。これに対し、私は常時三〇〇ミリ＋一・四倍、時には五〇〇ミリ＋二倍というレンズを使う。エライ違いである。なんでそうなるか。私に言わせればお笑い草、彼らはキャパの言葉の真意がわかっとらんのである。

キャパの全盛時、一眼レフはまだ出現していなかった。キャパが愛用したコンタックスにしろライカにしろ、フォーカスは二重像合致式のレンジファインダーで、当然、望遠レンズのピント精度に限界があった。しかも、その大きさから開放F値も暗くせざるを得なかった。つまり、せいぜい一三五ミリか二〇〇ミリが限界だったのである。

キャパの時代には、望遠レンズを使おうにも優秀なレンズがなかったから、キャパは「そんなレンズで遠くから撮ってもロクな写真にならんぞ」と言ったのである。

ところが、今や二十一世紀、レンズの精度は驚異的に上がり、ズーム・レンズで一六～三五ミリ、七〇～二〇〇ミリ、しかも開放F値が2・8という、私が写真誌をやり始めた頃（約二〇年前）からでさえ、考えられないほど性能が上がったのである。

我々が仕事をするのは、近付きたくとも近付けない、引きたくても引けない、そんな現場ばっかかである。だが、近付けない現場でも優秀な望遠レンズがあれば、それで充分なのである。現在のレンズ事情で、キャパの「近付き方が足りない」という言葉から何かを学ぶとしたら、それは物理的な距離ではなく、根性の問題、「被写体に迫っていけ」ということであろう。

白衣の天使はいずこ?

懐かしい——。一人も知り合いがいない、あるいは一人ぼっちという現場も、このシノギを続けている間には何度もあったが、国籍は違っても知った顔を見るとホッとする。何の因果か、顔を合わせるのはいつも地球の肛門のようなとんでもない現場なのだが——。

「おおーっ!」

再び、叫び声を上げる。あの顔、あの目! アフガンのパンジシール渓谷の山小屋で九日間も一緒に過ごした、チリ人の片目のジャックやないか! 黒い眼帯とヒゲ面は忘れようがない。

これだけ世界のジャーナリストが高密度で集まっているというのに、バスで連れて来られたこの現場がどこなのか、誰も知らなかった。情報省の役人が何も教えんのである。頭上に幾重にも走る金属製の太いパイプから、石油関連施設であることは間違いなさそうで

J・クルーニー似のジョン　　マグナムのイルッカ

Ⅶのアレキサンドラ　　チリ人「片目のジャック」

あるが、空爆現場特有の煙の匂いがしない。

緑の制服に身を包んだ多数のイラク兵がわれわれを取り囲んだ。カメラを向けると、写りたがりのイラク人のくせしてサッと逃げだす。

ちょっと離れた、バスが入ってきたゲートのあたりから喧騒が聞こえた。カメラマンの本能で同時に足が動く。同業者の人垣の中にいたのは、当然、サダムでも馬鹿息子どもでもなく、グリーンの軍服に身を包んだ恰幅のいいオッサンであった。

「だれ？　あのオッサン」

そばにいた村田カメラマンに尋ねる。

「さあ……」

後でわかったが、アルタイ国防相であった。米軍の指名手配トランプのスペードの2になった超ＶＩＰだが、この時はただのオッサン、週刊文春のグラビアを飾れるタマではなかった。

ただ、こういうＶＩＰが我々のカメラの前に立つと、必ずイチビリ出す奴が出てくる。所々で拳を振り上げながらサダムを讃えるミニデモが始まり、それに我々がレンズを向ける。戦時下でありながら、ネタ不足なので仕方なしに、である。そして、その映像が本国に送られ「空爆下で意気軒昂なバグダッド市民の姿」が流れてしまうのである。

国防相が立ち去ると、情報省のお役人サマに急《せ》き立てられ、バスに押し込まれた。次の行先を告げられぬまま、である。共和国橋を渡り、目的地は川向こうかと思った時、左の車窓に白煙が映った。

「ウン？」

左側に座っていた連中の右手が同時に動き、右側に座っていた連中の腰が浮いた。車窓越しに見えたのは、昨夜の空爆現場の大統領宮殿。白煙を上げているのは石造りの凱旋門みたいな建造物であった。

まだ消火活動中なのがわかる。本能的に、ある者はノー・ファインダーで、ある者は首をすくめてレンズを向け、シャッターを切っていた。車内のカメラマンがほとんど同時に、である。いくら素人のお役人サマでも気が付く。そして、ターゲットが大統領宮殿だと知ると、血相を変えて立ち上がった。

「ノー・フォト！　ノー・シューティング！」

しかし、我々の所まで飛んで来てフィルムならぬ、何とかカードやカメラを没収することまではしなかった。バスがアッという間に現場を通り過ぎてしまったからである。

再びバスが停まったのは、市内中心部の二階建ての古ぼけた建物の敷地内であった。医薬品の臭いがする。役人の説明なんぞ聞くまでもなく、病院である。我々は脱兎のごとくバスから飛び降りた。目指すは、もちろん昨夜の空爆の犠牲者である。

バグダッドの病院といえど、病室なんて万国共通、そんなに広くはない。そこにバス三台分のカメラマン、レポーターが放たれてしまった。文字どおり血の匂いを求めてダッシュである。アラビア語ができる者がドクターの胸ぐらを摑む勢いで、昨夜の犠牲者を聞き出そうとする。

砂漠の独裁者の国とはいえ、ここは一応、病院なのである。土足のまま廊下を走り、勝手に病室を覗き、ストロボを焚き、テレビ・ライトを当て、カメラを回していいもんであろうか。中には、火の着いたタバコをくわえたまま院内を走り回るヤツもいる。これでは院内感染ならぬ院内迷惑であろう。それでも、患者や家族、ドクターさえ何も言わんのである。

しばし観察していた私は、他の国の病院にあって、ここにはないものに気付いた。ナースである。白衣を着たドクターがヒゲ面なのはお国柄だが、その補佐をすべきナースが一人もおらん。やはりアラブ、あの白衣の天使ルックは存在しないのである。

爆撃翌朝も白煙の立つ大統領宮殿

雨は降らんが、砂埃と爆弾が降る情報省屋上

たった今、動かされた担架の下に血だまりができていた。村田カメラマンやアレキサンドラが、床のタイルを舐めんばかりに這いつくばり、何とか絵にしようとのたうち回っている。

各病室にカメラマンが溢れ、怒声が飛び交っている。テレビカメラは一度回り始めるとコメントを取るまでしばらく動かず、レポーター共々アングルに入ってくる。各病室で「早くどかんかい！」「じゃかましい！」とカメラマン同士の怒鳴り合いが勃発している。特にガキの怪我人には欧米のメディアが殺到し、とても病院とは思えん雰囲気であった。

国外追放

情報省でバスを降りると、次のバスツアーがいつあるのかもわからず、やることがなくなった。ここはやはりアル・カディンに会ってプレスカードを作っておくべきであろう。しかし、村田カメラマンによると、このプレスカードを作る＝ジャーナリスト登録をしてしまうとアホみたいにカネがかかる。登録料が新聞雑誌などの活字メディアで一日一〇〇ドル、テレビは一日二〇〇ドル、情報提供料が一日八五ドル、さらにインマルを持っている者は一日一〇〇ドルの使用料を取られるのである。

電話会社に、ではない。イラクの情報省に、インマルを使おうが使うまいが、である。つまりプレスカードを作ると一日三〇〇ドル近くが私の懐から消えていくことになるのである。

それでも、RBGANを一台分ごまかしている私は一日一〇〇ドルを節約していることになる。ちょっとでも経費節減の偉い宮嶋クンであった。

ディレクター室に顔を出してみると、アル・カディンが在室しており、すぐに椅子を勧められた。これが噂の面接である。私が申込用紙に記入している間に、ビザと文春編集長からの推薦状に目を通している。ヒゲ面のくせにけっこう鋭そうな顔つきである。

「どこに泊まってるのだ？」

「このブンシュンというのは、サーキュレーション（発行部数）はいくつぐらいなのだ？」

無愛想というより不機嫌に訊く。そして二つの赤いパスポートを私の前に放った。

「ところで、この日本人を知っているのか？」

菊の御紋付きである。表紙をめくって顔写真と名前を見る。二人とも心当たりはない。

「この二人の日本人が問題を起こしたのだ」

「はあ？」

なんで、そんなことを私に……。その時、突然、背の高いセーター姿のニィちゃんに連れられて、二人の小柄な若い日本人が部屋に入ってきた。パスポートの二人である。私と視線が合うと「アッ」と驚きの声を上げた。

どう見てもヤバイ展開である。向こうが知っていようと、こっちは知らん。たとえ知っていたとしても、私は何もしてやれんし、したくはない。私は大使館員でもNGOでもなく、プロのカメラマンなのである。この二人と言葉を交わしただけで、どんなピンチを招くかわからん。うなだれている様子からすれば、事態は深刻なのであろう、この二人にとっては。

しかし、こういう時、双方ともにプロなら、助けを求めないもんである。知っているような素振りも見せんもんである。こんな場面で親しい素振りをしただけで、私もこの二人と同じ運命に巻き込まれかねんのだから……。

「カメラ、テープ、フィルム等、みんな出すのだ」

二人は、ナップザックから中身を無言で引っ張り出した。

「これで全部なのか？」

「イエス」

「本当なのか？」

「イエス」

「情報省の責任者として、あなた方二人を国外追放するのだ。今からタクシーでホテルに帰り、荷物をまとめたら、そのタクシーでヨルダン国境に行くのだ。そこで運転手がパスポートを返すのだ。タクシー代は三〇〇ドル、運転手に払うのだ。このカメラ等はおいていってもらうのだ」

二人の若者は、セーター姿のニィちゃんに引っ立てられ、オフィスから出て行った。

「困ったもんなのだ……。ところで申込書はできたのかな？」

書き終えた申込書を差し出すと、アル・カディンのサインが付け加えられた。

「これで、隣のプレスセンターでプレスカードを作ってもらうのだ。写真は持ってるのか？」

頷《うなず》きながらホッと一息である。アル・カディンは、昨日、留守番をしていたニィちゃんと、没収したデジカメをいじりながらハシャギ出した。万国共通、役人の役得である。

高価とは思えんカメラたちだが、これからはコイツらのオモチャになるのである。

推測するに、二人の若者は盾ビザでバグダッドに来て、情報省のお墨付きもないままカメラを取り出して街を歩いたのであろう。そこをチンコロ（密告）され、とっ捕まったのである。そしてアル・カディンは二人を私への見せしめに使ったのであろう。

後日、聞いた話では、帰国した二人と思《おぼ》しき若者が「戦時下のバグダッドを取材した」という触れ込みで民放に出演していたらしい。どこかに撮影済みテープか何かを隠していて、それで没収されたカメラのモトを取ろうとしたのであろう。

B―52編隊、ロンドンから出撃！

隣のプレスセンターでプレスカードを作ってもらうと、情報省に戻って屋上に上がった。インマルを貸してくださったテレビ朝日に定時の安全連絡をせんとイカンのである。

テレ朝からインマルをお借りするのは三度目で、今回も基本料金、通話料金を払ってくれるが、メリットはゼニだけやない。全国ネットでリアルタイムに映像発信できるし、CNNとも連携している。そして、この戦争開戦前から二四時間態勢で、記者が世界各国のメディアのモニターをにらみ続けているのである。

それにしても、便利になったもんである。ここの屋上からだけとはいえ、アッという間に電話が繋がり、ものの五分で写真が送れるのである。アークヒルズ（当時）で、私の電話を取ったネェちゃんは、のんびりした週刊文春編集部とは違い、すぐイラク戦争担当者に回した。

「大丈夫ですね。今日も」

電話に出た角南氏は開口一番そう聞いてくださった。「どちらのミヤジマさんですか」と訊いてくださる、どこぞの編集部の有名大学を卒業された社員編集者様とはエライ違いである。

「はあ、定時連絡でして……、今日は特に……。米軍の進攻はいかがで……」

「ロンドンの長田、覚えてます？」

「はあ、タジクのドシャンベや、金正日取材でお世話になりましたが……」

「ロンドンから、たった今、入った情報です」

ロンドン？　一二年前、第一次湾岸戦争取材の時、タクシーの中で財布を落とすワ、雪でフライトはキャンセルになるワ、ろくな思い出のない街である。

「B―52の一七機編隊がロンドンの空軍基地を飛び立ちました。あと六時間後にはイラク上空です。気をつけてください。総攻撃です」

「ヘッ！」

総攻撃？　あのB―52？　第二次大戦で日本に焼夷弾を降らせたのはB―29だが、ベトナムでその何十倍もの爆弾を降らせた、あのB―52が……。しかし、バグダッドにやって来るとは限らんやろうし……。いや、当然ペンタゴンやカタールの米軍筋、司令部からの情報も総合判断した結論であろう。

ペルシャ湾の巡洋艦からのトマホーク攻撃ではない。B―52がクラスターやスマート、そしてMOB（マザー・オブ・ボム。限りなく核に近いといわれる、すさまじい破壊力のオトロシイ爆弾）や、アフガンで威力が実証済みの地下防空壕まで突き刺さるバンカーバスターを、胴体の爆弾倉や主翼のラックにつるし、中東へと飛び立ったというのである。

しかし、そんなこと言われたって、私にどうせえと言うのであろう。そういえば、私の泊まっているアル・ラシッド・ホテルにも「SHELTER」の看板が掛かっていた。ホテルに帰ったら、一度見ておいたほうがエエかもしれん。気を付けろということは、ホテルの防空壕に籠もっておれということであろうか。

しかし、必ず全機がここバグダッドに爆弾を落とすとは限らんではないか。それに空爆はユーゴで経験済みである。大丈夫や……、ワシの頭上には絶対に降らん。そう思わんことにはカメラマンなんかやっとれん。

しかし、米軍はユーゴでは中国大使館に、コソボでは難民の群れにミサイルを降らせたのである。それに、私のホテルにはパパ・ブッシュのタイル床絵がある。ブッシュ親子にとってはぜひ破壊したい空爆目標なのではなかろうか。

あの世界のキラ星のごときジャーナリストが泊まるパレスチナ・ホテルには、当然、米軍は細心の注意を払う。しかし、東洋人と今回の戦争に反対しているフランスのジャーナリストくらいしかいない、ガラガラのホテルにはおかまいなく爆弾を降らせるであろう。

パレスチナ・ホテルに避難し、綿井氏の部屋にでも泊めてもらおうかいな……。

いや、戦争は運である。日本語には「軍隊は運隊である」という言葉がある。全滅するといわれて最前線に送られた兵士が生き残り、内地に戻ろうとする輸送船が米潜水艦に沈められる。沖縄特攻に向かう大和の乗組員に生き残った方がおり、広島に疎開していた民間人の頭上に原爆が落ちたのである。

とりあえず、あと六時間ある。戦争取材は何事も明るく、ポジティブに考えんとイカン。悲観的に考えると必ず「死ぬ」という結論に辿り着いてしまうのやから――。

ダイヤルも受話器もない電話

インマルをたたみ、リュックに詰め込もうとしていた時であった。ユニクロのジャケットみたいな安そうな上着を着たヒゲ面ヤセ顔のオッサンがアラビア語で声をかけてきた。続いて片言の英語で命令口調である。

「ちょっと、その電話、見せるのだ！」

ムカついたが、相手は情報省のお役人サマっぽい。そしてここは情報省なのである。この電話はここ情報省で封印を説かれ、私はすでにプレスカードを持っている。何も恐れることはない。しかし、見るからに神経質そうな顔である。

「イエス、サー」

さっきの今である。コイツのご機嫌を損ねると、あの二人の日本人みたいにどエライことになりかねん。ヒゲ役人はインマルと、アンマンのイラク大使館の印のある機材リスト、それに情報省の証明書に目を落とし、再びリュックを指さした。

「へ？」

「もう一つのマシンなのだ！」

「へ？」

オッサンは、チャックが空いたままのリュックから勝手にＲＢＧＡＮを取り出した。

（しもうた……、油断した……）

まさか、このアホ、これで東京に写真を送っているのに気付いたのであろうか。この町でお皿（テレビ用の巨大アンテナ）やインマル以外に、このＲＢＧＡＮを持っているのは私だけである。目立ちまくっていたのであろうか。こいつの正体がバレたら、どエライことである。未申告の通信機器を持ち込んだ罪、インマル使用料の脱税。二つの大罪がバレるのである。

「これは何なのだ？」

「これはスーパー・コンピュータです」

こうなったらシラバックれるしかない。

「機材リストにないのだ！」

そんなことはない。私も聞いたことのない北欧のメーカーで、コンピュータとして載っているハズである。そこに小柄なアラブ人が加わってきた。ヒゲより若く小太りである。こっちは英語はかなり達者である。ヒゲがアラビア語で因縁をつけ、チビデブが英語に通訳するというヤリトリになった。

「これは電話ではないのですか、なのだ？」

それは、ハッキリ言って電話じゃ。

「いえいえ、この機材リストにあるとおり、コンピュータのグレードアップ・エクィプメント（高性能化部品）でございます。見てのとおりダイヤルもレシーバー（受話器）もございません」

「話はできないなのか？」

そりゃ、データ化した文字なら相互通話可能じゃ。

「もちろんでございます。ご覧のとおり、受話器もダイヤルもなしに、どのように話なんかできましょうか」

「うーん。しかし、アンテナを広げてコンピュータに繋げていたではないのか！」

アホが……。しょうもない細かい事にばっかり気がつく、余計な奴や。

「はい、おおせの通り、コンピュータに繋いで、機能をグレードアップするのでございます」

「しかし！　しかし！　しかし！　さっき、写真をコンピュータで見ていたではないか。その写真を送っていたのではないか、なのだ？」

「ハイハイ、おおせの通り、この機械は写真のみをこのコンピュータから別のコンピュータに移動させるための機械でございます」

「それみろなのだ。通信できるという、電話と同じ機能があるということではないのか！」

「いえいえ、とんでもございません。ダイヤルも受話器もなしで、話もできないモノを電話と呼ぶハズないではございませんか！」

見事、ケムに巻いた……と思ったのであるが。

「イカン！　とりあえず、この建物から持ち出すことはまかりならん。ここに置いていけ！」

とんでもない。カメラマンにとって写真電送手段を失うのは手足をもがれるのと同じである。これを奪われたら、陸路でアンマンに運ぶしか方法がなくなってしまう。それに、置いていくとRBGANの機能がチョンばれになるであろう。

「お役人さま、それだけはヒラに、ヒラに、ご容赦を！」

「いーや、ならん、ならん、ならんのだ！」

間に入ったチビデブもエキセントリックなヒゲの態度に困惑気味であった。

と、その時であった。大地を揺るがす大轟音！

屋上のテレビ・クルーが大慌てで機材を担ぎ降ろし始めた。洒落や訓練だと思うヤツはいない。皆の耳に総攻撃の情報は入っているのである。ここ情報省も空爆目標になると予想し、なりふり構わず通信機器を運び出そうとしている真っ最中。もはや、通信はこの屋上からだけという情報省のシバリが解けたと錯覚させるような慌て振りである。

「ダメだ、ダメなのだ！」

そう叫びつつ、ヒゲもとチビデブも血相を変えている。あと六時間というのが早まったのか。それとも別ルートからの攻撃か。ヒゲは完全に浮き足だっている。私だって余裕をカマしてはおれん。リュックを掴んでいるヒゲの手を振り払うように階段を駆け降りようとする。

「ダメだ、ダメなのだ」

口とは裏腹にヒゲは手を離した。

「いいか、絶対に持ち帰らせるでない、なのだ！」

ヒゲは、チビデブと私に捨て台詞を残し、先に逃げていく。チビデブと私は顔を見合わせた。

「いいなのだ。ホテルに持って帰って」

あっさりであった。フセイン政権消滅後、もし独裁者に協力したカドで、このチビデブが刑務所に入れられたら、私が証人になって助命運動をしてやってもエエぞ。あっ、一句できた。

大ボラ吹き　空襲警報に　救われる　　不肖

爆風で顔が熱い！

夕食は、昨夜と同じスーダン人のウェイターの給仕で同じメニューであった。まあ、腹が減っては戦さに備えられん。もう覚悟を決めた。所詮、バグダッドのどこにいても同じである。どこにおるか、どこから撮るのが安全かなんて予想しようがないのである。

あれから六時間というと、午後九時過ぎぐらいが総攻撃ということになる。まあ、それもバグダッドに来れば、の話である。

このホテルに何人泊まっているのか知らんが、このフロアには私だけのようで、気が楽である。パレスチナ・ホテルでは、今、凄腕のカメラマンたちが手ぐすね引いているであろう。

空爆待ちほど精神的に疲れるものはない。ユーゴでは村田カメラマンたちとローテーションを組んで寝ずの番をしたが、私一人ではローテーションもクソもない。ベッドにゴロッと横になった。電気は相変わらず来ている。外の街灯も首都らしく煌々と通りを照らしていた。

「ドーン！」

文字通りベッドから転げ落ちた。窓ガラスの向こうが真っ赤や。時計に目をやると九時過ぎ、ピッタシ六時間である。B―52が、マジでやって来たのである。こんなことはしておれん。カメラを引っ摑み、ベランダに出る。近い、近すぎる。隣の大統領宮殿が目標である。

眼前に閃光が走る。間髪をおかず「ドーン」。同時に熱風が襲ってきた。衝撃波である。こんなに熱いものか、衝撃波というよりモロ爆風である。熱い、しかも強烈である。ベランダの手すりにカメラを固定して、なんとか長時間露光に備えようして諦めた。振動でカメラがブレブレなのである。三脚や！

こんなことを予想して、ちゃーんとフランスはジッツォ社のライトウェイト・カーボンロッドの三脚をスーツケースに詰めてきた。

落ち着け。落ち着くんや、まだ炎は上がっとる。

また閃光、そしてドーン！　再び閃光、ドーン！。

爆風に襲われた顔が火傷しそうなくらい熱い。

閃光！　ドーン！　爆風！

スゴイ！　これはスゴイ！

ユーゴとは規模も数もちゃう。さすがB―52、おそらくトマホークの連続発射や。

慌てない、慌てない。まずは部屋の明かりを真っ暗にして――。

これは隠し撮りの基本である。今、ここからカメラマンが撮ってますなんて、外の人間に教えてやる必要はないのである。ミニマグライトでカメラのメーン・パネルをチェックする。

愛機EOS　1Dのバルブ・シャッターがカスッいう地味なミラーアップを開始する（シャッターが開きっぱなしで閉じないので間抜けな音になる）。ファインダーの中がミラーアップで真っ暗になる。そして、その向こうにメラメラと炎を上げる大統領宮殿！

カスッ。バルブ・シャッターが再び閉まる。フィルム・カメラと違い、デジタルはシャッター・スピードと同じ時間、データをなんとかカードに書き込むのにかかる。つまり一五秒間のバルブ撮影だと書き込みに一五秒間かかり、その間、カメラは書き込みに大忙しで、次の撮影はできんのである。その時間がもったいなく、じれったい。

ピッカー！　ドーン！

スゴイ！　スゴイ！　これはスゴイ！

バグダッドに来て、本当によかった。こんな光景、世界のどこで見られるというのであろう。カメラマンやってきて本当によかった――。恐怖感なんぞ微塵もわかない。

ピッカー！　ドーン！　ピッカー！　ドーン！

もう、数えるのもバカバカしい。いったい今度はどこや。こうまで降ってくると、ぜひ空爆の瞬間を狙いたいが――。いや、撮れる。そのためにも一秒でも長時間露光しなければ――。

その時、私のスルドイ頭脳はある規則性に気付いたのであった。空爆をユーゴで経験したとシツコク書いてきたが、あの時はホテル・モスクワで爆睡中、ドナウ川対岸の社会党本部ビルの屋上にトマホークが突き刺さった。そして第二弾は同じ社会党本部ビルの側面に撃ち込まれたのであった。せっかく爆弾やミサイルを降らすなら、効率よく破壊したい。屋上に撃ち込んだ一発目でビルの上半分をブチ壊し、次弾を側面から撃ち込んでビルの下半分をブチ壊すのである。

大東亜戦争末期、米軍によるわが国への無差別空襲は焼夷弾によって行なわれた。焼夷弾は高高度で親爆弾が二つに割れ、その中の多数の細長い焼夷弾が槍のように民家の屋根を突き破り、屋内で爆発。ナパーム油が火炎となって燃え上がるのである。

なぜ、そんな爆弾を使ったかといえば「日本の家は木と紙でできている」（ルメイ談）からであった。すなわち、破壊するにも、米軍は効率っちゅうもんを重視するのである。

ここバグダッドでも同じであろう。初弾が落ちた場所に次弾も落ちる。ならば、その瞬間は撮れるハズである。いや、二発では足らんかもしれんぞ。大統領宮殿は空爆慣れしたサダムが神経質なほど頑丈に作り上げている。噂では、土木工学で定評のあるドイツや日本のゼネコンに設計を発注し、秘密を守るため、工事をしたイラクの人夫どもは現場で生き埋めにされたという。

ほんなら、二発どころか、三発、四発、それもバンカー・バスターでも使わんと……。いやMOBを使うかもしれん。そうなったら、こんな宮殿近くのベランダに突っ立っている私も瞬間蒸発であろう。

当たり前やが、音や衝撃波が来てからレンズを向けても遅い。写真に音は写らんし、光のほうが速いのやから、音が聞こえた時はもう遅いのである。一発目が落ちた建物にレンズを向け、あらかじめピントを合わせておく。そして、そこに閃光が走ったと同時にシャッターを開け始めるのである。

「ピッカーッ！　ドッカーン！」が続く。数え切れないほど落ちるので、どこにレンズを向けていいのか迷うほどである。

見ている所で人間が殺された

ここまで一方的にやられても、イラクにはワシントンまで届く弾道ミサイルはない。大量破壊兵器も国連の査察でそうそう身近には置いていないであろう。すると、反撃手段は対空砲くらいしかない。そこで、無駄を承知で、バグダッド中の官庁はじめ高い建築物の屋上には対空砲が大量に設置されている。

しかし、音速近いスピードで飛んでくるトマホークを、人間の目で捉え、たたき落とすなんてムリである。いくら秒速何百発も発射できるバルカン砲があったとしても。そんなこと、もう人間業《わざ》というより神業、命中なんて宝くじなみの確率である。

昼間、そこらのビルの屋上で見た対空砲は、どれもが単装（銃身が一本）か連装（同じく二本）の旧東側製の旧式のように見えた。その旧式の対空砲が、空爆音に負けず劣らず、すさまじい砲声をあげ出した。弾頭自身が大きいため、バルカン砲ほどの連続速射性はないが、夜空に赤いミシン目の放物線を描いていく。

命中すれば、その延長線上で爆発が起こるハズだが、人力で音速の飛行物体に当てるのはムリである。最初の対空砲に呼応するかのように、バグダッド中の屋上の対空砲が火を噴きだした。

スゴイ。今、この町にいるカメラマンだけが見る、この世のものとは思えん光景である。おびただしいミサイルの着弾で、下界はそこら中で炎と煙をあげ、夜空を焦がしている。それを包む漆黒の夜空に対空砲の赤いミシン目――。

あのCNNのピーター・アーネットが生中継した高感度の単色のザラザラ映像なんか、ウソッコである。今、私の目の前の光景は、熱く、赤く、美しくさえ見える。

これだけ米軍がチャンスをくれるのである。私も慣れてきた。よし、次はあそこや！と当たりをつける。レンズを向けたところで閃光が光り始める。

今まさに、伊豆大島の大噴火のような火の球が盛り上がる様をバッチリ、ファインダーにとらえるというか、シャッター・ボタンを押す時のファインダーの中は暗黒だが、シャッターが開いている一〇秒の間に、レンズの先に火の玉が上がり始めるのであった。

ミサイルは一時間も降り続け、もう、こっちの神経はプッツンしつつある。この目の前の炎と顔面を吹きさらす衝撃波に酔っていた。屋上からの対空砲は激しさを増しているが、一向に当たる様子はない。

突如、さらにすさまじい砲声、連続音が私の左耳を襲った。今までと比べもんにならんほどの砲声である。もう耳を塞がんと痛いぐらいである。すぐ隣のビルからや！　屋上から突き出た対空砲の砲身から炎が迸《ほとばし》り、その先に真っ赤な弾頭がミシン目を叩き出していく。

ドッカーン！

爆発音が聞こえたことだけはわかった、しかも特大の。顔を打ったのは爆風なんてレベルではなく、破片であった。一瞬、耳が聞こえなくなり、尻餅をついた。次の瞬間、ガラスが一斉に砕け散る音が響いた。このホテルの階下からや！

どこに落ちたんや？

ベランダの手すりから亀のように首を出し、初めて隣のビルだとわかった。しかも屋上である。さっき、勢いよく対空砲を撃ち出していた陣地が消えていた。あの砲を操っていた何人かのイラク人は、当然、陣地と運命をともにしたハズである。

恐怖がジワジワとやってきた。米軍は見ていたのである。ジーッと、地上の忌々しい対空砲陣地を。それを沈黙させるため、ミサイルで狙い撃ちしたに違いない。

今、私の見ているところで何人かの人間が殺された。オトロシイ……。

職業意識がかろうじて恐怖に勝った。カメラマンとしての意地、そして、このチャンスに恵まれた幸運を捨てるのはあまりに惜しい。必ず第二弾がくる。すぐ隣のビルに！　もはや望遠レンズどころか広角レンズの世界である。

私は冷静にレンズ交換をし、隣のビルにフォーカスを合わせた。シャッター・ボタンに指を載せ、その瞬間を待つ。ビビリながら……。

町には、まるで空爆なんかないみたいに煌々と街灯が灯り、隣のビルはミサイルが落ちたというのに電気が点いたままである。

ドーン！

音の前に、私の指はシャッター・ボタンを押し込んでいた。バッチリ撮った。

隣のビルに間もなく次弾が降ると、私にはわかっていた。中にはまだ人間がいるかもしれなかった。いや、たぶん、いた。この部屋から飛び出し、隣のビルに走り「逃げろ！」

と叫ぶべきだと言う人、アンタ、はっきり言ってアホや。そんなことしたら、次弾でオノレが死ぬんやで！

無駄である。どうしようもない。外で情報省が網を張っていて、飛び出たところを逮捕されるかもしれん。カメラマンとして自分にできること、それは私が選んだ行動以外にないのである。

隣のビルからムクムクとキノコ雲のような粉塵と煙が上がり、夜空を覆いだした。普賢《ふげん》岳《だけ》の火砕流か、9・11のニューヨーク貿易センタービルを思い出させる。あと数秒のうちに、このホテルも粉塵と煙に呑み込まれるのは間違いない。

イカン！　そんなことより、肝心なことを忘れていた！

米軍ミサイルは隣のビルの対空陣地を狙ったのは間違いない。すると、当然、他の陣地も狙う。シラミ潰しに。最寄りの対空陣地は……、私は天井を仰ぎ、思わず三脚を放り投げた。隣のビルから一番近い対空陣地はこのホテルの屋上、この天井の上やないか！

このホテルが隣のビルと同じ運命をたどるのは時間の問題である。カメラなんか構えとる場合ではない！

昨日「高いフロアに移せ」と頼んだら、フロントのニィちゃんは「アンタ、根性ありまんな」と言った。アレは、この事態を予想していたのである。

地下防空壕の恐怖

私はカメラからなんとかカードを抜き取り、ベッドに放り投げたカメラと三脚に毛布をかけ、電気を消したまま部屋から飛び出した。しっかり鍵をかけて。

イカン！　私はバグダッド陥落まで死ぬわけにはイカン。エレベーターはダメである。こういう非常事態にエレベーターを使うのはアホである。途中で停電になったら、何時間も閉じ込められるか、次の瞬間、瓦礫に潰されてお陀仏である。

非常階段の扉を蹴り開けて、転げ落ちるように階下へ走る。それにしても、このホテルに他の宿泊客はおらんのか。誰も私の部屋に注意を喚起にも、シェルターに避難するようにも言うてこんではないか。非常階段を走り降りる私の靴音だけがホールに響きわたっていた。

目が回るほど螺旋階段を回り、やっと行き止まりの地下二階に辿り着いた。「SHELTER」と紙が張られた重い鉄扉を身体でこじ開けると、中は意外にも明るかった。初めて入る本格的防空壕である。ホッとするというより恐怖が増してきた。

廊下の突き当たりに薄暗いホールがある。足を進めるうちに目が慣れてきた。ホールにはアラブ・カーペットが敷き詰められ、白人の男女数人が膝を抱えていた。

自分の部屋で死ぬのもマッピラやが、こんな地下深くで生き埋めになるのはもっと嫌である。通常弾頭のトマホークなら、ここにいれば安全やが、劣化ウラン弾頭のバンカー・バスターをくらったら、天井はもとより足下までブチ抜かれ、たちまち蒸発である。

白人の男女はどう見ても同業者には見えない。ひたすら無言で震えている。もちろん、私の避難するスペースはナンボでもある。それより、他の宿泊客はどうしたのであろう。無謀にも、まだ外で取材中なのであろうか。シェルターの存在を知らんのであろうか。それとも、さっきまでの私のように、息をひそめて自分の部屋でファインダーを覗いているのであろうか。

ここで生き埋めになるぐらいやったら、文字通り死ぬ気でこのシェルターから飛び出したほうがマシではあるまいか。リスクとリターンを、私は膝を抱えながらパソコンなみに頭を回転させ、秤に掛けていた。

防空壕フロアの三畳ほどの事務所では、ニィちゃんが一人、電話と格闘中であった。受話器を置いたスキを衝いて尋ねた。

「上はどないなっとる？」

「大丈夫なのだ。ここにいる限りは！」

ドーン！

その時、また爆発音がした。天井のライトが震え、ペンキのカスや埃がパラパラと髪に落ちてきた。同時にシェルター・ホールから悲鳴が上がった。さっきの白人女である。爆発音より女の悲鳴のほうがよっぽど神経に障る。

地下は、地上六階とは振動の伝わり方が違う。もろダイレクトなのである。しかも外が見えない分、恐怖は割増になる。悲鳴を上げた白人の、ネェちゃんとオバハンの中間くらいの、ショートカット女がオフィスに割り込んできた。今にも泣き出しそうな悲壮感を顔に滲ませて。

「どうしたのだ？」

ニィちゃんが受話器を耳に当てたまま尋ねた。

「いつ終わるプレ？」

愚問というよりアホである。そんなもん、ワシントンにでも聞いてもらわんと……。

「外はスゴイでっせ！」

「そんなにスゴいプレ？」

「もうボコボコでっせ」

「どうして、そんなこと、見てきたビアン？　ジャーナリスト、プレ？」

「あんたは？」

「ジャーナリスト、フランスから……」

「へ？」

お互い、道具を持っておらんとわからんもんである。訛りでフランスかベルギーあたりの赤十字か何かと思ったが……。こんな間抜けが、よくもまあこんなところまで……。

「ところで、ニィちゃん、外を一回りしてきたいんやが、車の手配、頼めるか？」

「とんでもないのだ！」

「いやいや、取材やないんや」

ここで情報省のお墨付きなしで取材に出ることを知らせるほど私も甘ちゃんではない。

「友人のことが気になって、そのホテルに行きたいんやが……」

ウソやない。パレスチナ・ホテルの凄腕カメラマンどもが、防空壕の中で震えているとはとても思えん。川向こうではどんなことになっているのか、何が見えたのか、同業者としてチェックしておきたいのである。

「それなら、電話してあげるから、どうぞここにいるのだ。毛布も水もあるのだ。大事をとって、今夜はここで休むのだ」

しょうがない。自らの意志で、本能で、ここに飛び込んだのである。さっきの隣のビルへの、米軍のピンポイントの一発は、私の理性を吹っ飛ばしていたのである。

「ところで、隣のビルは？」

「政府のビルなのだ。もちろん無人だと思うのだ」

ウソや。少なくとも屋上の対空砲陣地から発砲があり、窓には明かりが点いていた。

ユーゴ空爆では、ＮＡＴＯの敵ナンバーワンのミロシェビッチ大統領のお膝元ベオグラードでさえ、外国人ジャーナリストが宿泊しているハイアット・ホテル、インコン、そしてホテル・モスクワの三つは目標にしないであろうという希望的観測があった。そして実際、攻撃されなかったのである。

バグダッドもそうだと信じたい。あれほど、このホテルのすぐ隣りにボコボコ落ちたのに、このホテルはガラスこそ全滅だが、電気もまだ来ている。しかし、ここまでガラガラだとさすがに不安である。沈没船から逃げ出すネズミのように、皆、このホテルから去ったのであろうか。

一時間ほど、静かな、いたたまれない時が過ぎた。

「部屋に帰る」

一言、言い残してシェルターを出ようとする私に、ニィちゃんが背中から声をかけた。

「まだ危ないのだ。警報解除のサイレンもまだなのだ……」

「こんな地下におるから聞こえんかっただけやろ」

私は勢いよく階段に足をかけた。肩にカメラがないと足取りも軽い。一階でロビーのほうに出てみる。フロントには誰もいない。案の定、側面のガラスは粉々である。

薄暗いロビーを歩くとジャリジャリとガラスを踏みつける音が心地よい。鼻を突く焦げ臭い匂いは、当然、隣のビルからである。

大迷惑野郎

パパ・ブッシュの床絵のある玄関から外を眺めた。あれほど蠢《うごめ》いていた雲助どもが一人も、一台の車も見えなかった。大都会から一晩にして人が消えたようである。

「これが戦争か……」

空爆は本当に一段落したようである。

その時、息せき切った男がロビーに飛び込んできた。一人……、二人である。一人目はモロ同業者、かなりズル剝けのハゲで小太りの白人。右手に小型のビデオ・カメラ、そしてTシャツにカメラマン・ベスト姿であった。

二人目はガリガリの白人、髪はパーマの長髪。度の強いティアドロップ・タイプのかなり古い眼鏡。ジーンズであった。このガリガリには見覚えがあった。昨日、このホテルにチェック・インした直後、フロントで「インターネットを使わせろ」と言っていた。「情報省と相談するのだ」と言われ、私とホテルの出口まで一緒に歩いたが、たしか「ヒューマン・シールド」と名乗っていた。人間の盾の活動家である。

「外はどうやった？」

当然、カメラを手にしたハゲデブに尋ねた。

「ハァーッ、ハァーッ……、すごいヤーノ。レポート中に着弾して、レポーターとはぐれちまったーノ。アンタは何ナーノ？」

「へ？」

ガラスの散乱した床の上で、奇妙な自己紹介の結果、ハゲデブはロベルトという名のイタリア・テレビのカメラマン。ガリガリはやっぱり盾のメンバーで、逃げ回っているうち、偶然、この近くで会ったらしい。二人ともこのホテルの客だという。ガリガリは、このイタリア人からインマルなどの通信手段を拝借しようと付いてきただけみたいである。

ロベルトは、私と同じフロアの、なんとあれだけフロントに訊いても「ない」と言われた南西側の部屋で、インマルさえ使えるという。「部屋を見せてくれるか」と頼んでみると、ラテンのノリで快諾してくれた。

さっきまでこのホテルも恐怖に包まれていたことを、当然、この二人は知らない。あっさりエレベーターのボタンを押し込んだ。

「これ見てくれーノ」

興奮さめやらぬロベルトはエレベーターの中で、たった今、録画してきたテープを再生してみせた。さすがムービーだけあって音や振動はすごい。逃げ惑うレポーターの迫真性、パニックぶりも迫力満点である。しかし、如何《いかん》せん、絵的には、私が部屋から三脚を立てて撮った写真のほうが数段マトモである。

ロベルトの部屋は私の部屋のモロ反対側であった。一八〇度見回しても、煙も炎も見えない。不思議である。反対側の私の部屋からは、まるで関ヶ原の狼煙《のろし》のように幾筋もの黒煙と炎が見えたというのに、である。

たしかにインマルが使えるのは大きいが……。

米軍の空爆目標が大統領宮殿の北東側に集中していたのではないかろうか。そうなると、私は相当ラッキーだったことになる。

「どうもおおきに。お礼にワシの部屋も見せたるわ！」

案内してドアを開けるなり、ロベルトは目を点にした。隣のビルがまだ未練たらしくモウモウと煙を上げていたのである。

「ここはすごいヤーノ……、あそこも、あそこも、まだ煙が立ち上ってヤーノ」

と、その時、閃光が走って、ロベルトと私は同時に首をすくめた。

しかし、爆音は来なかった。恐る恐る後ろを振り返ると、そこには、いつの間にか付いてきた、盾のガリガリが「写ルンです」を手にボーッと立っていた。

「何、やっとんどぉ！」

ロベルトと私は同時に叫んだ。この戦時下で、こっちがわざわざ部屋の明かりまで消しとんのに「写ルンです」のシャッターをストロボ焚いて切ったのである。そんなもん、現場まで届く光量ではないし、向かいのビルでこっちを見ている奴がいたら、ジ・エンドである。

百歩譲って、それでも撮りたいっちゅうなら、オノレの部屋から撮らんかい！　盾のアホは、そんな危機管理もできん、大迷惑、大馬鹿野郎であった。もちろん、すぐ部屋から叩き出した。

「電話、使う時は、いつでも来るヤーノ」

ロベルトがそう言い残して自分の部屋に戻ると、ようやく眠くなってきた。情報省も軍も踏み込んで来ないところをみると、さっきの閃光は見つかっていないようである。

隣のビルで人間が蒸発したばかりだというのに、私は寝床に入ってすぐ眠りに就いた。

夜中、至近弾で二度三度、ベッドがジャンプしたが、もはや前《さき》の総攻撃ほどではなかった。

7

チグリス河畔の狂気

――カラシニコフを乱射する民衆

米軍パイロットの探索

車が落ちる穴

二十二日、目覚めると真っ先に窓に駆け寄った。東の空からはお天道様ならぬ、隣のビルが眼に飛び込んできた。静かな朝にふさわしくない姿である。脇腹にはトマホークをブチ込まれた穴があき、瓦礫が散乱し、コンクリート片付きのワイヤがはみ出している。

そして、寝起きの悪い私に、まだ夢を見ているかのような錯覚を起こさせたのは、ビルの屋上であった。しっかり対空砲が聳《そび》え立っとるのである。昨夜、あそこは間違いなくやられたハズなのに……。あんなでかいモノをエレベーターで屋上に上げたのであろうか。しかも、私が寝ている間に……。それとも、銃座を直撃せず、人間だけが犠牲になったのであろうか。

昨日の今日である。きっと情報省の記者会見もあろう。しっかり耳をかっぽじって聞かねばならん。そして、何よりも川向こうの連中がどんな仕事をしたのかを確かめんとイカン。それによって、私の写真の価値には雲泥の差が出る。

私はプロである。大間のマグロ漁師と同じで、いくら大物を仕留めても、まわりの漁師たちがみーんな大漁だったら、獲物の値打ちは暴落してしまうのである。

抜けるような青空。昨夜の空爆がウソみたいやが、外では数少ないホテルの従業員が砕けたガラスを箒で片付けている。当たり前やが、元気はない。夜は今日もやってくるのである。

しっかりリュックを背負って情報省へ向かう。昨夜の写真のデータが、カメラの中の何とかカードに入ったままである。早いとこ東京に送ってしまわんと落ち着かん。

私もちょっとは進歩しとる。すでにカードの映像をモニターで再生し、ユーゴの空爆以上にすさまじい写真が撮れていることは確認済みである。これらの写真をドバッと東京に送るには、今のところ情報省の屋上しかないのである。

今朝はやはり人通りが少ない。最初の交差点で昨日と違うことがすぐわかった。でっかい穴が開いとる。昨夜、ベッドの上で私の体をジャンプさせた、あの一発であろう。しかし、こんな交差点の真ん中にトマホークをブチ込むなんて、米軍は何を考えとるのであろう。

ボスニアでは、コンクリートの壁や地面のアスファルトにぶち当たったRPG—7（携帯型対戦車ロケット砲）の弾痕をさんざん見たが、こんなにでかい穴ではなかった。やっぱ空爆はちゃう。わざわざB—52が何千キロも運んでくるだけのことはある。アスファルトに車が落ちるほどの穴を開けてしまうのである。

これは、ひょっとして、バグダッドの交通マヒを狙った作戦なのであろうか。まぁ、建物を狙ってハズれたと考えるのが自然であるが。

勝手に受信するな！

情報省の屋上で早速、インマルを拡げた。昨日と同じCNNのアンテナ横である。今日はあの嫌なヒゲ役人はいないようである。鉛筆書きの自筆メモを確認しながら順番通りにキーボードを押していく。使用マニュアルなんぞには見向きもせず、小学生にもわかるような説明を受けてきたのである。

しかし、朝日がまぶしく、液晶モニターがよう見えん。キーボードの真ん中にある青いポッチをグリグリすると、それに合わせてモニターの中の矢印が動いているハズやが、矢印がどこにあるか、さっぱり見えんのである。

それに、折からの埃と暑さである。写真を送るのも邪魔くさいもんである。なんでメール一つ送るのにこんなクソ暑い思いをせんならんのや。なんでホテルでメールが送れんのじゃ……。

この時、私は、メールをホテルで作成し、保存しておけばいいなんてことは知らんかったのである。私が写真を電送する方法はたった一つ。私用に設定されたこのパソコンとRBGANを繋げ、鉛筆書きのメモ通りにキーボードを押すのである。メモの操作以外は一切禁止。その手順から一歩でも逸《そ》れたら、私には収拾不可能な事態になるのである。

やっとこさ準備ができ、送信キーを押して、とりあえず一服である。今朝は昨日の空爆写真を一〇枚ほど送る。律義に衛星と繋がったパソコンはまずメールの受信から始めた。

私は編集部に写真を電送したいのに、なんで勝手に受信を始めるのであろうか。この電話線（ないけど）は編集部と繋がっとるのではないのか？　なんや、よう分からんが、とりあえず写真を送り終わるまで一〇分くらいはかかるのであった。

ヒマである。それに写真電送中のインジケーターの進み具合いが、今朝はやけにゆっくりやないか。まあ、時間はたっぷりあるんやけど……。

どれどれ……と、メールとやらも、こういう時には便利である。ふむふむ、どっからアドレスとやらを聞いたのか、なんや応援メッセージもあるやないか。昨日、テレビ朝日で話したハイウェイの誤爆現場の様子が放送されたのであろう。

ふむふむ、金玉堂からは――、なに、あのホンダマサカズがアンマンにおるのか。また周囲に迷惑かけまくっとんのやな。

コールサイン＝ツルこと大倉カメラマンは、まだお好み焼き食うとんのか。ノー天気でエエの……。テレ朝の山下、内藤両氏からも温かいメッセージが……、よーし、頑張るで！　次はと……、なに？　編集部からやないか。まだ写真が届いてない？　しっかり探さんかい！

オッ、ワシのIT音痴をちょっとはカバーできる若い衆（石橋記者）からやないか。コイツぐらいかえ、ワシの身を心配してくれとんのは……。ご丁寧なことに配信されとる外電の情報かいな……。米軍の進行スピードは早いのぉ。しかし、ホンマにこっちに向かいよるんかいな。NHKも配信しとるが、昨日の空爆でウダイが重体やとぉ。それで定時連絡の時、テレ朝の担当者は「救急車のサイレンが聞こえたか」なんて、しょうもない質問をしとったんかいな――。

NHKの人間なんて、ここには一人もおらんやないか。息のかかったイラク人助手ぐらいやろうが……。こんな情報省のバリバリの制限下、噂の類いを出んやないか。アホやのお……。

それにしても、メールはまだ送れんか。ウン？　けっこう時間かかっとるやないか。

その時、パソコンのモニターに異変が起こっていた。送信を何度クリックしても、送信せんと、受信ばっかしとんのである。そんな受信なんかキャンセルして、さっさと写真を送らんかい！

送信を押しとるのにケッタイである。しかも一向に受信が終わらんやないか？　コレ、固まってしもうたんやないか？　こんな長時間、きっとＩＴベテランの石橋記者が、気を利かせてぎょうさん外電を送っとんのやろか。なんで、受信をキャンセルせんのや？　しかし、昨日送ったハズの写真が届いとらんのはおかしいのぉ……。

「宮嶋さん！」

呼ばれて振り返ると、村田カメラマンと豊田カメラマンが階段を駆け登ってくるところであった。村田カメラマンは例によってヒョイと右手を挙げる挨拶である。

「おお！　渡りに船！　村田はん、ワシのこんぷうたあー、止まったまんまぁ……」

村田カメラマンは海上自衛隊出身の異色のカメラマンである。戦場カメラマンとは名ばかりの私と違い、マジで戦争一本で食っている。そして、当たり前やが、私よりずっとずっとこんぷうたーに詳しい。何年も前にパソコンを購入し、やれマックが最高だの、アップルパイがどうのと、ファスト・フード業界にも詳しいのである。

「はあ？　それより、昨夜はどうでした？　さぞかし凄まじかったでしょう？」

「へ？　そりゃあ……ごっつかったですけど……。今、そのテレビの画面（パソコンのモニター）に映っとんのがそうですが……、そっちは？」

村田カメラマンは、いつもの人差し指を立てて左右に振るポーズである。

「つまんないですよ……」

そう言いながら、目の前の画面に目を凝《こ》らしていた。

「こりゃあ……、近い、すごいですね……。これ何枚ぐらい送るんですか？」

「いやあ……、一〇枚ぐらい送っとんのやけど……、一向に画面が進まんで……」

「まさか、一度に送ってらっしゃるんで……」

「そうや。いっぺんに送ったほうが邪魔クサないやろ？」

「CFカードに直結してるとこ見ると……、フォトショップで圧縮もせず？」

「何？　その店？」

「……」

村田カメラマンの教えによって、パソコンのメールは受信してからでないと送信できないことを知った。そして、一通のメールにたくさん写真を引っ付けて送ると、データ量が大き過ぎて送れんことも、それから、カメラの中のなんとかカードの中身をパソコンに保存できることも。それをコンパクト・デスクとやらにコピーできることも。それから、送信メールをホテルなんかで落ち着いて作っておいて、送信予定で保存できることも……。

故に、この時、サーバーに受け付けられなかった私の写真付きメールが、送信したのと同じ時間をかけて、戻ってきているなんて、想像もできんかった……。無知とは悲しいことである。

役人どもの餌食《えじき》

いくらエエ写真が撮れても、電送できなければパーである。特にここには世界中の有名どころが来ているのである。最悪でも彼らと同レベルの写真を押さえていれば、私の写真が紙面を飾るハズなのやが……。

「豊田さんは、昨日、いかがでした？」

「え？　うん……」

私とは考え方が違うとはいえ、この方はウソをつかない、つけない、基本的に善人なのである。

二人によると、昨夜、パレスチナ・ホテルはとんでもないことになっていた。一八階建ての巨大ホテルが外国人ジャーナリストで満室になっていたのである。高層フロアの西向きの各部屋はそれこそ撮影会のように三脚と望遠レンズが乱立し、レンズが突き出ていた——と思っていた人、私もそうだが、そこまでは正解であった。

しかし、一階フロアに屯《たむろ》していた情報省の役人どもがサダムへの忠義ヅラを発揮、西向きの部屋は軒並み踏み込まれ、カメラを向けていた者は即現行犯。構えていなかった者もカメラやなんとかカードまで問答無用で没収されていたのである。

役人は、帽子の中に戦利品のカードを山盛りにし、両肩から高級カメラを鈴なりにブラ下げてロビーに降りてきた。そして、戦利品を山積にして、その脇に仁王立ちしていたという。

それどころか、その時、一階にいたカメラマンはエレベーターに乗ることさえできなかった。つまり、あの空爆中、外にも、高い所にも行けず、蛇の生殺し状態にされていたのである。もちろん、パレスチナ・ホテルにいたのは、この不肖・宮嶋が舌を巻くほどの世界ランカー・クラスである。ある者は非常階段を駆け上がり、ある者は逃げ回り、またある者はベッドの下に息を潜めて隠れ、なんとかトマホークの総攻撃にレンズを向けようとしていた。

しかし、次々と国家権力を振りかざす役人どもの餌食になっていった。ある者は首根っこを摑まれ、ある者は映像を収めた何とかカードを奪われ、最も不運な者は撮った映像を、何とかカードどころかカメラごと巻き上げられたのであった。

私が部屋の明かりを消し、タバコを一服しながら三脚をぶっ立て、衝撃波が顔にぶち当たる距離で撮り続けていた間に、である。

それぞれの奮闘にもかかわらず、パレスチナ・ホテルでは、少なくとも私のように撮れたカメラマンは一人もいなかったのである。あのナクトウェイですら、役人に踏み込まれ、キヤノンEOS　1DSを一三階の部屋の窓から投げ捨てられたという。私も持っているキヤノンのデジカメのフラッグ・シップ、一台一〇〇万円の最高級プロ用カメラを、である。

ただし、腐っても、踏み込まれてもナクトウェイである。EOS　1DSは地上の植木にリバウンドし、砂の上に軟着陸。かねて買収していたボーイにすぐに回収させ、その後も奇跡的に回復したカメラを使い続けることができたという。

村田カメラマンも、あわててフィルムやカードやカメラを隠しまくるのに手一杯、外にレンズを向ける余裕はほとんどなかったという。おそらくドサクサ紛れに部屋でインマルを使っていたヤツも一網打尽であったろう。パレスチナ・ホテルでは、空爆現場の死屍《しし》累々《るいるい》ならぬ、カメラマンの歯ぎしりギリギリだったのである。

こういうのを「人間、万事、塞翁《さいおう》が馬」というのであろう。たった一人、寂しくアル・ラシッド・ホテルに居ざるを得なかった私は、とてつもなくラッキーやったのである。あのロビーには情報省の役人の影がない。というより情報省の役人ですらビビッて近寄らなかったのである。

そりゃあ「死んでもカメラを離しません」とコイていた不肖・宮嶋が、ベッドにカメラを放り出し、シェルターに駆け込んだぐらいなのである。昨夜、バグダッドに降ったミサイルは約六〇〇発だったという。

狙われたホテル

ウン？　外を見下ろすと、情報省の屋内にいた白人テレビ・クルーたちが、バラバラと屋外に飛び出している。

「降りてこい！　危ないぞ！」

声とともに、屋上でアンテナの調整をしていた連中が、機材を放り投げて、階段に殺到した。

「エアーアタック！」

皆、顔を恐怖に引き攣らせていた。上空からは轟音！　真っ青な空に白煙が滲む。新体操のリボンのように。米軍戦闘機による飛行機雲のワケがない。マッハの戦闘機は一直線に白いスジを引く。曲線を描いたということはイラク軍の虎の子のSA2対空ミサイルであろう。

しかし、スティンガー（携帯用対空ミサイル）ですら、ヘリや、ごく至近距離を飛ぶ戦闘機の進行方向に向けて発射せんとイカンちゅうのに、高高度の、しかも肉眼では見えん戦闘機にSA2が届くとは思えん！

地響きとともにまた爆音がした。屋上に一人残った私はヤケに落ち着いていた。なあに、まわりに誰もいないほうが落ち着いて電送できるというもんである。それにしても、写真を送るというか、受信するだけでこんなに面倒な……、他のカメラマンはよう我慢しとるもんである。

「ハア、ハア、ハア」

息を切らせて階段を上ってきたのは村田カメラマンであった。

「何してんですか！　ハア、ハア、フジテレビの近藤さんが、ここ空爆目標になってるって！　それと、アル・ラシッドも！」

「ゲッ！」

昨夜の空爆は外電、特にアメリカ電（つまりペンタゴンの番記者の情報）でドンピシャだったのである。これはマジで、次はここかも。それにアル・ラシッド……。昨夜が隣の官庁だったから、今夜は隣の対空砲陣地のあるアル・ラシッドという線も充分……。ブッシュ・ジュニアは、玄関でパパの顔を踏みつけられて恨み骨髄というわけか。

「近藤さん」とは、ベトナム戦争時サイゴン陥落を見届けた、あの産経新聞元サイゴン支局長・近藤紘一氏とはまったく関係ない。フジテレビと契約している「アミューズ」という制作会社のテレビ・ディレクター近藤晶一氏である。

「まさか、それで、いつっていう情報ですか？」

あのホテルがやられるんか……。そりゃ、この不肖・宮嶋でも命は惜しい。しかし、どこに引っ越せというんや……。昨夜クラスの空爆がもういっぺんあったら、もっともっとシブイ写真を撮る自信があるが、頭上に、いや二発目は側面に来るから、真正面にトマホークを見たら……。

「それにしても、どこへ……。パレスチナはどないです？」

村田カメラマンは、人差し指を横に振ってダメのポーズであった。

「それなら、しゃあないやないですか……。やっぱパパ・ブッシュの絵のせいですかね？」

「ナニ言うとんですか！　あそこの地下に通信ケーブルが集中しとんのですよ。だからピーター・アーネットもあそこから中継できたんですよ！」

「ゲッ！」

そんなもん、初めて聞いた。地下の通信ケーブルを破壊するとなったら……、ゲッ、バンカー・バスター！　地上のビルを串刺しにした後、地下深くまで潜ってドカン！　地上も地下もバラバラにするアレである。もちろん、弾頭はもろ劣化ウランであろう。

「ゲゲゲッ！」

写真を送っとる場合ではない。引っ越しや、引っ越し！　私はまだ受信中のパソコンのスイッチをブチッと切り、リュックに詰め込んだ。

くわばら、くわばら……。今日は仕事どころではなさそうである。これはパレスチナ・ホテル以外を探すしかなさそうである。情報省の通達では、外国人プレスは、パレスチナ・ホテルか、その前のシェラトン、私のいるアル・ラシッド・ホテル、そしてアル・マンスール・ホテルの四つにしか泊まってはいけないことになっている。

ただし、なぜか情報省の目はパレスチナ・ホテルにのみ集中し、アル・ラシッドはザルであった。だから、私としてはアル・ラシッドを離れたくはないが……。

パレスチナ・ホテルは満室。空いていたとしても、多くの同業者と一緒に情報省の網にかかってしまう。シェラトンはすでに人間の盾の巣となっていて、私を受け入れてくれなかった。すると、アル・マンスールしかないか……。

アル・マンスールがどこにあるかなんて、バグダッドに二回も来ていれば、どんな方向音痴でもわかる。チグリス川の畔《ほとり》にデーンと聳えているからである。しかも、屋上に悪趣味にも白い五つ星。そして同じく白抜きでデカデカと「AL MANSUR HOTEL」と書かれている。

普通、ホンマもんのファイブスターズ・ホテルは、自ら、しかも屋上にデカデカと五つ星を誇示せんもんだが、そこは謙虚という言葉を持たないアラブ人である。もう堂々と、である。

もっとも、ミシュランの鑑定人どころか、よくてサダムかウダイの基準、おそらくオノレで勝手にファイブスターズを名乗っているだけであろう。

アル・ラシッドのように、モロ大統領宮殿脇ではないものの、情報省とは道路を挟んで斜《はす》向かい、ごく近い距離である。川べりなので見晴らしも利くであろう。昨夜レベルの大規模空爆があれば、結構アングルがとれそうである。しかし、空いとるかどうかが問題である。ここはまずアル・マンスールを確認である。

情報省の屋上から村田カメラマンに礼を言い、徒歩でアル・マンスールに向かった。アル・ラシッドに向かう大通りを反対側に行き、チグリス川に突き当たった左側である。アル・ラシッドと同じく金属製の柵があるが、外から覗く限り、パレスチナ・ホテルのような活気は感じられない。敷地の車寄せ、ロータリーには一台の車もなく、私を見て飛んでくるボーイの姿もない。

いや、ボーイはいるのやが、真っ黒な顔の、おそらく逃げ遅れたスーダン人が壁にもたれかかったまま、私の姿を無気力に眺めているだけであった。

「こりゃあ……、空いとるわ、確実に」

私は、フロントに確認するまでもなく、そのままアル・ラシッドに戻り、すぐにアル・マンスールへと引っ越した。

昼間からバンカー・バスター

アル・マンスールは一泊八〇ドル弱。仮にも五つ星で一〇〇ドル以下というのは、ここバグダッドのアル・ラシッド、アル・マンスール、パレスチナ・ホテルくらいであろう。フロントの先の階段を中二階へ上がると、エレベーターが二基。その奥にレストランらしきもの、さらに階段を上ると宴会場らしきホールがあった。もちろん、この時期、宴会をしているヤツなんておらん。宴会場の静寂がホテル全体にお通夜のような雰囲気を漂わせている。

フロント脇に「MINISTRY OF INFORMATION」の張紙付きデスクが一つ。隣に掲示板。ニィちゃんが一人、そのまわりにいたり、いなかったり。この掲示板に最新のニュースが配信されるらしいが、ホントにこのホテルにも配信されるであろうか。

連れて行かれた部屋は、頼みもせんのに大統領宮殿側、しかも南西向きで、これなら、夜、部屋からこっそり電話も可能である。アル・ラシッドと比べると部屋は小さく、ちょっと臭うが、一応、電気も来ている。バスタブもあるし、シャワーもちゃんと出た。情報省は道を隔てた隣だから地の利もある。

部屋からの眺めは、目の前がチグリス川である。しかも、その畔にホテルの宿泊客用なのか、プールもある。脇にはカウンター・バー、オープン・レストランもある。

もちろん、客は一人も見えない。この戦時下「贅沢は敵だ」とばかり自粛している——というわけではなく、掃除や給排水をする者、はてはウェイターも逃げてしまったのであろう。プールにはペットボトルやヤシの枯葉が浮き、底には黒い泥が澱《よど》んでいた。このプールで歓声が止まって長い時間が過ぎているのである。

プールの向こうには橋が二つ。その向こうには無数の黒煙が、大統領宮殿とこのアル・マンスール・ホテル一帯（つまりチグリス川西岸エリア）を取り囲むように立ち上っている。空爆の焼け跡からなのか、あるいは対空用に古タイヤでも燃やし、敵パイロットの妨害をしているつもりなのか。

対空用ならアホである。だいたい、夜間にピンポイントでGPS誘導、赤外線やレーザーを使って誘導するという時代に、黒煙なんぞ上げても、屁のツッパリにもならん。まるで成田闘争で古タイヤを燃やし、民間機の離着陸を妨害できると信じていた成田の活動家と同じIQである。

ドッスン！

おう、真っ昼間からまた空爆である。音が来て振動が伝わってからカメラを持ち出すと、ちょうど黒煙が立ち上るタイミングであった。

「でかい、それも近い……」

煙の規模からして火事の黒煙ではなく、地表から巻き上がる煙である。おそらくバンカー・バスターかディジー・カッター、地表のみならず地下の防空壕を狙ったもんである。

そういえば、このアル・マンスールにも、表玄関のすぐ横にシェルターへの入口がある。今夜も、昨夜のような総攻撃があり、防空壕へ逃げ込んだら、サダムと息子たちが息を潜めていた……なんてシーンが期待できるかもしれん。

今や、米軍はイラクに忍ばせた「草」やCIAの息のかかったスパイから上がってくるヒューミニティ（人間が媒介する情報）と電子の目をイラク中に降り注いでいる。イラク中に飛び交うあらゆる電波を傍受し、アラビア語の通訳が解析しとるハズである。

何もイラク中を火の海にしなくたって、あの三人の親子さえ片付けてしまえば、この戦争は終わる。だから、米軍は必死になってサダム親子を探しまくっとるハズである。

もちろん、サダムも必死である。開戦前からビビリまくり、国民の前に姿を現わさんのやから。居場所は情報省の小役人はもちろん、大臣クラスでも知らんであろう。いや、大臣クラスが会っとるのは影武者だというもっぱらの噂である。

そんなに怖かったら、とっとと白旗を上げればよかったのである。それで、似たり寄ったりの独裁国家シリアあたりに亡命し、あんまり無茶苦茶やらず、アサドの息子のメンツを立てていれば、結構面白おかしく余生を送れたハズである。しかし、もう遅い。遅すぎる。

逃げ出した朝日

おっと、引っ越したことを東京に知らせとかんとイカン。それとも、このままアル・ラシッドが空爆を受け、瓦礫と化すまで黙っといたろかいな。あわてて安否確認してきよるやろ……。村田カメラマンと近藤氏の情報によると、それは今夜らしいし。

いや、今だに紀尾井町（週刊文春編集部）は私がどこに泊まっておったのか、知っとるフシがない。それにインマルを借りとるテレビ朝日様には引っ越し先ぐらいお知らせしとかんと義理を欠く。専用の連絡担当役の方まで指名してくださっているのである。

こちらの夕方は日本時間の深夜に入る前。見えない電話線で繋がった東京はオトロシク平和な町なのであろう。テレ朝のネェちゃんは「空爆初日に救急車のサイレンを聞いたか」そして「それは何台ぐらいだったか」をシツコク尋ねてきた。

理由は、この日、編集部の若い記者が送ってくれた外電のメールでわかった。空爆初日（二十日夜）の第一波で「サダム重体か」という報道が流れ、それがサダムではなくウダイだという説もあり、「イラク中の名医に招集がかかった」なんて――、誰が見たのか聞いたのか、ワケのわからん情報に振り回されとるのである。

ただし、ある程度信用してエエ情報もある。それは米軍の動向である。すでに情報省からイラク政府発行のプレスカードをもらい、この身はイラク・サイドになってしまったが、CNNはじめ、世界の大メディアが米軍最前線はもちろん、ペルシャ湾岸にいる空母「キティホーク」の甲板にまで記者を侍《はべ》らせとるのである。

あのアメリカ大嫌いの朝日ですら従軍させとるぐらいである。しかし、この朝日の従軍は周囲にとんでもない迷惑をかけることになる。米軍エンベット（従軍）はその名の通り、米軍に従うのである。当然、部隊と行動をともにするので、すべての情報をリリースしたら、敵に総合分析され、米軍の動きがチョンバレになってしまう。したがって報道管制つまりセンサシップを受けてもブーたれないという誓約書に署名させられる。もちろん社の代表としてである。

そんなこと当たり前である。自分が従軍しとる部隊の情報を何でもかんでもリリースし、敵に動向を察知されてしまったら、オノレの命もシャレにならんのである。また、その待遇は米軍兵士と同じで、戦争終結まで完全同行も条件であった。それがイヤなら従軍するなということである。当たり前である。こんな条件、フリーの私に言わせたら、涙がチョチョ切れるほどうれしい。しかし、大朝日サマにはそれが許せんかったのである。

軍隊の厳しさと集団生活になじめなかったのか、上層部がビビッたのか、なんと、ゴネまくって「終戦まで」という条件を反古《ほご》にし、尻尾を巻いて逃げだしたのである。

これは、フリーから見たら、大皿に盛られたマグロのトロの刺身を、そこにハエが一匹とまったという理由で、ぜーんぶ捨ててしまうような暴挙である。なんともったいないことか……、なんとみっともないことか……。

アホはさておき、米軍はまさに破竹の勢いである。まるで大東亜戦争開戦当初のマレーの虎やな。南部のウムカスルは開戦二日目で陥落。あの精強無比とコイていた共和国防衛隊も次々に投降か。これはバスラが陥ちるのも時間の問題やろ！

バスラは米英連合で攻められとるやないか。うーん、日本人である不肖・宮嶋としては複雑な心境である。松岡洋右《まつおかようすけ》の、あの国際連盟脱退劇――。孤立無援となったわが大日本帝国は、無謀にもドイツ、イタリア、ルーマニア、その他の小国以外の世界を敵に回すのであった。

わが国の場合、太平洋の主な敵はアメリカであったが、南方では英軍、蘭軍、終戦間際の中国大陸ではソ連軍とも戦うのである。

すなわち、今、イラクはかつてのわが国と似た状況なのである。しかし、決定的に違うことがある。それはわが国のトップに二千六百年以上の伝統を脈々と受け継ぐ皇統の長がいらっしゃったことである。

わが昭和天皇は終戦の一ヵ月後、恥を忍んでマッカーサーにお会いになり「私はどうなってもいいから、国民を救ってもらいたい」とおっしゃったのである。比べるのも畏《おそ》れ多いが、ここイラクの最高指導者は農民出身のゲリラ上がり。オノレの保身のために国民を空爆に晒《さら》しているカスなのである。

精強といわれた共和国防衛隊、メディナ機甲師団、大統領親衛隊は、わが栗林中将に率《ひき》いられた硫黄島守備隊のように、米英軍をズルズルと砂漠の奥まで引き込んでから、一気に反撃に出るつもりなのであろうか。なんちゅうても、地の利はイラクにある。

この地には、冬将軍ならぬ熱砂将軍というとんでもない敵が潜んでいる。エアコンの効いた部屋で世界の富の何分の一かを浪費する文明にどっぷり浸かってきた若者には地獄であろう。

北部のモスルも陥落寸前か。戦争が始まる直前には、あのプライベート・ライアンも所属していた栄光ある米軍一〇一空挺師団が散発的に展開していたクルド人支配地域である。米軍はこの北と南から挟み撃ちでバグダッドを目指しているのである——。

夕飯は、アル・ラシッドよりさらに酷かった。客の姿がほとんど見えん。アル・ラシッドより少ないのである。一応、お義理で「ウィスキーはあるか」と尋ねたが、あるわけはない。

この夜も空爆が続いた。もはや空襲警報すら鳴らない。散発的な空襲だが、これが結構疲れる。カメラを枕元に剝き身で置き、三脚は伸ばしたまま床に転がしておく。インマルは、当然、厳重に梱包してある。こっちから連絡する時にしかアンテナは拡げない。

インマルのナンバーを知っている人間はわずかだが、貸主のテレ朝には複数いる。なんかの気まぐれで、誰かがこのナンバーにダイヤルし、インマルの電源が入っていたら、ホテル中に電子音が響き渡ってしまう。こんな人気のないところでの電子音は命取りになりかねんのである。

この夜は空爆の合間をぬって、テレ朝の深夜と朝のワイドショーからの電話取材に応じた。もちろん、このインマルをお借りした本来の目的である。高い物を拝借し、通信料まで払っていただくのである。どんなヤバイ橋を渡ってでも協力せんと義理が立たんというものである。ただ、この深夜と朝というのは始末が悪い。イラクと日本の時差は六時間。朝のナマ放送は、こっちの深夜というか明け方なのである。

また一発、落ちた。もう起き上がる気もない。そろそろ戦争ボケ、空爆ボケになりつつある不肖・宮嶋であった。

ボツになる写真

三月二十三日。アル・マンスール・ホテルから今日も朝の出動である。昨日は引っ越しでロクに写真を撮っていない。来週、締切り間際になってバタバタしたくないので、なんとか今日あたりはシブイ写真を抑えておきたいもんである。

朝食は例のプレスセンター横の屋台である。村田カメラマンもやって来て、チャイ（紅茶）に底に溜まるまで砂糖をブチ込み、受け皿ごと啜《すす》る。あとはナンを割ってゆで卵を挟み、スプーンで潰して頬張る。こんなもんでも缶詰よりマシである。

すでにショートホープ（どんな女よりも付き合いが長い）の買い置きが心細い。キューバ産の葉巻も少しあるが、そろそろバッタ煙草に慣れておく必要がある。

タバコ売りのニィちゃんが並べているのは、反米真っ盛りのくせに「マイアミ」なんてネーミングの煙草や、見たこともない銘柄ばっかである。私の知っている銘柄はゴロワーズだけ。赤と黄の二タイプが揃っているが、値段は邦貨で一〇〇円チョイ。味はそんなにひどくないものの、免税価格より安い。中国や北朝鮮あたりで作られている偽ブランドである。

煙草の他には、クーラー・ボックスにお決まりのペプシやセブンアップ。もちろんビールはない。このニィちゃんは時々チョロマカシをするが、気は利いていて、ややこしい買物を頼むと、翌日には注文品をキープしておいてくれる。もちろんサヤは抜かれる。ただしウィスキーは戦争が終わるまで持って来なかった。

昼メシはというと、これが困る。はっきり言って「ない」のである。情報省の近所のオープン・レストランにフライド・チキンやケバブがあるが、料理が出でくるまで時間がかかる。かろうじて情報省が見える距離なので、バス・ツアーがあればギリギリ間に合う。ただし頼んだ料理はあきらめるハメになるのである。

「プレス・コンファレンス！」

情報省の下っ端役人が両手を拡げ、オイデオイデをしながら叫んだ。あるジャーナリストはイヤイヤ、私はスキップを踏みながら、会見場に向かう。会見場は、私がプレスカードを申請した小屋の隣の二階建ての建物である。

「プレス・コンファレンス！」

出足の鈍いジャーナリストのケツを叩くため、再び下っ端役人が口でスピーカーを作る。しかし、会見がいつ始まるかはわからん。これは安全上しょうがないことではある。ここにサダムが現われ、何時から記者会見なんて知らせたら、ブッシュは、アメリカ人も含めた一〇〇人ほどの外国人プレスを巻き添えにしてでも、トマホークを降らせるに違いないからである。

したがって、会見に誰がいつやって来るか、まったく知らされない。ただ、来るのはそれなりのＶＩＰである。そいつが会見場に現われたとき、全カメラのレンズがそちらに向けられんと、ＶＩＰのプライドはズタズタになってしまう。

別にワシらはそれでもかまわんのだが、小役人どもはメンツ丸潰れになり、潰したヤツに仕返しを企《たくら》むことになる……。

というワケで「呼込み」があったら、会見場の外でダベッていたり、ウロウロしていてはイカンのである。そして、たとえ絶対に紙面にその写真が載ることがなくても、撮ってやらねばならんのである。

副大統領もウソばっか

まあ、そのようなお義理の記者会見でも、カメラマンというのは本能的に少しでもいいアングルを求めてしまう。当然、スペースに限りがあるからベスト・ポジションをめぐって世界で最もガラの悪い職業のミニW杯が開催されるのであった。

と、その時である。

「ドッカーン！」

近い！　天井からペンキの剝がれカスや埃がパラパラと舞い落ちてくる。

ヤバイ！　ここも攻撃目標やったのを忘れとった！

足が勝手に動く。狭い会見場の出口めがけ、世界のトップランカーが三脚の上のカメラもそのまま、血相変えて殺到した。このシーンはド迫力、ド緊張感、素晴らしい写真の撮れるチャンス、なんて考えるのは屋外に出てからである。

屋外のほうが安全とは限らないが、一秒でも早く、一メートルでも遠くに、この情報省から離れるのが先決である。外に逃れると、空はドピーカン。同業者たちの強張《こわば》った顔さえなければ、普段と変わらぬ砂漠の町である。

「どこや？　どこや？　どこに落ちたんや？　どこが狙われたんや？」

真っ昼間の官庁街である。しかも情報省のすぐ近く！　うまいことといったら、出来たてホヤホヤの空爆現場にお目にかかれるのである。皆、目の色を変えて周囲を見回す。

慌てたのは我々だけではなかった。情報省の役人たちも同じであった。せっかく会見場に詰め込んだのに、これでは元の木阿弥である。しかも会見をサボる絶好の口実まで付いている。

「何ビビッてるのだ！」(Don't be afraid!!)

まるで、鵜飼の鵜が逃げ遅れた鮎を呑み込もうとするかのように、同業者を追いかけ回している。ビビらんほうがおかしいやないか！

「一緒に楽園へ行くのだ！」(We are going to the paradise!!)

冗談やないわい。イスラム教徒なら楽園かも知らんが、ワシは無宗教じゃ！

しばらくすると、一人二人と同業者が戻ってきた。まるで火事の小伝馬町の牢から解き放たれた罪人が行き場を失って戻って来るみたいに。皆、放り出した商売道具や、せっか

チグリス川対岸に黒煙モクモク

ラマダン副大統領。左の髭なし眼鏡が通訳

くゲットしていたベスト・アングルのポジションが気になるのである。

　会見場に武装した親衛隊が入って来た。いよいよ本日のＶＩＰが現われるのである。しかし、世界一緊張する会見である。被写体のＶＩＰが来てからのほうがオトロシイ……。

　この日、サダムの肖像の前に立ったＶＩＰはラマダン副大統領であった。側近も全員軍服姿で気合いを入れている。背広姿の英語通訳がすぐ横に立つ。コイツの英語は、流暢ではないが、副大統領付きだけあって、訛《なま》りのないクィーンズ・イングリッシュである。

だいたい、この国のエリートはほとんどが旧宗主国イギリスへの留学組である。そして独裁者は無学――。これは中東に限らず、毛沢東然《しか》り、ヒトラー然り、半島のバカ親子然り、そしてサダム然りなのである。

　ラマダン副大統領の言葉は……、というより通訳の口から出る戦況報告は、昨日、私が東京から受け取った外電が別の国の戦争のようであった。

「イラク南部から北上してくる米英軍、南下してくる米軍を、わが精鋭が英雄的闘いでことごとく撃破。米英軍は尻尾を巻いて撤退しつつある」

「戦車何輛、装甲車何輛、その他の車輛はことごとく撃破。アパッチを何機撃墜……」

　アホらしくてメモを取る気にもならん。戦中の大本営発表を聞き、朝日新聞の一面を読んでいるような心境であった。私の父や母もそれらを何の疑いもなく信じ、わが帝国の勝利を八月十五日まで信じ切っていたのである。

会見場の外では、あまりのアホらしさに、少しでも他とは違う絵を作ろうと、副大統領の「出」を狙って同業者が待ち構えていた。我々にガンを飛ばし、威嚇《いかく》する親衛隊は近代的精鋭とはほど遠い。スカーフを巻いた髭面。銃はお決まりのカラシニコフ。それ以外は「軍靴ぐらい統一したらんかえ」というぐらいバラバラの格好である。無線機も防弾チョッキもなし。しかし、こんなもんでも撮らんよりマシというもんであろう。「ベター・ザン・ナッシング」なのである。

おっ、一句できた。

アホらしや　義理で出ましょう　記者会見　（砂漠につき季語なし）　不肖

カラシニコフを乱射

午後、空爆の危険があるためか、情報省の回りの駐車場でのインマル使用が許可された。同業者たちは雇った雲助の車のルーフに次々とインマルの花を咲かせ、立ちレポを始める。

片眼のチリ人もジョンもトホホ顔で、これまた「ベター・ザン・ナッシング」とばかり、ダルそうにリハーサルをしていた。ちなみにCNNがいなくなった今、中継設備があるのはトルコのIHA（イーハと読みます）やカイロTVなどだが、そのビデオテープは情報省の役人の検閲を受け、スタンプを押してもらわないと衛星には飛ばせない仕組みになっている。

とても戦時下とは思えん、平穏な午後であった。遠くに聞こえる爆発音、そして真っ青な空に無数に立ち上る黒煙さえなければ、であるが――。

まあ、それだけでも充分に平和とはほど遠いが、ガキどもは駆け足で遊んどるし……と思っていたら、なんや走り方が気になる。カメラマンは人が走っているのを見ると無条件で反応してしまうのである。続いて大人の集団！　どこからか怒鳴り声や歓声も上がっとるやないか！

ただごとではない。ダレ気味だった同業者がケツを浮かせ、その集団の行方を注視した。これだけのカメラマンがいるのである。役人どもも止められまい。雲助を囲っている同業者は、次々と後部座席にカメラをほうり込み、砂煙を上げてすっ飛んでいく。

私もグズグスしとられんのだが、こういう時、足のないカメラマンは辛い。情報省横の駐車場には、アブレている雲助のカスが手ぐすね引いてカモを待っている。みすみすカモになるのは癪《しゃく》やが、悠長なことを言うとる場合ではない。ここは言い値で行くしかない。

他にアシのないヤツを道連れに……、おった、豊田カメラマン！

「よっしゃあ！　行きまひょ！」

三日前の差額、まだ貰うてまへんで！

駐車場の中で、これみよがしにシボレー（アメ車の大型セダン）を停めているだけのカス雲助は無視して、表通りのクラウンに飛び乗った。

「ゴーゴー！　かまわんから、今、人が走ってるほうに行ったれ！」

車を発進させ、騒ぎの起きている方向を見て息をのんだ。黒山の人だかりである。目と鼻の先の橋の上。とりあえず「ゴーゴー！」である。といってもホテルの真ん前の橋である。なんちゅうローカルな取材や。ホテルの半径二〇〇メートル以内に情報省も現場もあるのである。

いったい、何があったんや？　続々と駆け付ける市民の目が血走っている。危ない。マジでただごとやない。人混みで車が進まん。もう、走っても間に合う距離である。

橋の上に市民が鈴なりである。歓声を上げて、橋の両側を右や左に横断し、何かを叫び合っている。もう血走っとるというより、命が懸かった目付きである。怖ろしい。人間の目というのは、これほど怖ろしいもんであろうか。

チグリス川の河原には砂漠のオアシスのように所々に葦が生い茂っている。その河原を軍服姿のイラク兵が右往左往している。何かを探し回っている様子である。

橋の欄干の群衆を掻き分け、なんとか河原に降りる階段はないかと探す。群衆が左右にまるで振り子のように揺れて移動する。結局、橋のたもとまで戻り、なだらかな傾斜を滑り降りていく。こう書くと簡単に思えるであろうが、相手は砂漠の大河チグリス川である。その距離は半端やないのである。

川面《かわも》には、なぜか船外機付きのボートが走り回っている。汗だくで水辺まで降りても状況がさっぱりわからん。興奮気味にいろんな所を指さす群衆に聞いても、さっぱり埒《らち》があかん。アラビア語なのと興奮とで、まったく理解不能なのである。

時折、片言の英語がわかるヤツに当たっても、口角泡を飛ばし「パイロット」「アメリカン」「パラシュート」という三つの単語を喚《わめ》くだけである。まさか、米軍のパイロットがここに舞い降りたとでも……、そんなら大変なことになりかねんぞ。

一足先に、雲助に連れて来られ、土手の上で余裕をカマしていたイルッカが周囲の群衆

たぶん「探し出してブチ殺せ!」と叫んでいる

爆撃ではなく、イラク人による放火

とは対照的に冷めた目で川面を見つめていた。私も再度、土手に駆け上がった。

「何がおましたんや？」

「いや、米軍のパイロットが撃墜された飛行機からパラシュートで脱出して、ここら辺に落ちてきたというんで、イラク兵が探しまくっている」

「ホンマか？　ドえらいこっちゃ！　こりゃあ、コソボの米兵捕虜みたいに、イラクで最初の捕虜捕獲シーンが見られるやないか！」

こんな所でグズグズしてられん！

「……と言うんだがなあ、どうも……？」

「へえ？」

「アンタ、そんなもん、見たか？　銃声や砲声、聞いたか？」

「そりゃあ……、機体のトラブルかも……」

「それなら、この青空だ、目立つハズだ……。そこの情報省にいても見えるじゃないか」

確かにそうや。しかし、会見場の中に皆がおった時かもしれんし……。

「とっくに見つかってもいいんじゃないか？」

確かに……。しかし、パイロットも命が懸かっとるのである。護身用のベレッタを握り締めて、あの葦の中で息を潜めているかもしれん。私は再度、川岸に降り、草むらに目を凝らした。その時、目の前の葦の川面に水柱が立った。同時にすさまじい連射音！

イラだったイラク兵がトチ狂ってカラシニコフを乱射し始めたのである。至近距離の銃声にビビッて、土手の群衆が一斉にパニクり、逃げ始めた。

すごい……。葦の陰にパイロットがいれば、今の連射でハチの巣である。オトロシイ。連射音を合図にしたかのように、左右の葦の茂みから次々に火の手が上がった。群衆がガソリンを流し、パイロットが隠れていそうな茂みに火をかけたのである。さすが産油国などと感心している場合ではない。狂気である。狂っとる。怖い。とてつもなく恐ろしい。

これが戦争か……。

銃声が続き、川面には次々に水柱が上がる。そして炎と黒煙。狂った目の群衆……。

もし米軍がバグダッドまで来て地上戦に縺《もつ》れ込んだら、この程度の地獄がカワイク思えるほどの、すさまじい修羅場が繰り広げられることになるであろう。それは『プライベート・ライアン』の冒頭シーンのような殺戮《さつりく》なのであろうか。それとも『ブラックホーク・ダウン』のようなカオスなのであろうか（拙著『私の異常な愛情』ぴあ刊を参照されたい）。

その地獄が必ずや、やってくるのである。それも一〇日ほどのうちに……。その時、わが身はどうなっているのであろう。この狂った群衆を目の当たりにし、急に腹の底から恐ろしさがこみ上げてきた。

もうエエ……。もう充分や。これまで吐くほど「殺し」を見てきたではないか。自分が殺される前に、この戦争を見届けたら、すっぱり足を洗うんや……。

冷めた目で川面を見つめる私とは正反対に、イラク兵たちはコマネズミのようにまだ見つからぬ米兵の血を求め、駆けずり回っていた。ある者はピックアップ・トラックの荷台からカラシニコフを撃ち、ある者は服を脱いで川に飛び込んでいった。

そろそろ夜がやってくる。ここにトマホークが降ってくるやもしれんし、闇は人を凶暴にする。私は足取り重くホテルへ向かった。

日の丸を背負っとる

アル・マンスール・ホテルに戻ると、フロントのニィちゃんに声を掛けられた。

「重要な会見がパレスチナ・ホテルであるので、必ず出席するのだ」

情報省のデスクの前にいたオッサンからも、同じことを言われる。情報省が「来い」と言うのやったら、車かバスでも差し回すのが筋やが、まあ、アラブ人に礼儀を説いてもはじまらん。とりあえず従うしかないのである。

さっきの今である。「夜は危ない」とか「車が調達できなかった」なんて理由で、サボる同業者も結構おるであろうが、私はどうせ他にやることも、行くとこもない。遠くに銃声を聞きながら、雲助どもと交渉し、タクシーに乗り込むエライ宮嶋クンであった。

川岸では、もう暗くなったというのに、アホどもがまだ米兵狩りをやっていた。これはイルッカの言うとおり「誰も見たヤツはおらん」というのが正解のようである。闇の中で、見てもいない米兵にイライラし、少しでも動くものにカラシニコフをブッ放ってているのである。危ないことこの上ない。

パレスチナ・ホテルの記者会見場は同業者で溢れかえっていた。それはそうである。雲助に何十ドルかをムシリ取られる私と違い、連中はエレベーターを降りたら、そこが現場なのである。どんなに忙しい奴でも「まあ、ちょっと冷やかしでのぞいたろ」となる。

昼間の会見といい、これから始まる会見といい、やっぱり掲載は苦しいであろう。それでも、私は、今バグダッドにいる日本人カメラマンわずかの四人のうちの一人なのである。ベオグラード、コソボ、アフガンと修羅場を踏み、今、この瞬間、世界ランカーたちと肩を並べてバグダッドにいる。国家は認めてくれんが、私は日の丸を背負っとるのである。幸運な選ばれし者なのである。全力を尽くさんと、来たいのに来れない同業者に申し訳が立たん――。

テレ朝に協力した私の拙いレポート擬《もど》きを耳にし、週刊文春のページを開いて私の写真を目にした、地方都市で修行中の若いカメラマンたち。彼らは、きっと、私のことを羨ましく思っているであろう。そのような後進の若い衆のためにも、私は寸毫《すんごう》も労を惜しんではならんのである。

ついでに、同じく私の写真を見て、息を呑み、眉をひそめた業界の大センセイ方、ベトナム戦時下は日本で反戦運動に励み、平時になってからベトナムやカンボジアに出掛けていき、女子供やジジイにレンズを向け、戦争の爪痕を辿って、平和を訴える方々、皆さんも平和になったら、バグダッドにいらっしゃるのでしょう。そして「宮嶋みたいな外道」とは違う本格的な報道写真を撮られるのでしょう。楽しみなことです。どちらが報道写真として真っ当なのでしょう。

それにしても、ここパレスチナ・ホテルの華やかなこと。これだけ世界の有名同業者が一堂に集まるホテルもないであろう。誰の会見か知らんが、予定時刻の八時を過ぎても始まる様子はなかった。昼間と同じである。フケようとしてレストランに油を売りに出た同業者が、網を張っていた小役人に見つかり、会見場に引っ立てられてきた。

こういう時は、会見場のすぐ外でタバコをくゆらせ、私はサボるつもりはありませんと、情報省の役人どもにアピールしておくことも大事である。

予定時刻を三〇分過ぎ、会見場の中は無数の溜息と疲労感、倦怠感、ダラけた空気が充満していた。どうせ、サダムがここに来るワケがない。これからデジタル・データに残す画像は週刊文春八〇万読者の目に触れることなんかないのである。こんなところでグダグダしている暇があったら、早くアル・マンスール・ホテルに戻りたい。ここにいる大多数の同業者と違い、こっちは寝床に帰るのに、あの夕方のパニック現場の橋を通らなイカンのである。

「レディース・アンド・ジェントルメン！」

雛壇のマイクから声が響いた。アル・カディンがマイクを引き寄せている。

「これから、エブリバディ、シェラトン・ホテルに移るのだ」

「へ？」

首を傾《かし》げつつ、テレビ・カメラマンが早々に三脚をたたみだした。会見場の変更なのである。早く次の現場に行って、グッドなカメラ・ポジションを確保するためである。

薄暗いタングステン光下のパレスチナ・ホテルの会見場から、少しだけ華やかなロビーを抜け、外に出た。まだ街灯は点いているものの、車の通りはほとんどない。とても国を代表するホテルがツインで立ち並ぶメイン・ストリートとは思えん静けさである。

「エブリバディ、ハリアップ！」

情報省の小役人がアル・カディンに忠誠心を示そうと、我々のケツをたたく。どうせ、いつ会見が始まるかわからんのやろ、そんなに慌てたってしゃーないのに。

「ドント・シュート・エニシング（何も撮ってはダメなのだ）！」

これまた小役人の忠告である。こんなホテルの前に撮るもんなんかないが、これは戦時下の常識。夜間は決して自ら光源を作ってはならんのである。今、この瞬間も、米軍はターゲットを求め、何万キロか上空の軍事衛星から、また数千キロ離れたペルシャ湾のイージス艦から、この町のどこにでもミサイルを撃ち込めるよう、虎視眈々と狙っているのである。

いや米軍だけではない。チグリス川対岸では、パラシュートで舞い降りてきたという米兵を、イラク兵たちが血眼《ちまなこ》で捜し回っとるのである。テンパッたイラク兵が突然明るくなったポイントに一斉射撃を加えんとも限らんのである。

ゾロゾロとアリの行列のように道路を挟んだシェラトン・ホテルへ、一分足らずの夜のお散歩となった。それにしても、このバグダッドのシェラトンがマジでシェラトン系とはとても思えん。かつてはそうであったのかもしれんが、今はとっくに本家が引き上げ、名前だけ勝手に使っているのであろう。今、このシェラトンのお得意さまは「人間の盾」なのである。

シェラトンの会見場は、パレスチナ・ホテルの会見場より少し広く新しい程度。明かりは同じくタングステン光だが、暗い。ただでさえ重い皆の口がさらに重くなる。

土壇場で会見場の変更なんて、なんで、そんな邪魔くさいことを……。考えられるのはたった一つ、安全上の理由である。「今夜パレスチナ・ホテルで重要な会見がある」と事前に場所を知らせている。この情報がＣＩＡの犬（同業者の中に紛れ込んでいる）を通じて米軍司令部あたりに届くと、その犬が「トイレに行きます」と外に出た瞬間、上からドッカーンである。

とすると、今夜の会見はよほどの大物ということになる。役人たちも妙に気合いを入れている。会見場への出入りは、タバコの一服、トイレに至るまで、必ずプレスカードをチェックしているのである。よかった。早めにプレスカード取っといて……。

またまたウソばっか

午後十時すぎ、やっと会見場の扉が閉じられた。恰幅のいい軍服姿の男が二人、それを取り巻く精悍なイラク兵とともに雛壇に上り、席についた。副官らしきオッサンが会見場に軍用地図を拡げると会見が始まった。

中央にいる本日の主役には見覚えがなかったが、副官には見覚えがあった。

「レディース・アンド・ジェントルメン！」

昨日のラマダン副大統領の会見時と違う背広姿の通訳が口を開いた。昨日の通訳より流暢な英語からも、今夜の主役のほうが格上なのであろう。しかし、副大統領より格上であるハズのオッサンにさっぱり見覚えがない。

「ミスター・ディフェンス・ミニスター」

通訳の紹介で、アルタイ国防相だとわかった。たしかに大物やが、この不肖・宮嶋が知らんかった以上、掲載は無理である。そして、その横のオッサンは昨日まで背広を着ていたサハフ情報相である。階級章らしき肩章を着けているが、さっぱりわからん。サハフのオッサン、いつから軍人になったんや――。

いや、お国の非常時、予備役から現役に復帰して、普段は着ない軍服に袖を通し、気合を示しているのであろうか。思い起こせばユーゴ空爆時、ユーゴ軍参謀本部プレスセンターで我々外人プレスを仕切り倒していたベスナ女史（それまでは朝日の助手をしていた）も、空爆が始まると、なぜか階級章の付いていない迷彩服に身を固め、気合いを入れてたもんである（祥伝社黄金文庫『空爆されたらサヨウナラ』を参照されたい）。

アルタイ国防相は軍用地図を用意し、指揮下のイラク軍、共和国防衛隊やメディナ機甲師団が南部の戦線でいかに米英軍を迎撃し、後退に追い込んでいるかを強調した。「米英軍はクウェートの国境を越えるや否や、イラク軍の激しい抵抗に遭い、南部のバスラはおろかウムカスルにも達していない」と言うのである。

それなら二〇万といわれる米軍はどこにおるというのであろう。出撃しようにも先頭がつかえ、大部分がクウェート国境で立往生ということになる。もしくはイラク国内でたちまち消えてしまったことになる。米軍の華々しい戦果を伝える外電をすべて信じるわけではないが、アルタイ国防相の主張は素人の私から見てもおかしい。そんな戦況を信じとるとしたら、アルタイ国防相は私以下のノータリンである。

南部の要衝バスラで英軍が苦戦しているのは、外電からも想像がつく。バスラが落ちると、イラク軍は補給を断たれてしまう。先の大戦で言えばサイパン島陥落に匹敵するであろう。

しかし、そんなことは米軍も先刻承知である。近代戦はロジ（兵站）で雌雄が決する。逆に言えば補給が断たれた、もしくは伸び切ったほうが負けなのである。

前の湾岸戦争では、連合軍は二五万を超える兵をクウェートとサウジ国境に展開し、地上戦開始からわずか一週間足らずでクウェート解放という戦果を挙げたが、その最大の功労者は、シュワルツコフ司令官というより、兵站幕僚パゴニス中将であるというのが現在の常識である。

今、米軍は約二〇万の兵を展開しているが、イラク本土の実際の陸上戦闘部隊は、その二割にも満たない。残りの八割は前線部隊を支えるための輸送、施設、航空、給水、医療などの補給、兵站部隊なのである。

だから、米軍は開戦と同時にイラク全土のどんな砂漠の果てにでも、武器弾薬、食糧、水、医薬品、はてはアイスクリームまで届けられる態勢を完成させているハズなのである。

米中央軍司令官フランクス中将は、何の根拠もなく「二週間でこの戦争を終わらせてみせる」と言ったのではない。もし、戦況が長引き、米軍兵士の犠牲が予想以上に増えるなら、世界を敵に回してまで開戦に踏み切ったブッシュ・ジュニアの面目丸潰れどころか、アメリカ国民が黙ってはおらんハズなのである。

アルタイ国防相は、そんなこともわかっとらんのか。いや、わかっとるが「負けるのは時間の問題だ」とは、サダム政権の幹部として口が裂けても言えんのである。薄暗い会見場に通訳の流暢な英語が空々しく響きわたっていた。

仮に、アルタイ国防相の言う戦況が本当だとしても、米軍には一時間でそれを完全にひっくり返す戦闘力と物量がある。

米軍に弱みがあるとすれば、ベトナム以後勝ち続け、いまや世界唯一の超大国となった驕り、油断であろう。西洋文明にドップリ浸かったアメリカの若者が砂漠という自然環境下で戦うのである。どこかで想像もせんかった油断、ミスが起こるであろう。ブッシュ・ジュニアやラムズフェルド、フランクス司令官の言葉の端々にも、それはうかがえる。イラク軍がもし一矢《いっし》報い得るとしたら、その油断を衝《つ》く以外ないハズである。

比較するのも英霊に申し訳ないが、今のイラクは昭和二十年の硫黄島である。周囲が砂漠と海という違いはあるものの、状況は似ている。

補給を絶たれ、孤立してしまった硫黄島守備隊。米軍の戦力、物量は圧倒的である。そこで栗林中将が思い至った結論は、最終的にこの島は敵の手に落ちるが、少しでも長く抵抗し、本土決戦の準備のための時間を稼ぐことであった。

つまり、できるだけ長く持ちこたえ、一人でも多くの米兵を道連れにする。そのために米軍にどんどん上陸させ、退路を断ってから一気に反撃するという作戦であった。

もはや、イラクにはそういう戦法しか残されていないであろう。それを、国防相自らが目先の戦いで一喜一憂しとる、もしくはそのフリをしているようではアカン……。

米軍がバグダッドに入城した時、もう一度、国防相の口からコメントを聞きたいものである。このデブがその時まで生きていれば、であるが——。

退屈な会見は三〇分で終わった。大臣が退出し、移動が確認されてから、我々に退出許可が出た。ほとんどの同業者が道路一本隔てたネグラに帰っていき、私は雲助を求めて薄暗い道に立った。チグリス川の河原からは、まだ銃声が上がっていた。

8

偽造ビザ入国者

——上官・橋田信介氏、現わる

闇ビザの上をいく偽造ビザ

義理はチグリス川よりも深く

三月二十四日。珍しく太陽の出ない朝である。ホテルのレストランが開いていない。「早すぎるんやろか?」とフロントのニィちゃんに尋ねてもラチが開かず、そのままカメラバッグとリュックを担いで出動である。

なんや、風がナマ暖かい。河原の騒動は収まったようやが、不気味な朝である。一人ボチボチと歩いていく。現場とヤサが近いのは便利で、おまけに酒も抜けているから、このドンヨリ天気とは反対にすこぶる身体が軽い。こりゃあ、中東での戦争取材も身体をリフレッシュするのにはけっこうエエかもしれん。田中角栄がロッキード事件で逮捕され、東京拘置所内で過ごした後、派閥の家来に「諸君らも健康のため一度入るといい」と言ったのも頷《うなず》ける。どっちも精神衛生上は極めて悪いが——。

軽い散歩で辿り着いた情報省はいつもより活気があった。昨夜の会見場同様、多くの同業者がなんや、ザワついている。また会見でもあるんやろうか。朝一番で出動して正解である。

いつもの屋台で、いつものゆで卵とナンと甘ったるいチャイを立食いしていると、村田カメラマンと綿井氏が連れ立って現われた。

「あっ、宮嶋さん！　お早いじゃないですか？」

向こうも同時に気付いた。

「皆様お揃いで、また何かあるんスか？」

「エッ、知らなかったんですか！」

「ええ、こっちのホテルは蚊帳の外なんで。何が発表されたんでっか？」

「何がって、今朝、サダムが国民に向かって重大発表があるって……」

「ゲッ！　まさか……」

「そう。重大発表！」

この状況で重大発表といえば……。サダムもずいぶんアッサリ、諦めがいいではないか。イラク全土を米軍戦車に蹂躙《じゅうりん》され、ミサイルで焦土にされるのは、この国の指導者として忍びないと悟ったのであろうか。

だとすれば、少しだけサダムを見直さなイカン……。

「ところで、宮嶋さん、今日、中継、お願いできます？」

「へ？　綿井はんは？」

「私、どうしても取材に出なければならない所がありまして……」

「はあ……」

そういえば、昨夜の定時連絡でも、テレ朝の担当者はそんなことを言うとった。電話出演の後、綿井氏の都合がつかなかったら、代打で中継を……という話であった。

恥ずかしながら、これまでにも何度か衛星中継に協力させていただいたことはある。アフガンから綿井氏の代打中継で間抜けヅラを晒したもんである。この時は、明石でニュース・ステーションをボーッと見ていた私の母親が仰天し、六本木のテレビ朝日の代表番号にダイヤルした。久米宏氏に息子の安否を尋ねようとしたのである。

帰国後、それを知った私は「皆に迷惑なので、二度と安否確認などすな、特にテレビ局にはすな！」と厳しく言い渡した。したがって、今回はそんなことは起こらんハズやが、ナマ中継っちゅうのは何が起こるかわからん。砂漠の街でノー天気に答えたことが、そのまんま日本全国のお茶の間に流れるのである。我ながら、これはオトロシイ。しかし、インマルの義理はチグリスよりも深いのである。

前述のとおり、情報省のお墨付きを受けて、ここバグダッドからの中継システムを確立しているのは、CNNの撤退後、トルコのIHA、カイロTVなど数局だけである。当然、その回線を借りるにはベラボーなゼニがかかる。その額、実に秒当たり数千ドル！

私が「エーと……」などと言い淀んだだけで数千ドルがブッ飛ぶのである。いや、私がしゃべらなくとも、その回線を押さえただけで、イスタンブールやカイロから東京に莫大な額の請求書が届く。そのような条件下で、義理のあるテレ朝から頼まれておるのである。ここは、シッカリお役に立たんとイカン……。

小宮悦子さんのお願い

指定された午前十時、IHAの中継テントに顔を出す。差し出された書類にサインをかますと、イヤホンをセットされ、情報省の裏の中継ポイントに立たされた。

バグダッドからの生中継はここからしか許されていない。当然、二四時間、情報省の目が光り、カメラは決められたアングルに向き、毒にも薬にもならん風景しか映らんようになっている。

しかし、我々から見たらアホである。イラク軍の戦車一輌、軍用車一台、イラク兵一人でさえ、成層圏の衛星から丸見え、テレビ・カメラのアングルに入るようなもんは、とっくにバレバレなのである。

しかも、サダムが大統領になって以来、ずっとバース党の一党独裁社会主義、中東の北朝鮮状態である。盾の活動家たちの反米・反戦運動は繰り広げられても、イラク政府やサダムに対する抗議運動なんか、起きようがない。したがって、イラク国内の反戦活動なんて、サダムのプロパガンダ以外の何物でもないのである。盾の皆さんは、そのことを自覚しているのであろうか。

時間が近づくと、テストなのか、スタジオの音声（テレ朝のニュース番組の音声）だけがイヤホンから流れてきた。その音声がいきなり途切れ、私の名を呼び掛けられた。

「宮嶋さん、聞こえますか？」

これが、なかなか聞き取りにくい。

「本番まであと三分です。そのまま待機してください」

何を聞かれるか、何と答えるか、私とて一応、準備はしている。時々オノレでも判読できなくなるものの、取材メモぐらいは取っとるのである。

おそらく昨夕の米軍パイロットのパラシュート降下（誤報）事件や一昨日の空爆の様子、バグダッドの街中やイラク市民のことを尋ねられる――と予想し、メモに目を通していく。

イヤホンからの音声が、爆音に重ねたオドロオドロしいナレーションに変わった。おそらくクウェートからの米軍の進撃の様子や、空爆シーンの映像を外電から買い、ナレーションをつけているのであろう。

アナウンサーの緊張した声やナレーションの合間に爆音が聞こえる。きっと、凄まじい映像がお茶の間に流れていることであろう。ひょっとして、こっちではうかがい知れぬ、米軍の地上部隊とイラク軍の激しい接近戦の映像やもしれん。

しかし、今、スタジオに座っているアナウンサーもゲストの軍事評論家も、一昨日の空爆の凄まじさは想像もつかんであろう。文字どおり、他所《よそ》の国、海の向こうの出来事なのである。

それは私も五十歩百歩なのかもしれん。あの夜、カメラを放り投げ出すほどの恐怖を味わったが、所詮一時《いっとき》のことである。過ぎてしまえば、何人のイラク人が焼け死んだのかも知らず、普段通り、まずいメシを口に運び、同業者と冗談をカマし、バカ笑いしているのである。

今、東京は夕方、多くの人が家路についている時間である。奥さんたちは買い物や夕飯の準備に忙しいであろう。そのような日本に生まれ、暮らしていることがどれだけ幸福か――ほとんどの人は実感することなく生きている……。なぜか、興奮気味のナレーションにシラジラしさを感じる不肖・宮嶋であった。

「それでは、バグダッドにいるフリーカメラマンの宮嶋さんと中継が繋がっています。バグダッドの宮嶋さん！」

小宮悦子さんの声で我に返った。ＩＨＡのカメラマンが三脚の上のＥＮＧをピタッとこちらに向けていた。これが、そのままお茶の間に流れるのであろうか。夕方のニュース番組であろうか。

「今、バグダッドの街の様子はいかがですか？」

「バグダッドはいま空爆下とは思えないほど冷静で静かで、市民も、一部の軍人を除いて冷静ですが、それもいつまでかは分かりません」

「市民はどんな様子ですか？」

「表立って反米感情を顕《あら》わにする市民が増えつつあり、ここが地上戦の舞台になったときが怖いです」

「昨夜の空爆はどうでしたか？」

「空爆は日常化しています。二十一日の夜ほどではなかったですが、昨夜ももちろんありました。チグリス川の河原では銃声が続いていました」

私は、自分自身で見たり聞いたり感じたりしたことだけを述べた。

「まだ中継は情報省の中からしか送れない状況ですか？」

「……………？」

もちろん、そうである。背景で気付かんのであろうか。

「今現在も情報省の報道管制はありますか？」

「……………？」

何が聞きたいのであろう。あるに決まっとるやないか。なかったら、もっとジャブジャブ市内の映像が東京に届いとるやろ。今は戦時下なのである。

「今、カメラを動かして、街の様子がもっと分かる方向に向けられますか？」

「エッ？」

アブナイこと言うやんけ。オノレらは東京におるからエエけどな……。明らかに小宮悦子さんの声である。不肖・宮嶋、女の頼み事には甘いが、まわりには情報省の役人がいっぱいなのである。ええい！　しゃあない！

「カメラをパン（ターンオーバー）できるか？」

私は、身ぶりと一緒にファインダーを覗いているカメラマンのニィちゃんに、突然、話しかけた。

「ワッツ?」

突然の質問に、ニィちゃんはビビり、疑うように耳に手をかけた。万国共通の「もういっぺん言うてみい!」である。

「お願いや、カメラをストリートのほうにパンしてくれ!」

私はもう一度はっきり言った。こんな言葉、情報省のアホどもの耳に入ったら、後でどんな嫌がらせをされるか……トホホ。それに、通りのほうと言ったって、雲助がタムロしとるだけなのである。ファインダーから目を離したカメラマンと音声のニィちゃんが同時に両手でXを作った。ホッと溜息が出た。

「できません。カメラは回せません」

「わかりました。気を付けて取材を続けてください」

そりゃあ、気を付けてって、言うのは簡単やけど……。でも、そう言うしかないであろうし、まあ、女の声で言ってくれるとありがたいもんである。

「どうもありがとうございました」

イヤホンの向こうのニィちゃんのノー天気な声で、中継が終わったことがわかった。

「それでは、ヨルダンのアンマンに鈴木記者がいます。アンマンの鈴木さん！」

イヤホンからは引き続き音声が届いていた。小宮悦子さんも大忙しである。ニュースはバグダッドからだけではないのである。この南はるか数百キロにいる、米軍とともに北上してくる従軍記者の中継のほうが大事であろう。もちろん、あちらも米軍広報の報道管制を受けているハズである。おそらく我々が受けているイラク情報省の報道管制よりもずっと厳しく——。

イヤホンをIHAのニィちゃんに返すと、両手を拡げ、首を竦《すく》められた。これまた万国共通の「どうしようもないよ」である。本当にどうしようもない。ムリなもんはムリなのである。ヒマを持て余している情報省の小役人どもにとって、我々の中継は格好のヒマ潰し、いや監視の対象なのである。あれが私のできる精一杯の義理立てであった。

ベトナムの生き残り

テレ朝への義理を果たし、情報省横の屋台で煙草とお菓子を物色している時であった。

「よう！　久しぶり！」

聞き覚えのある声、紛れもない日本語に、隣にいた村田カメラマンたちも顔を上げる。

こちらを向いている日焼けした笑顔は、私を知っているようであるが……。

「アッ！　橋田さん！」

気付くのが遅れたのは、度付きサングラスとハイキング・キャップのせいだけではなかった。耳の下にわずかにのぞく髪に随分と白いものが増えていた。

気付くのが遅れたのにはもう一つ理由があった。橋田信介さんの横に見知らぬ東洋人がいたのである。二人ともジャーナリストというより、農協の団体ツアーからはぐれた迷子のオッサンのような……。ツレの東洋人は小柄でやせ型、普通のキャップに大きな眼鏡、突き出た前歯が何本か欠けている。アメリカン・コミックから抜け出してきたような田子《たご》作《さく》日本人ルックである。

「いつ、こっちに入ってたの？」

「開戦初日ですが……、橋田さんたちは？」

「あっ、こちら、鈴木ユキオちゃん。バンコクで一緒に仕事してたの。元ＮＨＫのカメラマンだったんだけど。ウチらは今日入ったばっか。ちょっと街中、中心部だけブラついて、お茶飲んで一仕事してきたところ……」

「情報省のお供もなしでですか？」

取材陣最高齢ダッグ橋田氏(右)と鈴木氏

「うん！　全然、大丈夫だったよ……」

そりゃ、そうやろう。この二人、どう見たって、スパイどころかジャーナリストにさえ見えない。空爆でピリピリしている市民にも警戒感を抱かせないルックスである。バグダッドにいる外国人ジャーナリストではピーター・アーネットが最長老クラスだが、二人組のチームでは間違いなく最高齢であろう。

橋田さんの首からはプレスカードがブラブラしていた。私や他の同業者と同じピンクのカードである。今日着いて、すぐにプレスカードを作ったのであろう。プレスカードがある＝報道ビザがある、ということである。この時期にバグダッドに着いたということは、マトモな方法でビザを取得したハズがない。私同様、買ってきたのであろう。

「ビザ、いくらぐらいかかりました？」

「えっ？　イラクのビザ？　タダだよ」

「えっ！　正規ビザあるなら、もっと早く来りゃあよかったやないですか！　で、どちらの大使館で？」

「バンコク」

橋田さんの活動拠点はバンコクである。私がヨルダンではあれだけ駆けずり回り、大枚はたいたというのに、バンコクではタダだというのか――。

「で、アンマンからですか？」

「うんにゃ、シリアからだよ」

へ？　バンコク―ダマスカスなんて直行便あったっけ？　それに、シリアに入るのにもビザが要るはずである。

「アシはどうされました？　ウチら戦時特需で五〇〇ドル以上取られましたよ」

「うんにゃ、タクシーで国境まで来て、イラク入ってからはバスだったから……、そんなに大袈裟な額じゃないよお」

「へ？」

バスゥ？　橋田さんは、私のような三五ミリ・カメラを使うマガジン・フォトグラファーと違い、メーンの舞台はテレビである。必要とする機材が我々よりずっと多いハズである。それをバスで？　いや、なんちゅうても、ポル・ポト派に捕まったことさえある人である。ギリギリまで荷物を絞ったのかもしれん。

事実、今の段階では食糧は調達できる。クソまずいとはいえ、ホテルで食えるし、少ないながら商店も開いている。水も、信用できんとはいえ、蛇口を開けば出る……。

しかし、撮影、通信機器だけは絶対必要である。そして、それらを動かすための電源も。空爆下の街はいつ停電になってもおかしくない、いや、必ず停電になるのである。その時、必要になる発電機はどんなに小さくても一五キロ以上はある。橋田さんたちは発電機を持って来なかったのであろうか……。

「いやあ、それにしてもイラク初めてだから、とりあえずよろしく！」

「はあ……」

よろしくと言われても……。凄いコンビである、この齢にして、この行動力。さすがベトナムの生き残り、最重要の安全策、報道ビザだけはキッチリ取っとるのである。これがないと「よろしく」と言われたほうも困る。

今、この時期、観光や盾のビザで来ている連中が次々と国外退去になっとるのである。そんな危ない方々と付き合う、一緒に仕事をする、もしくは馴《な》れ馴れしく口をきいて友人扱いしているというだけで、情報省から目を付けられる恐れがある。

しかし、報道ビザをお持ちなら、堂々とお付き合いできるというもんである。わずか三日の長《ちょう》とはいえ、私にもお役に立てることがあるかもしれん。パートナーの「ユキオちゃん」の首にピンクのカードが見えないのが気になるが……。

カラーコピーで偽造ビザ

「橋田さん、今回はどちらの……？」

プレスカードを覗いて絶句した。

「ＮＴＢ？」

聞いたことのないテレビ局である。ＮＴＶは日テレやが……、あのＣＡＴＶの音楽放送チャンネルのＭＴＶのことかいな……？。

「ＮＴＢって、どこのお仕事なんですか？　って言うか、鈴木さんもですか？　それに、よくぞまあ、この時期、ビザ取れましたねぇ？」

「うん？　これ？　こんなの、どうでもいいの。だってビザ、偽造だもん」

「ぎ、ぎ、偽造おおお！　どうやって？」

「うん、カラーコピー」

「……」

よくも、まあ平然と……。ここは情報省の横の道である。もし役人の中に日本語がわかる奴がいたら、血相変えて飛んでくる。私は思わず後ずさりした。

「カラーコピーって、よくバレなかったもんで……」

「うん……、もとはホンモンだもん。ただし絶対に行けない仲間だから、絶対信用できるもん。何だったら見る？」

いえ、やめてください、私らのビザまで疑われてしまう……、こっちだって買ったビザですから――なんて言葉を出す前に、橋田さんは懐からパスポートを抜いていた。思わず周囲を見回す。

「ホンマに見せて、私らが見てエエんですか。こんなとこで……」

「うん、見て、見て」

パスポートを開くと、ビザはすぐ見つかった。一見して私のビザと変わらない。

すごい……、カラーコピーっちゅうもんは……。いや、すごいのはコピーに命をかけた橋田さんである。

「これ、どこで作ったンすか？」

「バンコクで何枚もコピーとって、一番出来がよかったヤツをシリアの国境前の茶店でノリとハサミで……貼っ付けて」

なんちゅう、用意周到というか、場当たり的というか……。

「ウン？」

このビザ、たしかに良くできているが――。ステッカー部分だけをカラーコピーして貼ったのではなく、スタンプや領事のサインも含めてページ丸ごとコピーしいてる。だから、ステッカー部分の膨らみがない。これじゃ、触られただけでバレてしまう。

「あっ？」

それに、ページごとピッタリ張り付けてあるので、一四ページのあとが二一ページになっとるやないか！　なんちゅうエエ加減な、こんな危ないビザでよく国境を越えられたもんである。

入管にちょっとでも鋭いヤツがいたら、そこでアウトである。イラクの入管法に触れるどころか、この戦時下、下手したらスパイ罪などのシャレにならん罪に問われ、即《そく》逮捕間違いなし。それどころか、日本の旅券法にさえ触れる恐れがある。よくもまあ……。

「プレスカードも、これで？」

「うん！　このビザでちゃんと取れたよ。オレもユキオちゃんも」

鈴木さんが、ただでさえ出ている歯をさらに剝き出し、懐からプレスカードを取り出してニィーッと笑った。

「コイツら、みーんな大バカだあ！　ダッハッハッハ……」

橋田さんの高笑いがバグダッドの空に響き渡った。一つの本物ビザからコピーを二つ、つまり同じビザ・ナンバーを持つ人間が三人いることになる。その二人が一緒にイラク入り……。こんなことは、現在の文明国の出入国管理の常識で――大使館と入管はオンラインで繋がっており、ビザ情報は即時に確認できる――考えたら不可能である。なんちゅう乱暴な……、いや違う、そうやない。戦場取材の長い橋田さんが、何の勝算もなしにそんな大胆なことを、しかも二人同時にやるハズがない。慎重に検討しているハズである。

あっ、そうか！　橋田さんは知っていたのである。イラクの通信事情がメチャクチャになっとんのを。携帯はなし、海外からの電話はまず繋がらない、在外イラク高官からの通信は衛星を経由しない限り無理……、つまりバンコクのイラク大使館のビザのデータはシリア国境になんぞ届かんのである。

しかも、シリア国境の入管は油断しとる。ヨルダン国境は外国人プレスが次々とやってくるため、私がやられたようにネチネチなのだが、シリア国境はビザ相互免除のイラク人、シリア人がほとんどなのである。

戦時下とはいえ、二人のご老体がカラーコピーの偽造ビザで入国するなんて、想像すらできんであろう。そもそも、入管の連中がカラーコピーっちゅうもんを知っとるかどうかも怪しい。

プラチナ・ライン

「ホテルはどちらに？」

「アル・マンスール。何号室だっけ？」

「なんだぁ、ウチと同じですよ。どうですか、部屋は？」

「空いていていいネ。景色もいいし」

「あとでお邪魔しますよ」

「あ、ところで、宮嶋君、電話、持ってる？」

「ええ、テレ朝から借りたもんですが……」

「ちょっと貸して？」

「エエッ！　電話、持って来なかったんスか？　今回は、そのNTBの仕事じゃないんですか？」

「だって、これ、ビザの持ち主のだから。ここに着いたら仕事にしようと思ってたから、どこにも知らせてなかったんだもん」

橋田さんほどのベテランが、どこの局の依頼も受けずに来たというのである。となれば、当然、通信機材一切なしである。これじゃあ、仕事にしようと思っても、東京のテレビ局に自分が今バグダッドにいますよと知らせることもできん。知らせられなければ、仕事どころか契約すらできんのである。もちろん、戦争が終わって帰国してから映像をまとめ、グロスで売るという方法もないではないが……。

今、バグダッドにいるジャーナリストは一〇〇人から二〇〇人くらいのもんである。日本人は一〇人ちょいである。これはオリンピックの金メダリスト、宝くじの三等くらいの希少価値はある。今、ここにいることをテレビ屋としてフル活用せん手はないのである。

しかし、いくら借り物で、私が通話料を払うワケではないにしても、こんなところでテレ朝のインマルをまた貸しするのは……。

「うん、ちょっと五分もかからないから……」

言い終わらないうちに、傍《かたわ》らに拡げつつあった私のインマル（正確にはテレ朝からの借り物）の受話器を持ち上げていた。

「で、これどう使うんだっけ？」

「はあ……、00の後、81……日本の国番号プラス3が東京の市外局番です。0は抜いてください」

橋田さんが弱々しくプッシュすると、ビービービーという電子音が漏れた。そして、しばらくしてその指が止まった。

「うーん、日テレは豊田君や佐藤君たちがずいぶん前からいるんだろ。テレ朝は綿井君か。NHKはフリーなんか使わないし、使ったって、社カメが撮った映像しか流さないし、フジはと……、いるんだっけ、バグダッド？」

「近藤さんがここの支局に」

村田カメラマンがすかさず口を挿《はさ》む。

「どうせフジは一人も知り合いいないし、テレ東はまぁダメか。残るはTBSか。TBSいる？」

「盾のボーヤが電話レポート送っているみたいですよ」

「じゃあ、TBSにしよう」

橋田さんはプッシュ・ボタンに指をかけようとして止めた。

「ねえ、宮嶋君、TBSの代表番号知ってる？」

「知っとるワケないやないスか。私、スチール・カメラマンですよ」

「うん、そうだね……、104で聞くか」

橋田さんの指が再び三つのナンバーを押した。

「東京港区の東京放送の代表番号……」

後で、この電話を貸し出したテレ朝が通話記録を見たら、ひっくり返るであろう。一分三ドルの通話料を取られるのに、104や他局の代表番号が出てくるのである。ま、エエわ。私や編集部が支払うわけでもないし……。

「えーと、今、東京は夕方か。よし」

再びプッシュの電子音が響いた。

「あ、TBSですかぁ？　報道部お願いします。橋田と言ってもらえばわかりますから。ハ・シ・ダです」

まるで子供に話しかけるように、ゆっくり大きな声で交換台のネェちゃんに伝えていた。それからが長かった。待たされたのである。バグダッドにいる橋田信介を待たせるとはTBSもエエ根性である。五分以上の沈黙の後——。

「あっ、報道部長さん、いらっしゃいますか？　橋田と申します。あ、ハイ、その節はどうも……。ハイハイ、で、今、バグダッドにいるんですよ。ハイ、着きました。ビザですかぁ？　ありますよ、もちろん報道ビザが！」

なんちゅう人や……。たしかに報道ビザである。偽造だと言わなかっただけである。もし、この戦争で橋田さんに万一のことがあり、残されたパスポートに押されたビザが偽造だと分かったら、報道部長さんは失神しかねんであろう。

「あ、ハイ、電話ですか？　この電話の番号ですか？」

橋田さんは顔だけこちらに向けた。

「受話器置くトコの下に入ってます」

「えーとですね、これ知り合いのを、今、借りてんですが、00872の……」

結局、三〇分以上かかって、橋田さんは受話器を置いた。軽く一〇〇ドル以上の通話である。テレ朝もお気の毒に……。まぁ、橋田さんが使ったといえば、納得していただけるであろう。その相手がTBSだとさえ言わなければ……。

「宮嶋君、ありがとう！」

「いえ、通話料はテレ朝持ちですから……」

「うん！　仕事になったよ。一日ウン千ドルのね。この電話一本で、結構でかいね。まさにプラチナ・ラインになったね。これでユキオちゃんともバリバリ仕事できるし……。さてと、仕事の目途もついたし、早いけど昼飯にでも行くか。どっかない、うまいとこ？」

「何、言うとんですか。十一時からサダムの重要なテレビ放送あるんですよ。ひょっとしたら、この戦争がもう終わっちゃうかもしれないスよ」

「え？　そりゃマズイなぁ」

たった今、でかい仕事を引き受けた橋田さんの正直な感想である。この戦争が、長引けば長引くほど、バグダッドにいる時間が長ければ長いほど、橋田さんの収入は増えるのである。

「じゃあ、ユキオちゃん、俺、撮ってくワ。これまでの映像、東京に送れるよう、ユキオちゃん、ちょっと見てきて……」

橋田さんは小さなデジカメをブラ下げ、ゆっくりとした足取りで情報省の中に、鈴木さんはその屋上に上がって行った。

「スゴイ……ですな……」

「大丈夫スかね。あれで……」

私は村田カメラマンと顔を見合わせながら情報省の中に入って行った。

空に向かって撃つな

情報省の中には二台のテレビがある。受付け付近に一台、そして一階のアル・カディンの部屋と各支局のブース間の机に一台である。どちらも、すでに音声と映像が流れていた。ヒゲ面のアラブ人が、サダムとバース党を讃える歌を歌っている。

しかし、なんでアラブ音楽というのは、こないにブンチャカうるさくて単調なのであろうか。女の歌声は例外なく超音波なみの高音で、聞く者の頭のてっぺんまで響く。

この国のテレビは、この歌と、サダムが支持者に歓声で迎えられている光景、そして、群衆を前に愛用のボルトアクション・ライフルをぶっ放している姿の繰り返しである。

独裁者というのは、銃やピストルを持っている姿をやたら誇示したがるもんである。金正日もたしかワルサーP38や二二口径のスポーツ拳銃を慣れない手つきで構えている姿を流していた。金ブタと違い、サダムは長身なので、ジョン・ウェインのように片手で大口径のボルトアクションを撃てるのを誇示したいのであろうか。

いや、独裁者だけではない。パレスチナ人やアラブ人は、やたらと空に向けて銃を撃ちたがる。景気付けというのはわかるが、まったくの無駄ダマである。それに、射撃をやる人間として言わせてもらえば、撃ったからには掃除をしなければならなん。一発撃っても一〇〇発撃っても同じである。拳銃でも戦艦大和の四六センチ砲でも同じ。掃除を怠ると、サビ、故障の原因になり、イザという時、命に関わるのである。

命に関わるといえば、空に向けて撃った弾の「その後」もである。物理の授業で習ったように、撃ち出された物体は、地上に落ちてくる時、発射時と同じ速度（つまり初速）になる。もちろん、実際は空気抵抗や風があり、運動エネルギーはロスされるのだが、物理のナントカ法則による机上計算ではそうなるのである。

すなわち初速九〇〇メートルといわれるライフルの弾丸は、真上九〇度に向かって撃ち出されると、その地点に同じ速度で落下してくるのである（空気抵抗などを除外すると）。

それは、新宿の高層ビルの屋上から五寸釘をバラ撒《ま》くようなもんである。地上の通行人の頭上に落ちたら即死であろう。実際、パレスチナあたりでは年に数人、運の悪い住民が落下してきた弾で死んでいるのである。

例外は散弾銃の七号半ぐらいの小さな散弾。初速がライフルほど速くないうえ、ライフル弾頭より軽いので、空気抵抗に負け、落ちてくる時はほとんど運動エネルギーを失っている。

なんで、そう断言できるかと言えば、私は自分の散弾銃で経験したことがある。鴨を撃ちに行った時、真上に撃った散弾がパラパラと頭上に降ってきたのである。もちろん、ライフルで試したくはない。

権謀術数で頂点に立った男

十一時前、情報省のテレビの前には、昭和三十年代の街頭テレビもかくや、というぐらい凄まじい数の同業者がひしめき合っていた。市民より同業者のほうが圧倒的に多い。市民というたって、ここは情報省、集っとるのはサクラや——などと考えるのは後である。

あそこに見えるは隣のおっさんならぬＪ・ナクトウェイ、奥にはご隠居ならぬ橋田信介、一番前でド厚かましいく陣取るのは韓国人のチョウである。もちろん村田カメラマンもいる。そしてイルッカも、アレキサンドラも、チェチェンで凄い作品を残したユーリ・コジレフも……。

向こうに控えた巨体にも見覚えがある。ユーゴ空爆時に見たヤツである。たしか、当事者のセルビア人、あの時の媒体はＡＰ……。

とにもかくにも、世界の一流どころが凄まじい密度でひしめき合っている様は、喧噪というより壮観であった。

間もなく始まるサダムの玉音放送を一言でも聞き逃すまいと、イラク人、アラブ人たちはイキリ立っていた。二〇〇三年三月二十四日が、イラクにとって日本の昭和二十年八月十五日になるやもしれんのである。

そんなホットな現場に遅れて来て割り込もうとする輩には容赦ない罵声が浴びせられた。ほとんどがアラブ人である。順番という言葉を知らんので、数センチの隙間に割り込んでくる。我々外国人プレスが早くからテレビの前に陣取っていてもまったく意に介さんのである。

かくて罵声の嵐となるのだが、運の悪い同業者もいた。ベルギー人カメラマンのブルーノ・ステファンである。ハーグの国際報道写真展の常連でナクトウェイ級の凄腕だが、ドあつかましいアラブ人に罵声を浴びせたら、アル・カディンであった。

人前で侮辱を受けたアラブ人は獰猛になる。アル・カディンはブルーノが首から下げていたプレスカードをひっ摑むや、絞め殺さんばかりの勢いで引っ張っている。いかに世界的凄腕とはいえ、ここでは勝目なんかない。ブルーノはコメツキバッタみたいに謝るのであった。

しかし、我々にとってはよくあることが、面子《めんつ》を潰されたアラブ人にとってはオトシマ

記者会見には皆勤賞の真面目なカメラマン

サダムの玉音放送を待つジャーナリストたち

エをつけねばならん出来事なのである。結局、ブルーノはプレスカードを巻き上げられ、テレビの前から追放されてしまった。お気の毒である。

異様な興奮の中、我々は三月二十四日午前十一時を迎えた。アラブ人たちのある者には疲労が、ある者には不安が見える。そして、この雰囲気をブチ壊すようなイラク国歌の後、見慣れた独裁者の姿が映し出され、単調なアクセントのアラビア語が始まった。

サダムは、ヒトラーのように催眠術的な演説で民衆の心を摑み、のし上がった政治家ではない。身分の低い貧民というコンプレックスをバネに、王族や他部族、政敵を権謀術数で粛清し、頂点に立った、金日成、毛沢東タイプの男である。

政権を握ってからは、オノレの周りを縁故のイエスマンで固め、逆らうヤツは徹底的に弾圧したのである。

クルド人が逆らうと毒ガスを撒いて殺した。あのヒトラーですら、実戦で使うのをためらった毒ガス化学兵器を同じ国民に使ったのである。

その政治手法は、まさに恐怖支配。北朝鮮と同じく、オノレを神格化する教育だけは徹底したから、サダムの言葉はイラク国民にとって絶対、天の声、アッラーの神の命令なのである。

最後の一人になっても戦え！

忙しく手を動かしているのは我々カメラマンだけであった。ブラウン管を見詰めるアラブ人たちはメドゥーサに石にされたかのように固まっている。いや、よく見ると、ある者は深い溜息をつき、ある者はその目から信じられんような涙を溢れさせている。

サダムの単調なアラビア語が続く。何を言うとるのか、さっぱりわからんが、どうやらマジで重要そうである。

ひょっとして、ホンマに終戦の玉音放送なのではあるまいか……。

一二年前、同じシーンを隣国ヨルダンの首都アンマンで見た。サダムによる湾岸戦争の停戦受入れ演説であった。真剣に耳を傾けていたヨルダン人たちは、イラクの実質的敗戦を知ると無言で雑踏の中に消えていったもんである。そして、しばらくすると砂漠の街にバケツをひっくり返したような豪雨が降り、人びとは国籍を問わず「サダムの涙雨か」とビビッたのであった。

そのサダムの玉音放送を、今回はバクダッドで聞くのであろうか。ブラウン管を見詰める市民と情報省の役人は全員、無言のままである。サダムが、我が身を米軍に委ねても国民を空爆から守ろうという決断をしたのであれば、今回の仕事はこれで終わりである、あっさりと……。

いや、戦争の終結を悲しむのはカメラマンだけである。終結すれば、バグダッド市民は空爆の恐怖から解放され、アメリカの若者が砂漠に乾物のような亡骸を晒すこともないのである。

続いているスピーチを耳にしながら、カメラマンたちは互いに目で語っていた。

「いったい、サダムは何を言っているんだ？」

カメラマンの目は、みなその疑念に満ちていた。しかし、それを口に出して——たとえ囁きでも——聞けない雰囲気なのである。我々にわかるのは、少なくとも開戦後しばらく、サダムが怪我ひとつなくピンピンしていたことだけである。

イラク南部や北部のクルド地域で、この映像を見ている米軍は、早速、衛星経由でペンタゴンに送っているであろう。ペンタゴンは、映っているのが本物のサダムか、流れている声が本物のサダムの声か、スーパー・コンピュータを駆使して解析するのである。

テレビの前のアラブ人たちが、まるでゾンビのようにゾロゾロ立ち上がりだした。ようやくスピーチが終わったのである。カメラマンや外国人ジャーナリストたちが、一斉にオノレのガイドや情報省の役人のもとに駆け寄った。

「ウィー・コンティニュー・ファイティング」（我々は徹底抗戦する）

一人の小役人の口から洩れた言葉が私の耳にも届いた。まさかというか、やっぱり。イラク人、外国人を問わず、そこにいた皆の口から溜息が漏れた。

この日の《重大放送》で、サダムがしゃべったのは「アメリカこそ悪だ、侵略者だ、異教徒だ」「これは聖戦だ、徹底抗戦する。イラク人は最後の一人になっても戦え」という、何の目新しさもない国民への鼓舞であった。あんな抑揚《よくよう》のないイントネーションでは、とても士気が上がるとは思えんが……。

おそらく、この放送でサダムが伝えたかったのは別のことであろう。この四日間の空爆でかすり傷一つ負っていないオノレの不死身ぶり、健在を国民にアピールし、アメリカに対しては、空爆の無意味さを伝え、前線の米軍兵士に厭戦《えんせん》気分を蔓延させるのが狙いなのである。

「まあ、昼飯でも食いに行くか……」

橋田さんと鈴木さんが通りのレストランに向かって行った。どこへ行くアテもない私は、ここでプレス・ツアー待ちである。

血と消毒液の中で

案の定、すぐに小役人が駆け寄ってきた。やがて大型バス三台が現われ、情報省横に停まった。「プッシュー」と油圧式のドアが開き、役人が降りてくる。

「みんな、バスに乗るのだ！」

小役人どもがあたりに屯していたカメラマンたちを次々と捕まえ始めた。

「どこへ行く？」

小役人の口から「ホスピタル……」と漏れたのを、聞き逃すカメラマンどもではなかった。

「シット（クソ）……、また病院かよ……」

カメラマンの間から本音の舌打ちである。早速、フケやサボリを決め込む輩《やから》もいて、集まりが悪い。そりゃあ、そうである。みんな世界のメディアを代表してきている。病院ツアーは何度も繰り返されたし、「アメリカの非道ぶり」を訴える怪我人のコメントしか取れないのである。そんな病院ツアーと、サダムの玉音放送（代わり映えせんとはいえ）と、どっちが大事かわからん奴はいない。目敏《めざと》いヤツはホテルに帰って電送である。情報省でしかアンテナを上げられない（通信できない）ハズなのに、バスに乗るフリをしながら次々にフケていくのであった。

当然、見えないジャーナリストの綿井氏も、橋田さんたちの姿もなかった。しかし、週刊誌が雇い主である私は、サダムの玉音放送をただちに編集部に伝える必要はない。そして、他に行くアテもないし、取材したい対象もないのである。

いや、ないこともない。あの国際報道写真展でグランプリを獲った、チャドルを被ったままベレッタ拳銃の射撃練習をするイランの女性たち——みたいなカットが撮れるなら、喜んで何百カットもフィルムを回すが……。そんなもんは、申請したところで情報省が首を縦には振るまい。それどころか、小役人の心象を悪くするのが関の山であろう。ヒマと精力を持て余すぐらいなら、病院ツアーのほうがマシというわけで、今日も成り行きでバスに乗るのであった。

バスは市内をちょこっと走って停まった。今日は珍しく、あのイマイマしい太陽が見えない。どよよぉーんという、今の私、いやバグダッド市民の気持ちを反映したかのような空である。

バスのステップを降りると、ビシャッと足が滑った。濡れているというより、一面に水溜まりが拡がっていた。そばに消防車が停まり、ホースがタコ足のように伸びている。

我々の姿を見て、カラシニコフを肩に掛けた民兵が駆け寄ってきた。バスに同乗していた情報省の小役人が手のひらを向けて制す。民兵を、である。

ここは病院ではなさそう……やが、すっ飛んできた民兵の姿、我々を見る怒りに満ちた目。シャレにならん。相当のピリピリぶりである。十一時のサダムの放送を見たせいでもあるまい。おそらく誤爆現場……、今までで一番リアルなバグダッド市内の誤爆現場やもしれん。目の前に建っているのは体育館らしき広いホールである。

「あっ！」

その横にでっかい穴！　しかもそこに水が溜まっている。消防車は溜まった水をポンプで排水しとるみたいである。そして、穴の周りにはガラス片や瓦礫が散乱してる。

誤爆である、たぶん……。ここが重要な軍事施設なら、情報省が我々を連れて来るワケがない。足が自然に穴に向かう。同業者と並ぶと自然に足早である。

入ってみるとやっぱり体育館。床一面にガラス片が飛び散っている以外は、どこから見ても体育館である。周りにある事務所は爆風でムチャクチャ、階段が落ちて二階には上がれそうにないが、そんなことでカメラマンは諦めはしない。みな、天国からの蜘蛛の糸に縋《すが》り付く亡者のように、あるいはアルピニストが登頂ルートを探し求めるように這い登っていく。その先にあるのが、名誉や天国や絶景でなくても、そこに瓦礫がある限り、カメラマンは先を争って登るのである。

体育館の二階から見えたのは独裁者の肖像くらいであった。剣を手にしたサダムが星条旗を切り裂いている。道理で、情報省が連れて来たがったハズである。

ゾロゾロと力なく戻ってきた我々を乗せると、バスは次の現場へと向かった。鉄のゲートの中の平屋、鼻をつく消毒液の臭い。病院である。おそらく、さっきの体育館の誤爆現場から運ばれてきた怪我人たちがごっそりいるのであろう。

いくらピンポイントやろうが、絨毯やろうが、なんでこうも米軍は民間人を犠牲にするのであろうか。やられた民間人は、直接手を下したアメリカにその恨みを持っていく。この戦争の原因となった大量破壊兵器、それを手放さなかった独裁者サダムの責任を追及するほど、アラブ人の思考回路は複雑ではないのである。家族が死んだのも、オレが怪我をしたのも、みんなアメリカのせいだ——という思いだけで頭が一杯になってしまう。そして、アメリカを支持した日本も彼らの恨みを買うことになるのである。（※2004年10月、アメリカが派遣した調査団がイラクに大量破壊器は存在しないとの最終報告を提出した）

間もなく、この戦争が終わるにしても、やがて米軍はここバグダッドに地上軍を送り込む。家族を殺されたイラク人たちが、地上を歩いてくる米軍歩兵にどんな怒りをぶつけるか、明らかである。イラク全土には、祭りで撒く餅のように小火器が散らばっている。それは日本の各家庭に包丁があるのと同じくらいの割合なのである。

となれば、映画『ブラックホーク・ダウン』の世界が、ここバグダッドで繰り拡げられることになる……。真新しい包帯に血を滲ませた少女の瞳の向こうに、私は、撃たれても倒れても次々に襲いかかっていくバグダッド市民と、弾薬が尽きかけ、恐怖に顔を引き攣らせる米兵の姿をはっきり見るのであった。

ゾッとする。まだ見たことのないオトロシイ世界である。できれば見たくない——と言えば、カメラマンとしてウソになる。しかし、そんな世界になったら、今、イラク情報省の掌に握られている私も、いやみんな、タダで済むわけがない……。

病室に殺到している同業者が飽きるのを待つため、外に出た。藤棚の下で、面会に来ていた家族が煙草を喫いながら屯していた。

「皆、何を撮ってるのだ？」

一人の男がきれいな英語で尋ねてきた。質問というより非難であろう。家族たちが、我々を快く思わないのは当然である。弱い市民は死んでも、怪我しても、プロパガンダに使われるのである。米軍の非道を世界に訴えるためという大義によって……。

「写真なんか撮ったって米軍が来なくなるワケでもないし、死んだ人間は生き返らん」

そのとおりである。

「あんた、国籍は？」

「日本人や……」

「なんで、日本人はアメリカを支持するのだ？　アメリカに空襲され、広島長崎に原爆まで落とされながら！」

こういうインテリは苦手である。カメラマンに向かってイチビッて感情を剝き出しにしてくるアホ市民のほうがよほど絵になるチャンスは大きいのである。

こんなとこで一服しておっても、針のムシロである。私は煙草の火を踏み消し、病室に戻った。そして、血と消毒液の臭いの中で、怪我人たちを撮った。

空爆の炎で顔を真っ赤に

この日も、アル・マンスール・ホテルのレストランは一段と寂しかった。メシの内容も日に日に、というより一食一食、質が落ちている。

情報省のデスクは相変わらず空席のまま、スーダン人のボーイだけが柱に凭《もた》れ掛かったり、犬のようにウロウロするだけであった。

今夜は静かである。やっと一晩、熟睡できるやもしれん——と思ってベッドに入ると、やっぱり静かな夜なんて儚《はかな》い夢であった。

「ドッカーン！」

ガバッと跳び起きるまでもなく、ベッドから転げ落ちそうな衝撃である。

近い！　部屋の正面の大統領宮殿方向に火の玉が上がり、それがしぼんでいくところであった。

（またか……、やっぱり今夜もきたか……）

一応、三脚を立てる。といってもすでに遅い。

おっ、そうや、橋田さんたちも帰っとるハズである。私はしっかり部屋にカギをかけ、この部屋のちょうど真下の橋田さんの部屋を訪ねてみることにした。

ノックを続けて二回し、「宮嶋でーす」と囁く。内側からガチャリと鍵を回す気配がした。二人はツインの部屋に滞在しているようであった。中は当然、消灯されたたままだが、窓際に三脚が立っているのが、街灯の光でわかった。

二人ともモモヒキ姿のくつろぎモードである。部屋の中には、オッサン臭さが充満している。

「よう……、どうした？」

「見えました？」

「正面だね。ここいいね。情報省の目の前だし……」

ピカッ！　ドッカーン！

火の玉が盛り上がってきた。鈴木さんが三脚の上のカメラのランプを覗き込み、ビデオがオンのままなのを確認し、三脚の周りをペタペタと歩く。

首をすくめていた私に、橋田さんが気付いた。

「ピンポイント（爆撃）なんてカワイイもんよ。ハノイは絨毯（爆撃）よ。まぁ、もっとも、絨毯もだんだん近付いてくるので、次にどこに落ちるか、だいたいわかっちゃうんだけどな……ドハハハハッ」

橋田さんの顔が火の玉で真っ赤に染まっていた。遠くからサイレンの音が聞こえてくる。消防と救急車が大統領宮殿のほうへと続いていた。

この頃はすっかり空爆慣れしてきた。私だけではなく、イラク市民や政府の関係者たちも、である。もう、空襲警報も警報解除のサイレンも鳴らない。迎撃のための対空砲火もかつてのような勢いはなくなり、散発的である。

いくらサダムが強がっていても、首都への空爆は、ボディーブローのようにジリジリ効き始めているのである。それでも、まだ電気も水も、この幽霊屋敷と化したアル・マンスール・ホテルにまできている。不思議である。私は橋田さんの部屋を辞して、自分の部屋に戻り、再びベッドに潜り込んだ。

9 ようこそ、赤い地獄へ

――血とハムシーンと狂気の世界

この左手の持ち主はどこに？

ヤリ手ネェちゃん

三月二十五日、どよよぉーんとした曇り空であった。ただでさえ憂鬱なのに、目の前のプールに散乱するゴミとパームツリーの落葉が寂しさを募《つの》らせる。こんな天気が続くなら、一時撤退してしもうたろか……という気分にさえなる。

毎日、衛星から降ってくる外電情報によると、米軍の勢いは相変わらずである。しかし、ここではミサイル以外、米軍の姿は見えない。このため、同業者の間には「戦局は硬直しとるのでは——」という噂が拡がっていた。

それなら、いったん帰国とまでいかんでもヨルダンで一休み。鋭気を養ってからまたバグダッドに戻れば……いや、イカン、イカン。弱気はイカン。

ヨイッショッと、今日も暗い気持ちを吹っ切るようにリュックを背負う。目指すは目と鼻の先の情報省である。今朝はなんや同業者の集まりが悪い。理由はすぐわかった。情報省の周りにデモ隊らしき群衆がいるのである。

人間の盾のパフォーマンスのような元気はない。まるで今朝の空みたいに、皆、黙って手をつないだりして怠《だる》そうに歩いている。プラカードや横断幕はアラビア語ばっか、もろイラク国内向けの、サダムの御用デモである。そんなチンケなデモでも、現場におればレンズを向ける。使われもしなくても、である。なんや「早起きは三文の得」は日本だけの話かいな……。

デモ隊が解散してから、どこでサボっていたのか、村田カメラマンがやってきた。

「あっ、宮嶋さん！　大変ですよ！」

「ヘッ？」

村田カメラマンの「大変ですよ」は二度目である。

「あのアル・マンスール・ホテル、やばいスよ！」

「ヘッ、また？」

そういえば、アル・ラシッド・ホテル、どないなったんや……。

「ええ、ここ(情報省)も間もなくやられますし……、マンスールも近いから一緒にやられるという話ですよ！」

そんなこと言われても困る。

「ほれでも、行くとこないし……、ウチのホテル、けっこう穴場で便利やし……」

「何、言うとンスか！　フジTVの近藤さん情報スよ。それに今、パレスチナのボーイ買収してくれてるみたいなンス。一日でも早く……」

「エッ、そうなの？」

ありがたいことである。同じフリーの立場とはいえ、活字媒体の私のために、そこまでやってくださるとしたら……、それは考えなイカン！

「近藤さん、今、どこに？」

「支局に……」

私と村田カメラマンはそろって情報省の記者会見場に入った。いつもサハフが大本営発表する情報省別棟会見場の三階がフジＴＶの支局である。角部屋のフジＴＶの支局を訪ねると、近藤氏はインマルに向かって本社（お台場）へ電話中継中であった。片手を上げ、その旨、我々にサインを送ると、再びＴＶ用の原稿に目を落とし、質問に答えている。

「この度はどうも……、私のような者のために……大変お骨折りを……」

中継を終えた近藤氏にまずはお礼である。

「いえいえ、村田さんと一緒に仕事もさせてもらってますんで……。同じホテルのほうがお互い安心でしょう。それに、今回は私というより、うちの戸田が頑張ってくれて……。出入りのボーイを通じてマネージャーに二〇〇ドルほど袖の下が必要ですが……」

「へえ！　お安いもんで。パレスチナには永久に泊まれんと覚悟してましたもんで……」

戸田さんはフジTVの助手をしている、近藤氏と同じ事務所のネェちゃんである。もちろん、ただのネェちゃんが戦時下のバグダッドにおるハズがない。日本人とイタリア人のハーフで、英・伊・日のトリリンガル。いつも中継の準備に、ノートを抱えてエゲツない同業者や情報省の小役人どもの間を泳ぎ回っているヤリ手である。

「引っ越しは、えーと……、ウチと同じ階、一五階の隣の隣ぐらいです。カギはウチの部屋にもありますんで、お引っ越しはいつでも……」

そんなら早いほうがエエ！　私は早速アル・マンスール・ホテルへとって返した。

再びお引っ越しである。わずか三日間であったが、実に静かでシケたホテルであった。今夜からは一〇〇人以上のスゴ腕同業者やお目付役の情報省の小役人と同じ屋根の下で眠るのである。安心感と不安が同時に湧き起こってくる。さて、この引っ越しが吉と出るか凶と出るか……。

今日までは、少なくともパレスチナ・ホテルに泊まっていなかったのが正解であった。しかし、これからもそれが続くと考えるほど、私はノー天気ではない。

アル・マンスールにミサイルが降る前に、目の前の情報省に降るであろう。その時、マンスールにおれば、空爆の瞬間を押さえることができるかもしれん。だが、空爆シーンは、今のバグダッドでもそうザラにはないほどのカットを、私はすで押さえている。もはや、空爆カットのためにリスクを冒す必要はないのである。

しかし……、橋田さん一行はどないするのであろう……。いや、他人の心配をしている余裕など、今の私にはない。あの橋田さんである。たとえ私が「このホテルは危ない」と伝えたところで、きっと「オッ、それはチャンス！」と限りなき楽観主義でかえって張り切ってしまうであろう。実際、橋田さんはそれで幾多の修羅場を乗り切り、六〇歳を超えても現役でいる。

とりあえず、今はオノレの引っ越しや。いろいろ考えるのは後である。スーツケース三つ、野営道具一式、食料、水を、スーダン人のボーイに運ばせようと思ったら、見当たらない。嫌な予感がする。これは一刻の猶予もならん。こうなったら、一人で運び出すしかないないないか……。

フロントでチェック・アウトを宣言し、精算する。アル・ラシッド・ホテルと示し合わせたかのように一泊八〇ドル弱、ディナールではなく、ドル払いになっていた。

部屋とフロントを何度も往復し、荷物をすべてタクシーに積み込んだ。雲助をけっこう待たせたハズである。これでまたチップをふんだくられるであろう。橋田さんのことが少し気に掛かるものの、こんなしみったれホテルには何の未練もない。

黄色い空気

昼前のパレスチナ・ホテルはフロントもロビーも閑散としていた。五日前と同じように玄関前のゲートを開けてもらう。一応、客が付いていないと、雲助どもは敷地に入れんようになっているのである。タクシーからスーツケースを運び出そうとすると、半袖のツートン・カラーの制服を着たボーイらしきニィちゃんが手を貸してくれる。

「一五階……」

そう告げて、私も一緒に荷物を運ぶ。たしか近藤氏の部屋が一五一二号室、村田カメラマンが一五一〇、戸田嬢が一五一一のハズである。戸田嬢がしっかり部屋にいらした。

「あ、宮嶋さん、早かったですね……」

ニコッと笑って、でっかい重り付きのキーを渡してくれた。場所が場所なら、マンションを買い与えた愛人から合い鍵を受け取っているような場面である。

「一五〇八号室です。ワイロちょっと高くついちゃいましたけど……」

「いえいえ、とんでもございませんです。これからもよろしゅう、お願いしまっさ」

思わず溜息が漏れる。この五日間で四つ目の宿である。今度こそ、しばらく腰を落ち着けたいもんである。

中は薄暗いながらも電気は来ている。見晴らしも抜群、チグリス川が丸見えである。ついでにちょいと遠いが、その先には大統領宮殿。まだサダムが隠れているのか、それとももうトンズラしたのか知らんが、日本でいえば、霞が関や皇居が見える超一等地である。すごい……。

コンパスを取り出してみる。おおっ、ちょいと斜めになるが、なんとか南向きにスペースがある。これでインマルも開けそうである。

よっしゃあ！　今日からここで出直し……といきたいところやが、窓の外がどうも異様である。まるで、私の意欲を挫《くじ》くかのように暗い。まだ昼過ぎなのに夕暮れみたいやないか……。昨日から曇ってはいるが、それにしてもあまりに暗い。暗いだけではない。黄色い。中国の黄砂を一〇〇倍にしたような、不気味な黄色である。これがハムシーン（砂嵐）なのであろうか。

気のせいか心持ち息苦しい。もしサダムがヤケクソでケミカル自爆テロに及んだら、装着したガス・マスクのキャニスター（フィルター）があっという間に細かい砂で目詰まりしそうである。一五階に吹き上げてくる風も異様に生暖かい。何か、とてつもなく不吉な予感がする。

古代、原始人どもは日蝕や月蝕を神の怒りに触れたためやとビビリ倒したという。それはオノレらの理解を超えた現象に出遭ったからである。今の私も原始人と同じである。南米を除くすべての大陸に足跡を残してきた、この不肖ですら、恐れおののく、不気味な自然現象である。

それは南極大陸で見た、感動ものの太陽柱やオーロラなんてカワイイもんではない。強いて言えば、南極のホワイト・アウトのブリザードである。チグリス川対岸の大統領宮殿すら見えなくなった。ついさっきは見えていたのに……。このハムシーンに包まれた黄色い空気の向こうで、とんでもないことが進行中なのではなかろうか。サダムは、あのケミカル・アリが開発した新型核兵器を使うのではないだろうか……。

気のせいや……。息苦しいのは気のせいなのである。頭ではそうわかっていても、目の前の黄色いフィルターのかかったチグリス川を見て、とてつもなく不安になる不肖・宮嶋であった。

一〇〇枚の札束四四個

ビビッたからというわけではないが、午後は食糧の買出しに出かけた。フジTVの近藤氏らの分も買ってくるという理由で、フジTVお抱えの車（シボレーの大型セダン）を雲助ごとお借りして、である。

外国プレスが雇っている雲助どもは、間違いなく情報省とツーカーである。我々が街中で勝手な取材をかけた場合、市民が情報省に通報する前に、雲助が「畏《おそ》れながら」と報告しとかんと面目丸潰れになるという、完全なスパイどもである。

この雲助も、口数は少ないとはいえ、私の立回り先をしっかり報告するのであろう。買出しの途中、ちょっとでも情報省のお気に召さない対象にカメラを向けたが最後、翌日、私は国外退去処分をくらうのである。

この日は両替と食糧の買出しだけである。これから日に日に増していくであろう不安を、充分なキャッシュと食糧と水で、わずかでも打ち消したいのである。

開いている商店は少なく、街は閑散としているが、市場にはまだ活気があった。ここで手に入るのはペプシとセブンアップの一・五リットル・ペットボトルとビスケットぐらいである。

両替屋はサダム・シティ付近でまだ数軒開いていた。一二年前、ヤミ両替は大罪だったが、今は完全な非常時、ホテルどころか銀行ですら両替できんから、もうヤミもクソもないのである。レートは三日前と変わらなかった。一ドル一四〇〇ディナール。一〇〇ドルも替えると札束になるのはアフガンと同じである。

紙幣はほとんどが二五〇ディナール札である。大きな額のもあるが、ほとんど見なかった。もちろん、すべての札にサダムの若い頃の顔が刷られている。

さぁ、問題である。いったいいくら両替したらエエんやろ？　イラクは確実に戦争に負けるのである。その時、サダムは死んでいるか、米軍に捕らわれている。もちろん現政権は崩壊である。となれば、サダム政権が保証した貨幣価値はゼロになるかもしれん。つまり、近々、紙クズになるであろうゼニをいくら持っているべきかという問題である。そんなもん、少ないに越したことはない……。

とはいえ、現地通貨を持っていないのも困る。次はいつ両替できるかわからんような状況下ではなおさらである。こっちがディナールの持っていないと知ったら、雲助どもはとんでもない額の米ドルを要求してくるかもしれん。いや、絶対にそうする連中である。

それに、情報省に支払わなければならないジャーナリスト登録料も特別税もディナール払いのハズである。

私はまだ払ったことがないが、ビザの期限が切れる前には滞在日数分を支払わねばならない。払わないとビザの延長もプレスカードの延長もできないシステムなのである。あと何日、イラクが持ちこたえるかわからんが、その時になって「手持ちのディナールが足りません」では、どんな嫌がらせを受けるやもしれんし……。

しかし、現ナマは命とパスポートとプレスカードの次に大事である。特に米ドルは非常時にモノをいう通貨なのである。その米ドルを、もうすぐケツも拭けない紙クズになるであろうサダムの通貨に替えてエエのであろうか。

ふーむ……。私は清水の舞台から飛び降りるつもりで八〇〇ドルを差し出した。イラク人にはとてつもない大金である。ガラスの向こうのオッサンは一〇〇ドル札八枚を慎重に確認した。

「八〇〇なのか？」

「八〇〇や」

オッサンは机の下から無造作に札束を摑み出し始めた。机の上に札束が山のように積み上げられていく。一ドル一四〇〇ディナール、一〇〇ドルで一四万ディナール、二五〇〇デイナール札五六〇枚である。掛ける八で四四八〇枚。二五〇ディナール札一〇〇枚の札束が優に四四個である。

こんな大金、使い切るまで戦争は続くやろか。いや使い切れるやろか。

両替商のオッサンは半透明の薄いスーパーのビニール袋に次々と札束を詰めていき、とうとう二つ分になった。両手に札束でパンパンのビニール袋をぶら下げると、気分は完全に銀行強盗である。フジＴＶの車で来て、本当によかった。左右に人影がないのを確認し、シボレーの後部座席に放り込む。

とりあえず、今夜は札束の上で寝たろ……。四〇〇〇枚以上のサダムの顔の上で夢を見たら、サダムに毒ガスで殺されたクルド人の霊に襲われそうやが、こんなこと、今、このバグダッドでしかできんであろう。

キーボードの上にポタポタと

夕食はホテルの一階レストランである。夕方六時に開き、料理がなくなり次第閉店となる。ドアが開け放たれるやいなや、そばのカフェで時間を潰していた同業者がゾロゾロ入り、三〇分もしないうちに満席になる。

メーン・テーブルにはバイキングの皿が四つ五つ並んでおり、世界の名だたるジャーナリストが皿とナイフとフォークを持って列を作る。人びとの中には、情報省の役人ども――アル・カディンから小役人まで――も混じっているが、連中は並ばない。列を無視して、さっさと料理を取っていく。順番という言葉を知らないのである。

仲の良いグループや同国籍のグループが同じテーブルに固まり、そこに空きがあれば、情報省の小役人や一人になった同業者が割り込んでくる。食えるうちに食っとかんとイカン。加熱調理された料理は、いつ食えなくなるやもしれんのである。

メニューはキュウリやトマトなどの生野菜、私はトマトが食えんのでトマト抜きである。ナンは取り放題やが、日本人は一、二枚で充分。おかずはパサパサのチキンに羊肉のハンバーグもどき、のびのびパスタ。デザートはオレンジ丸ごと一個である。これは昼も夜もほとんど同じ。もちろん酒はナシである。

部屋に戻ると、まだ電気は来ていた。一五階から見下ろすバグダッドの街明かりが、まるで蛍のケツみたいにボーッと霞んでいる。砂嵐が吹き荒れているのである。

南の空に向かって、見えない衛星を探し、ＲＢＧＡＮを拡げた。便利である。部屋から電話もできるし、写真も送れる。何千キロも離れた衛星を経由してメールがすぐ手元のパソコンのモニターに次々と現われてきた。

編集部の若い衆が送ってくれる外電で、米軍の動きが手に取るようにわかる。まぁ、わかったところで私には何もできんし、今のところ米軍戦闘機ははるか上空なのである。

外電によると、米軍は南部でかなり手こずっとるようである。南部の要衝バスラがまだ落ちとらんのか……。いや正確に言うと、バスラは英軍の担当で、英軍がグズグズしてる間に、米軍はバスラを避け、北部に部隊を進めているのである。

南部の要衝を抑えぬままメーン・ルートを避け、砂漠の中で兵站を伸ばす。これは危ない。おそらく米軍現地総司令官フランクス中将は薄氷を踏む思いであろう。ペンタゴンは、あのブッシュ・ジュニア、陰険ラムズフェルドだけでなく、アメリカ国民からの強烈な「バグダッドを二週間で陥れてみせる」と大見得を切ってしまったのである。フランクスなプレッシャーも感じているハズである。その伸び切った最前線がバグダッドの南四〇キロにまで迫っているというのか……。いや一概には信じられん。

最前線の米軍もたまったもんやないであろう。ただでさえ最前線でビビリ倒されているというのに、この熱砂の砂漠である。化学兵器の恐怖もある。もちろん米軍のことである。対ケミカル戦の訓練は、兵士たちから悲鳴が上がるほどやっているであろう。

ただし、ケミカル戦はガス・マスクを着けていればハイ大丈夫というもんではない。ガス・マスクを中心にビニールのカバーですっぽり体全体を被《おお》っとかなアカンのである。

この砂漠で、そんな格好したら戦闘どころではない。毒ガスが拡散し、風で飛ばされるまで脂汗たらしながらジッと待つしかないのである。ただでさえ息苦しいこのハムシーンの中で……。

頼みのアパッチ・ヘリもブラックホークも、この砂嵐では飛べんであろう。どっちも全天候型で、雨やろうが、真夜中やろうが、任務を遂行できるように設計されてはいる。しかし、米軍には砂嵐の忌まわしい記憶がある。イランのアメリカ大使館人質事件で大型ヘリが墜落事故を起こし、乗っていた特殊部隊が全滅している。その原因が砂嵐だったと言われているのである。

大倉カメラマンからは「オウム（現アレフ）の上祐（当時）がモスクワに極秘渡航するという情報がある」とメールが来ていた。この戦いがもしあと数日で片付くのなら、ここバグダッドから駆けつけてもエエのやが、今のところ、この現場から離脱するつもりはない。

編集部の若い衆からは、週刊誌記者が選ぶ雑誌ジャーナリズム大賞の表彰式への出席打診メールが来ていた。去年、週刊文春が血祭りにあげた山拓こと山崎拓自民党元幹事長

（当時）の女性問題取材に私も関わり、問題の女の写真を仕留めていたのである。決して寝ぼけとるワケではないのであろうが、明日に迫った東京のセレモニーに間に合うワケないやろ……。

見ず知らずの拙著の読者からも激励のメールが来ていた。この仕事で初めてパソコンのキーボードを叩く不肖である。ホームページなんぞ作れるワケがないのやが、友人がボランティアで作ってくれたため、そこを通じてバグダッドまでメールが届くのである。ある方は「頑張って」、ある方は「負けないで」、そしてすべての方が「生きて帰ってきて」である。これでまた、取材を切り上げて帰るワケにはいかなくなった——。キーボードの上にポタポタと、汗ではない水滴が落ちるのであった。

デマゴギー・チョウ

三月二十六日、パレスチナ・ホテルでの初めての目覚めは、とてつもなく不気味であった。窓の外の世界が黄色い。異様である。いつもなら見える情報省が見えない。アル・マンスール・ホテルも大統領宮殿も黄色い霞の向こうで、見えんのである。息苦しいのは気のせいだと、頭では理解していても、それでも息苦しく感じる。

いつものように出掛ける先は情報省である。しかし、昨日までとは違って、歩いてチョイという距離ではない。歩けば三〇分くらいであろう。

しかし、ここには一八階建てのホテルが満室になるほど、ジャーナリストがうじゃあとおる。日本人だけでも、私、村田カメラマン、フジTVの近藤氏と戸田嬢、そして向かいの一五〇七号室にはアンマンから一緒の車で来た豊田カメラマン。そして、これまた同じ階に日テレからすごい日当、というより秒単位で高額な契約をしているという噂のジャパン・プレスもいる。階下にはアジア・プレスの綿井氏も宿泊しているのである。

皆、フリーとはいえ、大メディアの銭を引っ張ってきたプロである。ほとんどが開戦前から大型車をチャーターしている。そして、皆、どこの現場に行くにせよ、まず情報省に顔を出す。ちょいと同乗を頼めば、ホテルのロビーや玄関で屯している雲助どもと交渉しなくて済むのである。これこそ、皆と一緒のホテルに滞在するメリットである。

なーに、日本のメディアだけやない。スペイン人のジョンや、フィンランド人のイルッカも、ニューズ・ウィークやタイムのアサインメントで来ているハズなのである。当然二四時間、車をチャーターしている。

この朝は、村田カメラマンと一緒に出動した。昨日、買出しに使ったフジTVのシボレーである。村田カメラマンも憂鬱そうである。もっとも、村田カメラマンの憂鬱にはちゃんとした理由があった。それは、女がいない、酒が飲めんというような話ではない。自由な取材ができず、情報省の押し付け取材しかできん、イラクの政権側の広報と化しつつある、あのプレス・バス・ツアーに飽き足らず、悶々としているのである。私より二週間も早くバクダッドに入った村田カメラマンには、そういう要求不満がパンパンに溜まっているのである。

いつもどおりバグダッド市内はガラガラで、アッと言う間に情報省に着いた。集まっている同業者たちも、さすがにこの空の下、皆、不安そうで口数が少ない。

この日、いつもと違ったのは、これまでの常連たちに一人の東洋人が混じっていたことであった。東チモールで会ったことがある朝鮮人カメラマンのチョウである。コイツがとんでもないことを言い出した。私が昨夜パレスチナ・ホテルに引っ越してきたという話が出た後に――。

「気をつけたほうがいいスミダ。あのホテルは危ないハセヨ」

「何いうとんや。ホテルどころか、バグダッド中どこでも危ないワイ」

「そうじゃないスミダ。あのホテルの部屋から時々、貴重品がなくなるハセヨ。カメラとかコンピュータなんか……」

「そういえば、あの情報省の掲示板やメディアのメッセージ・ボードにも『パソコン探してます。見つけたら＊＊号室まで』みたいなメッセージ見たよ」

豊田カメラマンがチョウに同意した。

「そうなのハセヨ。私の知合いもパソコンをホテルの従業員に盗られたスミダ。それだけじゃないハセヨ。情報省の役人も部屋をチェックするといって、私の知合いの部屋に入って、カメラ盗んでいったハセヨ！」

「……」

日本人一同は不安に駆られて沈黙した。

「皆、パソコンやインマルは隠してきたかスミダ？」

「……」

ウッカリしとった……。南側の電送ができる部屋やったから、この朝からパソコンもRBGANもリュックに入れてこなかったのである。あそこで情報省のサルどもに見つかるとヤバイ。情報省の敷地外から通信しとることも、RBGANの正体もチョンばれ、最悪、国外追放である。それに、パソコンをパクられたら電送ができなくなり、この仕事そのものが失敗になってしまうのである。

「イカン……」

「ウッカリしとった……」

こうなると、いかに神経の図太い人種でも落ち着きがなくなる。

「ちょっと、ホテルまで……」

「オレもちょっと見てくる……」

群衆心理ならぬ、不安のドミノ現象である。最後にチョウがケツを蹴り上げた。

「そうしたほうがいいスミダ！」

「しかし、ツアーが……」

「すぐには出ないハセヨ。早いほうがいいスミダ！」

皆、脱兎のごとく待たせていた雲助の車に走っていく。私も村田カメラマンに続きシボレーに飛び乗った。再びホテルに戻ってエレベーターに走る。

「じゃ、あとで！　道具確認したらすぐに」

一五階のエレベーター・ホールで別れ、ポケットから重いキーを取り出し、ガチャリと回した。果たして、まだルーム・メイクも来ていないようであったが、窓際にインマルのケースが……。ジッパーを回すと、中にしっかりあった、インマルもパソコンも。私が部屋を出た時のままで。

私はそれらをゼロハリバートンのスーツケースに放り込み、しっかりコンビネーションキーを回し、チェーンでベッドにくくりつけ、そのチェーンにもコンビネーションキーをかけた。

「ホッ……」

ああ、よかった。まぁ、当たり前か……。イカン、早く情報省へ戻ろう。ホテルの玄関では、すでに降り着いていた豊田カメラマンが待っていた。

「どないでした？」

「よかったよ、何も変わったことなくて……」

「ウチもですわ……。ほな、戻りまひょか」

村田カメラマンが少し遅れていたので、先に豊田カメラマンの車で戻ることにした。情報省で再び日本人カメラマン一同が顔を揃えたが、誰の部屋にも異常はなかった。

「何やったんやろ？　あのチョウさんの警告は？」

首を傾げる余裕も安堵感も我々の顔にはなかった。さっきまで、ほんの二〇分前にあれほどいたカメラマンもジャーナリストも、そしてバスも姿が見えんのである。バス・ツアーが出てしまったのは明白であった。

（ハメられた……）

たった一人の半島代表の孤独と苦労はわかる。フランス系通信社にヘッド・ハンティングされた実力も、まぁ認めよう。しかし、恨《ハン》の精神を我々に発露するのはやめてくれ。いったい、我々が半島に何をしたというのか。温厚な綿井氏でさえ、怒りを隠さなかった。

「許せん……、とんでもない奴や、これからはデマゴギー・チョウと呼ばせてもらおう」

私もウンウンと頷き、そう呼ばせてもらうことにした。しかし、デマゴギー・チョウが我々に行なった仕打ちはこんなカワイイもんだけではなかったのである。

それは後ほど述べるが、非常時、戦時下での流言蜚語《りゅうげんひご》は禁物である。関東大震災の時、「朝鮮人がドサクサに紛れて井戸に毒を入れて回っている」というデマが流れ、それを信じた市民が暴徒となり、朝鮮人を殺すという事件が起こったではないか——。

もしかしたら、あの時に殺された朝鮮人の中にチョウのご先祖さんがおったのであろうか。そうとしか思えん。

我々もプロである。こういう時、すぐに怒りに震え、泣き喚く朝鮮人とはちゃうのである。我々は情報省の中に飛び込んだ。バス・ツアーの行き先を突き止め、タクシーで追いかけるためである。

行き先はすぐに割れた。郊外の学校らしかった。「ソレッ！」とばかり、再び豊田カメラマンの雲助車に乗り込む。もうこうなったら、誰の車でもエエのである。ホンマ、あのデマゴギー・チョウのせいで、せんでもエエ苦労をせなアカンのである。しかも、この戦時下に……。普段はアジアの人民にやさしい豊田カメラマンも焦り始めている。

いったい、バスはどこや！　目を凝らして前方を睨んでも、そこには無情にも黄色い霞がかかっているだけなのであった。

気晴らしにシーシャ

バグダッド郊外でようやく大型バス三台を発見した。「オオッ」とばかりに、豊田カメラマンの雇った雲助車を学校らしい施設のゲートに向ける。が、その時であった。ゲートからバスが出て来るやないか！　そして、無情にも我々の目の前で鉄のゲートが閉じられた。

バスの窓から同業者たちが気の毒そうに私と豊田カメラマンを見下ろしている。あの中にデマゴギー・チョウもいるハズである。逃した魚は常に大きい。ゲートの中は肉片の飛び散るすさまじい修羅場……だったかもしれん。

　ここはバグダッドである。流言蜚語に乗せられたほうがアホなのである。デマゴギー・チョウは踊らせた側で、我々は踊らされた側なのである。

　目の前を通り過ぎたバスが、これから別の現場に立ち寄る可能性もゼロではない。我々は運ちゃんにバスの後を追うように告げた。外は黄色い嵐である。ノロノロ走る大型バスのテール・ランプが見えなくなる。すさまじいハムシーンである。

　何度もバスを見失いそうになりながら、目を皿にして、バスのケツにくっつき、行き着いた先は情報省であった。

　午前中に行った現場がどんなとこだったのか、同業者に尋ねるような愚行はせん。聞いたところで、結果は同じなのである。

「午後に再びバス！」

　小役人がそう宣言した。珍しくバス・ツアーの後に会見がない。午後まで情報省でのイベントもないと言う。何かある場合はパレスチナ・ホテルに知らせるという言葉を鵜呑みにするほど甘チャンではないが、とりあえず、宿に戻り、ちょいと早いが昼飯をとることにした。

まるでデジャブに襲われたような、昨夜とまったく同じメニューのバイキングを平らげた後はまた情報省に戻る同業者を物色した。さすがの豊田カメラマンも肩を落としているが、村田カメラマンはあまり気にしていないようである。あんな情報省のパッケージ・バス・ツアーなんて、最初からアテにしておらんのである。

「そう！　気晴らしにシーシャやりません？」

村田カメラマンが突然、提案した。シーシャというのはアラブの水パイプである。

「イヤヤ……、あんなもん……」

「そんなこと言わずに、付き合ってくださいよ……」

誰があんなもん……。一二年前、ヨルダンで試して以来、一度もやっていない。

村田カメラマンはドラムという刻み煙草を愛飲していた。コンサイス・ペーパーでくるみ、両切りのまま吸うのである。そのドラムも切れかかり、なんとか調達できないかと、屋台の煙草売りのニィちゃんやイラク人雲助にシツコク尋ねるという無駄な努力を続けていた。

「あんなもんやるぐらいやったら、隠し持ってきた葉巻やる！」

「エッ？　葉巻あるの？」

「あるで！　キューバもん！」

村田カメラマンは邪念を振り払うように豊田カメラマンも誘った。彼も煙草を吸うのだが「僕もやったことないし……」と乗り気ではなかった。

「村田さん、やろうか！」

助け船を出したのは近藤氏であった。

「やるって、どこで？」

やりたくはないが聞いてみた。

「そこで！」

村田カメラマンがすぐ脇を指さした。ホテルのロビー横のカフェである。二人はさっきまでの落ち込みがウソのようにルンルンとスキップをしてカフェに向かった。

アラブの男どもはシーシャが大好きである。よくカフェの店内や街頭に集まったデブのアラブ人たちが、鶴の首のようなパイプをジッと銜《くわ》えてダベッているアレだが、外国人でも煙草を吸わない人ほどハマると言われている。

カフェの隣の売店のオッサンからシーシャと吸い口を受け取った村田カメラマンは、ソファにドッカと腰を降ろしてブクブクし始めた。大の大人がパイプを銜えてブクブクなんて、私はみっともないと思うのやが……。

真《ま》っ黄黄《きっき》な世界

午後も他に行く所がないから、やっぱり情報省である。空はますます黄色くなっている。午後一番で早速バスが連なってやってきた。同業者たちがゾンビのようにゾロゾロとバスの中に吸い込まれていく。

皆、初めて見るハムシーンなのであろう。あまりの不気味さに無言である。こりゃ、砂漠の最前線は大変……、いや、米軍には不利であろう。補給が細くなった前線で、イラク軍が次々と反撃に出るやもしれん……。まるで第二次大戦のアルデンヌの森のように、サダムは形勢逆転の大反撃に出るであろうか。

一九四四年のクリスマス前、浮かれていた最前線の米軍に、突如、ドイツのキングタイガー戦車旅団が襲いかかり、米軍の前線は総崩れ、頼みのヤーボ（攻撃機）も悪天候続きで飛べず、もうメチャクチャだったのである。

結局、ヒトラーが前線にガソリンを送るのを渋ったため、米軍を蹴散らしたキングタイ

左から清水氏、村田カメラマン、近藤氏

左端にボンヤリ写ってるのが戸田嬢

ガー戦車旅団は燃料がつき、アルデンヌの森に置き去りにされた。そして、ドイツは敗れ、ヒトラーは自殺するのである。

サダムにとって、このハムシーンが反撃の数少ないチャンスではあるまいか。もし、ここでアルデンヌの森のように、米軍が大打撃を受ければ、戦況は一気に泥沼長期化の様相を呈すであろう。そこですかさず和平交渉――という手しか、サダムには残っていないハズである。今、イラク軍は虎視眈々と反撃のチャンスを狙って、いや、すでに反撃を開始しているかもしれん。

バスが止まったのは、ハイウェイ沿いの下町であった。民家のド真ん中のモロ誤爆現場である。住民たちが右往左往している。老人が放心状態で座り込んでいる。

どの顔も真っ黄黄、いや、すべてが、まるでＹ30（イエロー・フィルター）をかけたように、ほんとに真っ黄黄である。カメラ背部の液晶モニターに浮かび上がる再生映像もマジで真っ黄黄！　こんな写真、東京に送ったら「宮嶋のアホ、とうとう戦争ボケで黄色フィルター入れたまま撮り出した」なんて思われかねん。

「ここまで濃いハムシーンはイラクでも珍しいのだ」「こんなの初めての経験なのだ」とイラク人が言うぐらい真っ黄黄な世界である。

もっと光を！　もっとまともな空気を！　もうこんな空気の中で息をしたくない。帰りたい。こんな街から一秒でも早く帰りたい……。

地獄絵図とはこういう光景なのであろう。今、私の目の前の光景はマジで現実なのであろうか。黄色い空気が、私から現実感を希薄にし、それが凄まじい恐怖となって迫ってくる。下手な銃撃戦よりビビる。悪夢なら早く覚めてくれ……。

狂っている

情報省に戻ってホッとする間もなかった。去ったと思ったバスが戻ってきたのである。

「早く！　早く乗るのだ！　西部で空爆があったばかりなのだ、そこへ行く！」

もう充分や。誤爆跡はさっき撮ったばかりやないか……。同業者の集まりが鈍い。この黄色い世界である。今日の仕事はもう終わりとホテルに帰ってしまった奴もけっこうおるのである。

「レポーターがまだ……」

「カメラマンがホテルに……」

急《せ》かす情報省の小役人に同業者がすがりつく。

「だいじょうぶなのだ！　ホテルのほうには我々から知らせるのだ。ホテルからは各自、タクシー等で現場に行くことを今日のみ許可するのだ。だから、皆、乗るのだ！」

「さあ出発や！」

バスは乗客の確認もせずに再び動き出した。車窓の外は、もはや信じられない世界、真っ黄黄を通り越して真っ赤赤である。夕方か？と腕時計に目を落として絶句した。午後三時すぎである。午後三時に外は真っ暗、いや真っ赤なのである。太陽がどこにあるのかすらわからん！

異常である。狂っている。天気も人間も狂っている。イラク人も米兵も、皆、狂っている。窓の外の光景が異常だと認識する私はまだマトモなのであろうか。それともビビりまくっている私が異常をきたしているのであろうか。一体、マトモな世界は、マトモな人間はどこに行ってしまったんや――。

通りが渋滞し始めた。ただでさえ息苦しいのに、さらに何かが臭ってくる。バスの内にまで、である。もうこの国に来てから何度も嗅いだ臭い――塵と埃と何かが焼け焦げる臭い、そして、血の臭いが混じる。

情報省の小役人がドアを開け、身を乗り出して、渋滞を引き起こしている前の車を次々にハジキ飛ばしていく。まだフセイン独裁の威光が生きているのである。

再びバスのドアが開け放たれた時、我々——世界の修羅場を渡り歩いてきた同業者が足を竦《すく》めた。そこはもう、この世の光景ではない。赤い地獄である。

バスの中に熱風と喧噪が流れ込む。外は興奮と怒りの渦である。赤い空気の中で……。外国人カメラマンを見て市民が駆け寄ってくる。皆、砂埃にまみれ、ある者は血にまみれて……。怖い、足を踏み出すのが怖い。マジでビビる。人びとの目が赤い。狂気が宿っとる。

通りのそこここに炎が立ち上っている。炎の赤と空気の赤で、もう真っ赤赤である。通りで車が大破している。高速道路で事故を起こしたほどの大破である。そばにはアスファルトが剔《えぐ》られ、大きな穴が……。ここに着弾したのか。周囲は商店や屋台が立ち並ぶ市場である。

赤いのは空気や炎だけではない。市場の壁や屋台に血のりがへばりついている。道路も車も家も人間もメチャクチャにされたのである。

戦時下に開いている数少ない市場だったのであろう。買物中の市民でごった返していたことであろう。そこにミサイルが降ったのである。バグダッド西部のシュハブ地区、日本で言えば築地のような市場町である。

それにしても、ミサイル一発で、これほどムチャクチャになるわけがない。大破した車を見れば、道路に一発落ちたのは明らかやが、その一発の爆風で両側の家屋や市場の建物までブッ飛ぶわけがない。何発、落ちたんや？

興奮した市民の声が異なる数を伝えてくる。ある者は二発、ある者は五発、カメラに向かって狂気の目で喚いている。もう地獄である。ある者は片手にガキを抱え、ある者はカラシニコフを掲げ、またある者は覆面をし、そいつらが目を血ばしらせ、レンズに向かってくる。

一人の兵士が、そこら中に散乱している犠牲者の死体の一部をワシ摑みにし、我々のレンズに向かって高く掲げた。それ、持ち主の身体からブッ飛んだ手首やないか……。

ただでさえプッツンしているバグダッド市民が、血を見てさらにプッツン、プッツンし、赤い空気の中で狂いまくっている。怖い、コイツら、マジで狂っとる。もう、ついていけん……。自分もプッツンできたらどれだけ楽であろう。まだ理性が残っている私には、こんな現場はとても務まりそうにない。帰ろう、やっぱ帰ろう、とにかく、もうイヤや、脱出したい……。

ぶっ飛んだ手を報道陣に示して

こんな世界でも子どもは育てねばならん……か。

興奮と狂気の坩堝《るつぼ》から逃れ、バスの中に戻って、やっと悪夢から覚めた心境になった。村田カメラマンも息せき切って戻ってきた。

「ど、どないでした？」

「いいの、撮れましたよぉ！」

人びとの興奮が伝染したのか、珍しく村田カメラマンは興奮気味であった。

「ほら、見てくださいよ……」

村田カメラマンがキヤノンＥＯＳ１Ｄの液晶モニターを「ほれ」と自信満々で示した。

彼と私とは、出身からキャリアまで、何から何まで違う。当然、撮る写真も、いいと思う写真も全然違う。私の写真は単純明快、アホでもわかる写真。村田カメラマンの写真はツウ好み、プロ好みなのである。

この現場で、私はブッ飛んだ手首を振り上げる兵士や市民にレンズを向けていたが、村田カメラマンは、それらには目も向けず、カラシニコフの銃口を村田カメラマンに向ける狂気のイラク兵を撮っていた。確かにシブイ……。プロである私から見れば、である。

しかし、村田カメラマンのモニターにゆっくり目を向ける余裕はこのバスの中ではなかった。私の頭は今日の成果より脱出のことでいっぱいだったのである。このまま、このバ

血糊、肉片が飛び散る世界

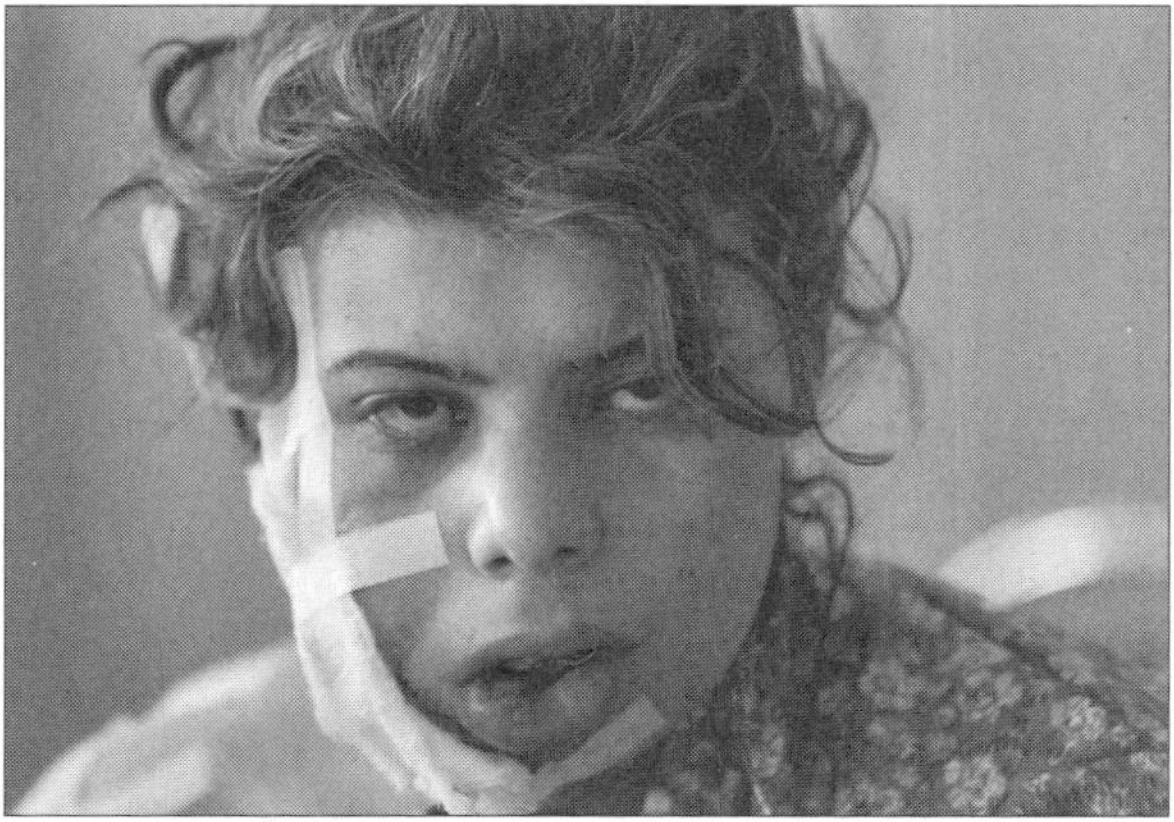

負傷者した少女をプロパガンダに

スがヨルダン国境に向かってくれたら、どれだけ楽であろう。そういえば、橋田さんは今頃、何をしてるのであろう。まだアル・マンスールで頑張っているのであろうか。

卑怯な兵器

バスが戻ったのはやっぱり情報省であった。疲れた。夕方になっても外は真っ赤赤である。情報省の小役人がバスに駆け寄って来て「プレス・コンファレンス！」と声を掛けてくる。この期に及んで、まだ我々を引っ張り回すつもりなのである。

しかし、ここはやっぱ「義理で出ましょう、記者会見」である。疲れていようと、サハフの大本営発表であろうと、出るしかないのである。

会見室の同業者はさすがに少なかった。会見の主はお馴染みサハフ情報相、あの二十日の夜のシェラトン・ホテルでの記者会見以後、ずっと軍服姿である。同業者が少ないので、文字通りサハフ情報相の鼻面でカメラを構えられた。とはいえ、こんなオッサンがボーッと突っ立っているだけの写真が紙面になるとは思えん……。

サハフ情報相は、この日、我々へのお土産を持って来ていた。さすがに、いよいよネタが尽きてきたのであろう。手にしていたのはスマート爆弾の弾頭である。

久しぶりにデジャブに襲われた。まったく同じアングルで、同じシーンをフィルムに収めたことがある。

一九九九年、旧ユーゴの首都ベオグラード。NATO軍の空爆にやられ放題であったユーゴ軍の参謀本部で、居残っていた数少ない外国人プレスを集め、ペトロビッチ少佐はNATO軍の非道ぶりを訴えた。そして、スマート爆弾の破片を持参し、我々に披露したのである。

今、サハフの前にあるのは、あの時ペトロビッチ少佐の前にあったモノと同じに見える。もちろん、それが何であるか、私にはわかる。スマート爆弾をピンポイントで目標に落とすために弾頭に取り付けられているGPSとジャイロ部分である。

現在の空爆はピンポイントが常識である。これを行なうためには、ミサイルや爆弾を誘導するGPSとジャイロが必要である。どうやるかというと、あらかじめ目標の緯度経度をプログラミングしておく。そして、地上に潜入した工作員や衛星からレーザーを照射し、その反射レーザーを弾頭のセンサーが追いかけていく。また、弾頭に埋め込まれたカメラを安全な司令部から見ながら誘導していく。

この誘導に欠かせないのがGPSとジャイロなのである。こういうハイテク兵器はベラボウに銭がかかる。金持ちの大国しか使えないのである。このため、貧乏国からみると卑《ひ》怯《きょう》極まりない武器なのやが、一応、通常兵器なのである。

したがって、その破片をサハフ情報相が持ち出し「こんな兵器は卑怯だ」と喚いたところで、米軍が耳を貸すハズもない。そもそもオノレの国はイランとクルド人に対して毒ガスを使った前科がある。義理で耳を傾けている私ですら、ヘソが茶を沸かすくらいアホらしい。まあ、サハフもオノレの言葉に説得力がないのは承知なのであろうが……。

不愉快なデマで始まった一日は、不愉快なプロパガンダで、やっと終わろうとしていた。パレスチナ・ホテル一五〇八号室に戻り、そっとインマル、ＲＢＧＡＮのアンテナを拡げた。

東京の編集部とテレ朝からは戦況の外電が中心であった。米軍発表は相変わらず勇ましいが、南部でてこずっとるのも確かなようである。一九四三年のノルマンディー上陸作戦以来、ヤンキー（アメリカ兵）はトミー（イギリス兵）のどん臭さにイライラさせられる運命にあるのである。

しかし、私とて、もう充分、泣きが入っている。キーボードをつつく指にも力が入らん。人の身を案じることなく「がんばれ」とだけ、ニワカ励ましメールを送っくる奴には

「そろそろ脱出したいのでルートを探すように」と返信する。

もっとも、そんな輩には脱出ルートの検討どころか、調べる術《すべ》すらないのは分かり切っている。バグダッドとクウェートとアンマン、ダマスカスの位置さえ摑めておらんやろうから……。

こんな戦時下の砂漠で、数少ない良いことは、東京からの便り（電子メール）で、誰が真剣で、本当に私の身を案じてくれており、誰がいい加減かがよーくわかることである。八〇〇〇キロも離れているからこそ、人の心がスケスケに見えてくるとは皮肉である……。

オッ、金玉堂からやないか。なになに、相も変わらず大新聞、大テレビ局の社員記者は一人もバグダッドに来る気配がない……、そのかわりフリーが五人バグダッドに向かっている……、外務省はカンカン……。

アホである。オノレらは大使館を放り投げて逃げ出したのである。バグダッドにいる日本人の安全より、オノレらの安全のほうが大事とばかり、ただの一人も残さず、わが国の財産を、国際法上もわが国領土と同じ扱いの大使館を放り出したのである。もちろん、その無人の大使館に我々が立ち入れないようにしっかり鍵をかけて、である。

フリーの五人というのは、どんなビザで入ってくるのであろうか。今現在も、情報省の勘気に触れ、パスポートを巻き上げられ、泣く泣くバグダッドを去っていく同業者が後を絶たない。毎日、誰かがバグダッドを追われているのである。昨日はロシア人、今日はウクライナ人が、アルジャジーラも目を付けられたらしい……、そんな話ばっかである。

同業者だけではない。「人間の盾」に紛れ込んでいる、人間の皮ならぬ盾をかぶったジャーナリストは軒並みである。バクダッド郊外には、私が知っているだけでも、劣化ウラン絡みの人権派がゴロゴロいるが、彼らは無料ビザの代わりにサダムのヨイショを義務付けられている。その意にそぐわなかったり、取材活動の真似事がバレたりすれば、即、国外退去である。

盾ビザは新聞記者にもけっこういて、後にヨルダン人税官吏をクラスター爆弾の不発弾で死なすことになる毎日新聞のカメラマンですら「人間の盾」をかぶっていた。信濃毎日新聞社に勤めていた記者（のちに人質にされる安田純平氏）は社を辞めて「人間の盾」の資格でバグダッドに来ているという話である。

まあ、米軍への従軍取材もあるのやから、サダムべったりのジャーナリストがいてもかまわんが、そういう方々は「私はサダム支持の盾ビザ記者です」と宣言し、「中立」とか「公平」なんて言葉は使わんことである。

劣化ウラン絡みの盾ビザ・ジャーナリストが、時折、パレスチナ・ホテルのロビーやプレス・バスに紛れ込んでいるが、情報省にとっては彼らこそがアブナイ。我々のように縛りが利かないからである。そのうえジャーナリスト登録料も、インマル使用料も払わんのやから……。

人間の盾として、サダムのプロパガンダに協力してくれる限り、多少は目を瞑《つぶ》るつもりだったのであろうが、もはやサダムも情報省も劣化ウランなんて悠長なことは言っとられんのである。

遅ればせながらやってくる五人の日本人フリーはツルんでいるのか、バラでやって来るのか。ツルんで来たほうが利口である。私ですら、ふだんは絶対に席を同じうすることがない豊田カメラマン、清水氏と同じ車で来たのである。今はあの時よりもっと怖いであろう。ということは、今、脱出しようとすると、もう一度あのルートを戻らねばならん。それには来た時以上のパワーが必要である。そんなパワー、もう残っとらん。

仮に無事脱出できたとしても、もう一度戻ってくるだけの英気を養うには、ヨルダンでも一週間、東京になんか戻ってしまったら一〇日以上はかかるであろう。米軍の足が止まっているとはいえ、あと一〇日間以上もバグダッドに進攻してこないという保証はどこにもない。

もう帰りたいが、成田でカブール陥落の報に触れるという、あのアフガン取材の悪夢だけは繰り返したくない。やはり、ここは我慢のしどころであろうか。アフガンでもしばらく戦局は膠着《こうちゃく》していたが、マザリシャリフが陥《お》ちたら、アッと言う間にカブールが陥ちてしまったのである。

やっぱ、もう少し頑張ろう。どうせ、どこにおったって、死ぬ時は死ぬのである。明日になったら、いきなり戦争が終わっている……かもしれん。そんなこと、ないか……。

10

仁義なき空爆

——会見中をドカンと一発！

通信施設を徹底的に

ケロイド少年の意味

三月二十七日、目が覚めると昨日の赤い空がウソのような青空であった。空が青いだけで気分がエエ。昨夜までのビビリ腰がウソみたいである。よっしゃあ、早速、出動である。朝食はもちろん情報省脇の屋台である。ここに来て、はや一週間が過ぎた。東京での不健康な生活から一転して健康優良生活である。体重もずいぶん落ちていよう。ベルトの穴を一杯に絞めても、ズボンがズリ下がる。

晴れやかな気分は、情報省に足を踏み入れるとすぐに吹っ飛んでしまった。屋上のメディア・テント村の、私の縄張りCNNのパラボラ・アンテナが見えんのである。それどころか、ロイターのテントも……、あれほど乱立していたアンテナも何もない。サラ地なのである。テントだけではない。人間もおらん。昨日までの喧騒が夢のようである。

なんやコゲくさい……。やられたんか……。

屋上を一周してゾォーッとした。隣の記者会見場の屋根のアンテナが吹っ飛んでいるではないか。昨夜、マジでやられたのである。一昨日やられるという情報であったが、二四時間ほどズレたのである。さすがの米軍も、警告に耳を貸さん不届きな連中とはいえ、昼間のドカンは避けたのであろう。それにしても、吹っ飛んでいるのはアンテナ一個……。

そうか、これは米軍の警告なのである。次にドカンとくるのはバンカー・バスター・クラスで、建物ごと吹っ飛ばすつもりなのである。だから、みんな逃げて、この屋上に何も残ってない……。

「よお！」

「あっ、橋田さん！」

ちょうど会いたかった人が向こうから、いつものように右手を挙げてやって来た。

「ひょっとして……、まだ、あのホテルに？」

「うん、快適だよ……」

一日ずれたとはいえ、情報どおり情報省がやられたのである。そして、お二人が泊まっているアル・マンスール・ホテルも時間の問題だと言われとる。それなのに……。

「で……、昨夜、何かあったんスか？」

橋田さん、鈴木さんの話によると、やっぱりドカンとあったらしい。

「いやあ……、すごかった……」

そりゃあ、そうであろう。ホテルはこの隣なのである。

「別に、羨ましいわけではないんですが、ホンマに、早く引っ越されたほうが……」

「うん……、でも快適だしなあ……」

「他に誰が泊まっとんスか？」

「うん、ガラガラだよ。何人かは泊まってるみたいだけど」

まあ、橋田さんのことである。大丈夫なのであろう。

こんな空爆の朝に、さすがにプレス・ツアーはないやろう、今日はゆっくりホテルでデジタルながらも写真の整理でもしよかいな——なんてことは、戦時下では夢のまた夢である。こんな朝だからこそ、いつもどおりプレス・ツアーをやっておかんと、政権が動揺しとるという印象を与えかねん——情報省はそう考えるのである。

今日はどこかいな……。見事な青空のそこここに黒煙が立ち上っている。もう、そこら中からである。市内を走り抜けた後、バスが停まったのは郊外のハイウェイ脇であった。道の片側は空き地、片側は下町で、平屋、二階建ての町並みが続いていた。なんや、昨日の午後の誤爆現場に近いような気がする。

同業者たちが、場所や町名を問い質《ただ》すが、情報省の役人の返答はどうも要領を得ない。それに、この一帯に変わった様子がない。悲鳴も怒号も、瓦礫も死体もない。こうなると、カメラマンはターゲットを見失ったミサイルみたいなもんである。下町の通りに入ろうとしたり、ハイウェイの反対側に渡ろうとしたり、何かターゲットを探し出そうとウロウロし始める。

「いったい、ここはどこで、何があるんや？」

皆、囁き合うが、誰もわからんのである。情報省の役人が、バスから離れようとするカメラマンたちに大声をあげ、手招きし、勝手に動き回らないよう注意を与えるが、カメラマンという人種に「団体行動をしろ」と言うほうが無理である。

取材対象が不明な同業者たちは、各自、勝手にオノレが納得できそうなターゲットに向かっていった。私が辛うじて見つけたのは、顔面ケロイドの少年である。傷痕から、もちろん今回の空爆でやられたのではない。年頃から一二年前の湾岸戦争時のものでもない。ほしたら、このケロイドにはまったく意味がない。交通事故かなんかだと推察できるのやが、カメラマンの性《さが》で、それでもカメラを向けてしまうのであった。

ＶＩＰもいない、何の変哲もないハイウエイに、民兵に交じって完全武装のイラク兵の姿が見える。カラシニコフの他に小型レボルバーを腰に差した警護兵である。いったい何やというのであろう。しばらくすると、ハイウェイに駐車していた大型トラックの荷台のホロがバサッと跳ね上げられた。同業者が一斉に殺到する。しかし、そこには小麦の袋が満載されているだけであった。やっと情報省の役人が説明を始めた。

「これから、このような大型トラックが一〇台以上、バスラの守備隊のために南下していく……」

あっ、そう。「我々はまだ頑張っている。南部のバスラも我々の勢力下にある」と言いたいのである。もろプロパガンダ。ああ、アホらし……。

昨夜のメール情報は「南部の前線はバグダッドまで四〇キロを切り、三〇キロ近くにまで迫っている」と伝えていた。そんな外電はイラク人民を惑わせるデマだ、事実、我々はこれだけ余裕をカマしている——と言いたいのである。


会見中に爆弾！


同業者の失望と溜息を乗せ、バスが情報省に戻ると、煙草売り屋台でスペイン人のジョンが靴を磨かせていた。こんな状況下でも身だしなみに気を配るとは、さすがラテンの血である。

「ヨォー！　ミヤヒマ！　どうだい、調子は？」

「何があ？　そっちは？」

「サッパリさーね。ディナールがまた暴落したから、こうやってパーッと遣ってやってるんだ。心配すんな、今夜あたりメキシカン・バーに来な！　一六〇二号室だ。十一時から一時まではハッピーアワー（割引時間）だ！」

「うん……」

煙草売り屋台のニィゃんの話だと、サダム・ディナールは、すでに一ドル二五〇〇ディナールだと言う。一週間前までは一四〇〇ディナール。すでに八割も値下がりしとるのである。

ただし、煙草は値下がりせず、ゴロワーズが一ドル相当に変わりはなかった。つまりゴロワーズ一箱が二五〇〇ディナールである。

ディナールの暴落が意味するもの、それはイラクの敗戦が近いということである。昭和十七年四月、帝国海軍機動部隊がミッドウェー沖で主力空母四隻と熟練パイロット多数を失った直後、東証株価は大暴落した。大本営の戦果発表前にもかかわらず、である。

「プレス・コンファレンス！」

情報相の役人が連呼しながら、我々を網に囲い始めた。だいたい、プレス・ツアーと会見がセットになっているからタチが悪い。要領のエエ同業者はバスから降りるとサッとフケる。しかし、自前の車がない私は、フケるにも雲助と交渉しなければならず、すぐ囲われてしまうのである。

今日の会見は、なんと厚生大臣。サハフと同じく軍服姿で登場である。おそらく連日の空爆で、病院に怪我人が溢れ、寝る間もないはずやが、なぜか血色も良く、やっぱりデブである。

厚生大臣によると、三月二十六日現在まで、バグダッドだけで二五七人が空爆により死傷したという。そのうち三六人が死者だという。三六人なんて、そりゃ、少なすぎるやろ。軍人だけとちゃうんやろか？　それとも民間人だけやろか？

そんなにミサイルを降らせたって三六人しか死んどらん、そんなもん全然、効いてへんで――と言って、米兵の士気を挫くためのニセ数字であろう。

ドッカーン！

いきなりケツが浮いて、天井から破片が落ちてきた。

「ここだ！　ここに落ちた！」

悲鳴が上がる前に、カメラマンたちの体は一つしかない出入口に殺到した。怒号と悲鳴が渦巻き、瞬時に大パニックである。欧米人だらけなのにレディー・ファーストのレもない。我々東洋人も長幼の序なんて言葉を忘れ、出口に走る。

「プリーズ・ビー・カーム！（落ち着くのだ）」

「ドント・ウォリー！（心配ないのだ）」

両手の掌を下に向け、団扇《うちわ》を煽ぐように振り、声を上げているのは情報省の役人である。そんなこと言われても、このビル、情報省にはすでに一発、落ちとるのである。今の一発は、この情報省への再攻撃やないか！

必死の思いで屋外に出ると、体を低くした同業者たちが不安そうに空を見上げていた。

「どこや？　どこや？」

ドッカーン！

地面がトランポリンのように跳ねた。向かい側や！　通りを挟んだ官庁街に白煙が上がる。きのこ雲のようにムクムクと上がっていく。地面に伏せたまま、亀のように首を竦めた。真っ青な空に飛行機雲が見える。いや、飛行機やない、攻撃機が爆弾を落とした後、敵性空域におるワケがない。それに煙がゆらゆらブレている。イラクの対空ミサイルＳＡ—２であろう。

しかし、もう遅い。爆弾やミサイルを落とした攻撃機や爆撃機は、フレアー（火炎弾）

やチャフ（金属片）を撒き散らし、急速離脱するハズである。ＳＡ―２がいくら戦闘機より速くても、航続距離が違うのである。

「コンファレーンス！（記者会見）」

小役人どもが再び会見場に招き入れる。

（なに考えとんや！）

また、あそこに入れっちゅうんか。五秒後にはまたミサイルが降りかねん、出入口一つの、あの部屋に……。結局、記者会見は予定通り続き、私はイヤイヤながら付き合ったのであった。

会見終了後、ホテルの部屋に戻ると、窓の外にはシュールな光景が拡がっていた。バグダッド中から黒煙が上がっとるのである。空爆が原因なのか、敵のパイロットを惑わせるために古タイヤでも燃やしているのか、ホテルの部屋まで焦げくさい臭いが漂ってくる。黒煙の中心に赤い炎まで見える。今日は空爆日和である。今晩もアイツら（米軍攻撃機）はやって来る。しかも大量に……。

そして、私は寝不足の夜を迎えるのであった。遠くに爆音を聞きながら眠りに落ち、爆発音で目覚める。一晩のうちに何度もそれを繰り返すのである。

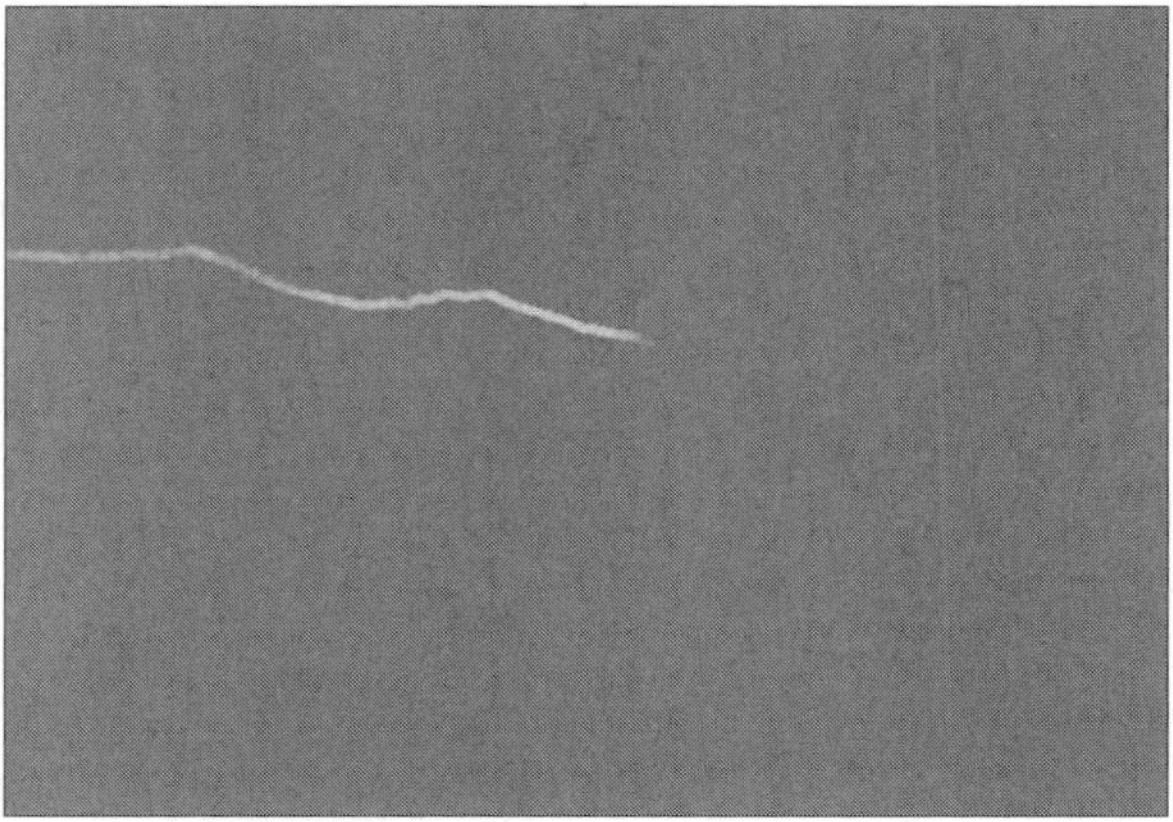

ブレた航跡はイラクの対空ミサイルか

いたる所から黒煙、そして焦げ臭い匂い

爆音や爆発音には慣れてしまったが、さらに眠りを妨げるのが車のセキュリティー・システムである。空爆の衝撃が地面を伝わり、車を激しく揺する。するとアラーム・システムが装備された車は、それを盗難と判断してしまう。お抱え雲助を抱えた同業者が何百人も泊まっているホテルである。ホテルの駐車場どころか、玄関周り、付近の道路にビッチリ車が停まっているのである。それらが一斉にピーピーと不快な電子音を響かせるのであった。

この可愛げのない音が一五階まで飛び込んでくるのやから、たまらん。ひどいのは、警報があの「ランバダ」のメロディーなのである。

ホンマに南へ行くんか？

三月二十八日、今日も快晴である。毎日、青空が拝めるだけで、なんや元気が出てくる。ありがたいことである。体からアルコールが抜けて九日、戦時下の精神的ストレスさえなければ、けっこう健康的に暮らせそうな国である。それほど暑くはないし……。

ただし、これは冬の話。夏になったらたまったもんではなかろう。イラク南部、バスラ付近やクウェートは、世界で最も暑い地域である。イラク取材の長い豊田カメラマンによると、夏は五〇度超、信じられん暑さになるという。

青い空に誘われたわけではなかろうが、朝九時にはプレス・バスがやって来た。この日は朝から妙な噂が流れていた。今日のプレス・ツアーは遠出になると――。

目的地はドーラ、カルバラなどの南部、下手したらナジャフやバスラあたりまで行くかもしれんというのである。ドーラ、カルバラでも充分ビビる。今や米軍の最前線はバグダッドまで三〇キロに迫っとるのである。ナジャフやバスラに至っては、もう米軍の勢力下やないか……。

ところが、サハフは「バスラはもとより、イラク国内で米軍の勢力下の土地なんか、砂漠は別として一坪もない」「バスラでは共和国防衛隊の英雄的な戦いにより英軍をイラクから放逐した」とコイとるのである。

「それなら、我々にも見せてくれ。米軍もおらんのやったら、危険もないやろ」

同業者たちの要求に、売言葉に買言葉で、サハフが「そんなら連れてったる、見せたるワイ！」と安請け合いした、という噂であった。

ホンマやろか？　サハフのアホならやりかねん……。もし、ホンマなら、行きたくない。私の危機管理の範疇《はんちゅう》からドッカーンと逸脱しとる。イラク政権サイドのツアーで南へ、しかも幹線道路を下って行くなんて、米軍に撃ってくださいと言うとるようなもんやないか。

そんなツアー、誰が行くか……。そのまま、イラク情報省が我々を拉致監禁し、バスごと「人間の盾」にしてしまうことだってあり得る。それはまだエエとして、プッツンしたサダムに、砂漠に並ばされて銃殺、ラクダのエサにされる、なんて可能性もゼロではないのである。

ううう……、どないしょ……。

悩んでいる間にバスが情報省前の通りに停まり、プッシューと勢いよくドアが開いた。

「どこ行くの？」

「カルバラ？」

ドアの取っ手に手をかけ、バスに乗り込もうとする同業者が次々に情報省の役人に尋ねる。車内から我々を見下ろしている小役人はニタニタするだけである。

「早く乗るのだ！」

ためらう同業者に容赦なく促す。ホンマにヤな奴である。ニタニタしとるのは、当然、行き先を知っとるからである。

イヤや、行きたない……。私の危機管理では「絶対行ってはいけない」レベルである。しかし……、ここまで来たのである。ここはイケイケやろ……。悪魔の囁《ささや》きが聞こえる。

我々のシノギは、こんな選択の連続である。ルーレットで当たり続けたヤツだけが銭も名誉も女も、ぜーんぶ手に入れる。そして、どこかで外したヤツは、この三つのうちどれかを、もしくはすべてを同時に失う。それだけならマシなほうで、下手したら命まで落とすのである。

どないしょ……。ええい、所詮「人間、生きているだけで儲けもの」であろう。この世に生をうけた私は、父親の何十億かの精子の中から選ばれた、超ラッキーな存在なのである。超エリートなのである……。

止まっていた私の足が一歩前に出た。その小さな一歩は、私にとって、特攻隊員が志願をする一歩にも匹敵するぐらい大きな一歩なのであった。

プッシューとバスのドアが油圧で閉じられた。前の空いている席にドッカと腰を降ろす。長いドライブになりそうである。バスの中は意外にも明るい。天気のせいもあるが、皆、期待と興奮を抱えとるのである。

こういう時、オノレの器量に収まらぬほど興奮し、はしゃいでバカ笑いする同業者を何人も見てきた。それはもう究極のヤケクソ状態、笑うしかない、はしゃぐしかないという心理状態なのである。見苦しいだけでなく、これが危ない……。

ここにいるのは世界ランカーばかりである。いつも物静かな「戦場の哲学者」（私が勝手に付けました）J・ナクトウェイをはじめとするⅦのメンバー、すっかりヒゲが生え揃い、バグダッドで葉巻を覚えたM・J・フォックス似のマグナムのイルッカ、ほとんどがジッとシートに身体を沈めている。ときおり仲間と耳打ちするかのように小声で囁き合う程度である。

はしゃいでいるのはベルギー人のブルーノらで「カルバラ、カルバラ」とシュプレヒコール状態であった。サダムの玉音放送の時、アル・カディンに、首から下げたプレスカードを摑まれ、引きずり回されていたのとはエライ違いである。

まあ、わからんでもない。ブルーノたちは、村田カメラマン同様、ここでずーっとプレス・ツアーに付き合い、病院やサダムを讃えるデモばかり撮らされてきたのである。欲求不満もピークに達しているであろう。たとえ少々ヤバイ橋でも、前線に行けるチャンスとなれば、恐怖より喜びが勝ってしまうのである。

地下ケーブルを狙え！

バスは街中をちょっと走っただけで停まった。バスラは四〇〇キロ以上南である。ドーラですら一時間は走らんとアカンはずである。それが……、バスはバグダッド中心部で停まったのである。カメラマンは皆、目が点である。

「降りろ！」

役人に促されて外に出た。ビニールが焼けたような臭いが鼻を衝く。

「どこや？　ここ？」

皆、口々に不満をもらしたが、そりゃあ、バグダッドに決まっとる。目に飛び込んできたのは瓦礫の山である。ビルがまるまる破壊されとる。もろ空爆、しかもピンポイントで徹底的に。私の空爆経験から、二発や三発ではない。けっこう頑丈そうなビルがボロボロ、鉄筋がアメのようにひん曲がり、中は全フロアが黒焦げである。おそらく五発以上である。

カラシニコフを肩にかけた民兵がそこかしこでガンを飛ばしている。この警戒ぶりは、おそらく政府関連のビルであろう。しかし、カルバラやナジャフに連れて行かれるハズが、バグダッドのど真ん中のビルである。

落胆し、いつもよりダッシュが鈍い同業者を後目《しりめ》にビルの裏手に向かった。回り込もうとする私を民兵が遮《さえぎ》る。情報省の役人が逆に誰何《すいか》すると、民兵が身を引いた。

何やろ？　このビル？　裏側を見てやっとわかった。おびただしい黄色や赤や緑や黒のケーブルが、ビルの二階三階四階から垂れ下がっているのである。まるでビルのはらわた、いやウジ虫がビルから這い出ているようにも見える。

ビルの中には大量の焼け焦げた機械類——。私にもわかる、旧式の電話交換機である。ここは電話局、いや通信中継施設であろう。普通の電話局なら、もうチョイ開けっ広げであろう。

こりゃあ、バグダッドの電話事情はパーであろう。携帯はおろか、有線の国際電話ですら絶望的やったのに、これで国内電話も麻痺であろう。

ビルの一階には巨大なクレーターが出来上がっていた。この五階以上の、変換機でビッシリのビルを突き抜けとるのである、ミサイルが。ただのミサイルではあるまい。おそらくバンカー・バスター・クラス、弾頭に劣化ウランを使った、超ハードな貫通力を持つ特殊爆弾であろう。

再びバスに乗せられた我々は半信半疑であった。これから南に向かっても、暗くなる前に戻って来られる。バスラはちょいムリでも、ナジャフやカルバラなら余裕、時間はまだ充分にある。

バスは再び停まった。一〇分も走らんうちに。場所はパレスチナ・ホテルから目と鼻の先、共和国橋のたもとである。こんなとこに何かあったっけ？　バスの中には失望感が広がったが、私は正直言ってホッとした。

バスから降りると、すぐ塹壕が目についた。やはり橋は最重要警備ポイントなのである。しかし、こんな青空天井の塹壕なんて上空から降ってくるミサイルには裸同然、戦車はおろかブラッドレー装甲車にも、まるで蚊を叩き潰すように蹂躙されてしまうやろう。

何か他に目につくものは……。

「うん？」

太陽の下、黄色く染まった土色の壁にけったいな壁画が描かれていた。この国ででっかい壁画のモデルになる人物はサダム一人である。看板から察して、ここは民間の電話局であろう。

「電話局か……。今日はよっぽど電話づいとる」

ここもカラシニコフを手にした民兵がウロウロである。しかし、この頑丈そうなビルのどこにも変わったところが見当たらんではないか……。

役人に手招きされ、裏に回って足が止まった。でっかい穴、というより、まるで阪神大震災の時にできた国道二号線の陥没みたいなのができとる。その陥没を遠巻きにした市民が恐る恐る見下ろしとるのである。

隣の電話局を狙ったのが外れて、この道に落ちたのであろうか。いや、それなら、さっきの電話交換機のビルみたいに何発も落とせばエエだけである。それに硬いアスファルトにしては陥没がでかい。地下ケーブルか？　そうか、地下ケーブルがこの下を走っとるのである。しかも電話局に直結したヤツが。

それは、太い地下ケーブルであろう。ちょうど私の泊まっていたアル・ラシッド・ホテルの地下を走っていた地下ケーブルみたいな。やるやないか、アメリカさんも……。空爆の標的をサダムの首から通信施設にくら替えしたのであろう。

すぐにバスに戻され、また出発した。もうバスラはないであろう。カルバラぐらいはまだ可能性はあるが、近場だが二ヵ所も回ったのである。バスは共和国橋を迂回したものの、チグリス川を渡って郊外を目指していた。

「おおう……」

通信施設って、モロバレだわなぁ

電話局裏手には爆撃による陥没

車内の同業者たちは微《かす》かな希望を捨てず、再びヒソヒソ話を始めた。バスは西に向かっている。このまま行くと郊外のハイウェイなのである。しかし、チグリス川を渡ってしばらくして停まった。すぐに特徴のある建造物が目に飛び込んできた。

「こ、これは……」

たしか、バグダッドで、いやイラクで一番高い建造物、通称サダム・タワーではないか。隣の五階建てぐらいのビルがムチャクチャである。朝一番で見た電話中継施設よりでかいビルが、それよりもっと無惨に破壊されとる。

この建物も何かはすぐにわかった。やはり壁画が残っていたからである。やっぱり、あのオッサンが電話をしながらメモを取っている姿。ノー天気である。安直である。陳腐である。これでは、スパイの情報どころか、人工衛星のカメラからでもモロわかりではないか。こんな絵を描くから空爆されるのである。

アホで教養のない奴に限って、電話をかけ、忙しそうなところを写真に撮られたがる。それはふだん忙しくないからで、ホントは、電話しながらメモを取るなんてことがないからである。どうせツクリなら、ヘッドセットに両手電話、口に鉛筆でも銜《くわ》えたらんかい！

この大型電話局も何発もブチ込まれていた。交換機は全滅であろう。昨夜、轟いた空爆音は、イラクの通信施設を狙ったものだったのである。

施設内は立入禁止、外からのアングルも制限された。中に入るなと言われると、塀をよじ登りだすのがカメラマンである。情報省の役人がすかさず引きずり降ろす。

「なんでや？　ワシは塀の上や、中やない！」

「ダメなのだ！」

まるでオウムの富士宮道場取材みたいである。カメラマンたちは忍者のように塀の上を逃げまどい、やがて新しいネタを求め、次々とサダム・タワーのほうに移動してきた。タワーの根本は、隣の電話局空爆の爆風でガラスがすべて吹き飛んでいた。いや、もしかしたら、電話局のついでにサダム・タワーも狙ったのかもしれん。

サダムの銅像だけが破壊されず、しっかり突っ立っている。お決まりの右手を掲げたポーズである。万寿台の金日成も同じポーズである。違うのは、サダムの腹が金日成ほどには出ていないところ、そして銅像の足元にあるのが、花束ではなく瓦礫だということくらい……。次は平壌の万寿台がこうなるのをぜひ見たいもんである。

役人どもが、カメラマンの大移動を見て、やっとサダムの銅像とその足元の瓦礫に気が付いた。

「そっちもダメなのだ！」

今頃そんなこと言ったってもう遅い。しっかり撮った後である。

スティルス・ジャーナリスト作戦

バスはこの後、また病院に停まった。そりゃ、昨夜あれだけの空爆があったのである。

病院取材はもはやバス・ツアーの定番となったが、当初と違ってきたことがある。皆、死人怪我人がおらんワケがない。

息子や娘、家族を殺されたり、傷付けられたりしている。直接の加害者である米軍を憎むのは当たり前やが、情報省の役人や他の患者がいない病室ではサダムを口汚く罵《のの》しる者が現われだしたのである。声高にサダムへの忠誠を誓い、徹底抗戦を主張する――これがバグダッド市民のすべてと鵜呑みにはできん。わずかやが、サダムへの不満が漏れ始めたのである。

バスはとうとう情報省に戻ってきた。結局、バスラどころかドーラにも行かず、私は胸を撫で下ろしたが、ブルーノらは露骨に失望していた。しかし、私に言わせれば、ありきたりの現場でも、プロは「それなりの」写真を「作る」のである。

情報省横では、省内や屋上から中継設備や機材が駐車場に移動していた。これからは駐車場が中継ポイントになるのである。夜のニュース中継用の立ちレポを終えた綿井氏が戻ってきた。

「綿井はん、どないだ?」

綿井氏はまったくプレスツアーに参加しないらしく、一度もバスで見たことがない。

「中継、忙しいでっか?」

時差の関係で、とんでもない時間にも中継しなければならんハズである。

「ええ、まあ……」

「バス、いつもおりまへんけど?」

「ええ、プレスカードがないですから……」

プレスカードなしで、この情報省前で堂々とカメラの前に立っとるっちゅうのか? 第一、プレスカードなしやと、せっかく撮った映像も中継ポイントからは送れんハズである。もっとも、プレスカードを持ってるヤツに頼めばエエだけのことやが……。

それにしても、灯台下暗しである。「盾」の資格で来とる奴が、カメラを持ち歩いとるだけで次々と国外退去やのに、プレスカードを持っていない綿井氏が情報省横で堂々と中継をカマしとるのである。

「今日はどないでした？」

「いやあ、カルバラどころかドーラにすら……」

「えっ？　ドーラ？　ドーラやったら、こないだ行ってきましたで！」

「えっ？　一人で、でっか？」

もちろん、そうであろう。プレスカードを持っていない人間に、役人のエスコートが付くワケない。

「なんなら、写真、見ます？」

「へえ……」

すごい……。一人でカメラ担いで、ドーラにまで足を延ばしていたとは……。写真もなかなかである。塹壕の中で気勢を上げとる民兵や市民たちである。塹壕は我々ですら、情報省の隣など、ごく限られた所にしかレンズを向けられないというのに……。

「いやあ、情報省がうるさいのはバグダッドの中だけでしょう」

そういえば、そうである。私と豊田カメラマンが開戦初日に撮ったドライブインの誤爆現場も、今から思えば撮り放題であった。これは……、一日、ドーラあたりまで一人で足を延ばしたほうが良さそうである。向こうに着いてしまえば、こっちのもんかもしれん。

「安全はどないでした？」

「ええ、特に……。ただし昨日は、ですけど」

「バスは一向に行かへんのですワ」

「そうですか……。私はどうせスティルス（見えない）・ジャーナリストですから」

オーディナリー・ビザで入国し、プレスカードも持っていない綿井氏は、情報省からは見えない人間になりきって、しっかり地方にまで取材に出かけとるのであった。

さあ、どないしょ……。外電によると、米軍は日に日に近付いている。単独で地方に行くなら、早いに越したことはない。綿井氏は流しの車を捕まえたという。そりゃそうである。パレスチナ・ホテルや情報省前でタムロしている雲助に「地方に行ってくれ」なんて頼めば、それだけで数百ドル、そのうえ、銭さえ受け取ったら、情報省にチンコロ（密告）されかねんのである。

村田カメラマンと近藤氏は、今まで交渉中だった「女性兵士訓練キャンプ」の取材がやっと認められそうだと忙しげにしている。なんや、暇なのは私だけみたいである。こうなると、喧騒のパレスチナ・ホテルにおっても寂しいもんである。

Ⅶのナクトウェイやアレキサンドラが目の前で談合している。いったい世界ランカーはどんな取材を続けているのであろう。条件は私とまったく同じハズやが……。

エエ根性やがアホ

バグダッドは、この日を境に電話が一切繋がらなくなった。しかし、相変わらず電気も水道も来ていた。メシも相変わらずのパサパサチキンか冷え冷え羊、それにのびのびパスタやが、ちゃんと全宿泊者の胃袋に収まるように用意されていた。時折、顔を合わせるアル・カディンには、目が合うとちゃんと挨拶する。イヤミな奴やが、我々が接触する情報省の実力者なのである。

午後、「盾」の皆様が情報省にやって来た。手に手にプラカードや横断幕を持ってハシャイどるが、情報省に来るということは、我々外国人プレスに対するアピールである。日本人の顔も見える。「盾」の代表のジャミーラなんとかという日本人女性や若いニィちゃん、大阪出身の自称ダンサーの日本人女性もいる。

この日、彼らは「イラクの子どもたちを石油のために殺すな」という定番とともに「WAKE UP MEDIA!」というスローガンも掲げていた。我々プレスに「目を覚ませ」というのである。

カメラマンたちは皆、露骨に嫌な顔をし、カメラを下ろした。我々に言わせれば「アンタらこそ目を覚ませ」である。アンタらがこうしてデモができるのは、サダムに都合いいことを言っとるからである。「サダムよ、イラクの子どもたちを殺さないためにただちに降伏せよ」というスローガンを口にした瞬間、オマエらは自由を失うんやぞ。

我々を目覚めさせて、何を取材せよと言うのか。我々には、今、取材の自由なんてないのである。それを言うなら「WAKE UP　情報省！」であろう。

情報省がワシらを自由にしてくれたら、バリバリ最前線に行ける。アメリカに一方的にやられ放題のイラク軍、逃げ惑うイラク兵を米軍がバリバリ撃ち殺している姿、イラク兵の死体の山、そんな写真のほうがアンタらのスローガンよりよっぽど反米のメッセージになるのである。

音頭を取っているのは肩車された少女である。きれいな英語で「WAKE UP MEDIA!」と叫ぶ声が二日酔いでもない頭にキンキン響く。村田カメラマンによると、どうやらインド系かパキスタン系のイギリス人の少女らしい。道理できれいなクィーンズ・イングリッシュである。

ジャミーラさんとやらは、名からしてイスラム教徒なのであろう。世界中でイスラム教徒のイメージが悪い中、堂々とイスラム名を名乗るとはエエ根性である。自腹でバグダッドまで来た根性も認めよう。さらに、いつミサイルが降ってくるやもしれん、我々ですら撤収したイラク情報省の屋上で歌って踊る無謀さも尊敬してやる。

しかし、やっとることはアホである。歌や踊りで戦争がなくなりゃ、今ごろ私は失業している。人類の歴史で戦争がなかった時間なんて一秒もない。平和運動の歌や踊りが世界中に届き……、なんてことは幻想である。

今、この戦争を終わらせる方法は二つしかない。サダムがわが身を犠牲にしてオリるか、ブッシュ・ジュニアが面目丸潰れでオリるかである。そのどちらでもなければ、行くところまで行くのである。我々は冷え切った目で彼らを一瞥《いちべつ》し、耳を塞《ふさ》ぎつつ、その場を離れるのであった。

地図のない国の運ちゃん

晩メシを済ませ、一人寂しくロビーで一服していると、同業者が妙な動きを始めた。綿井氏もホテルから出て行こうとしている。スティルス・ジャーナリストとはいえ、私には姿が見えるのである。

「どちらへ？　何かあったんスか？」

「いやあ、共同情報なんですけど……、また大規模誤爆があったらしいスけど」

「共同？」

共同通信なんんか、ここには一人もおらんやないか……。

「いえ、イラク人の支局長が一人、おるんスけど、場所がちょっとまだ……」

そうや、共同はまだこのホテルの一六階に部屋を押さえとる。日本人記者もカメラマンもいなくなったが、イラク人現地記者が共同の看板を守っとるのである。

アンマンで悶々としとる原田カメラマンからのメールによると、この共同の支局には隠《いん》匿《とく》物資がある。それはカップ麺やビール、ウィスキーという涎《よだれ》もんなのやが、イスラム教徒のイラク人記者らには、ブタ肉エキス入りのカップ麺も酒も、猫に小判、豚に真珠なのである。故に、我々残った日本人カメラマンが必要なら、胃袋に移し替えてもいいということであった。早速、調達に行かなイカン。

各社、返してしまった雲助を呼び出そうとしたり、飼っている情報省の役人を探し出そうとしていた。しかし、なんで皆、今夜に限って誤爆現場に興味を示しとるのであろう。

そんなもん、開戦初日からイヤっちゅうほど撮っとるやないか？

なんで、今夜は浮き足立っとるのであろう。しかも、その動きを情報省の役人が黙認しているという気配である。今夜の現場に限り、各社それぞれの車で動いていいということであろうか……。

Ⅶの連中はまだ目の前で談合中である。その時であった。イルッカとナクトウェイが外から駆け込んできた。イルッカが一人になるのを見計らって声をかける。

「ど、どないだ？　行ったんやな？」

「ああ、見てきた……」

息が上がっている。

「行くな……」

一言だけ呟《つぶや》いた。何があったんやろ。イルッカの息が整うのを待って詳細を聞くと

「アスファルトの上に着弾したらしい穴があったが、ただそれだけだ」と言う。

「ありゃあ、誤爆は誤爆でもイラク軍だな。しかもモータル・ロケット（迫撃弾）かＲＰＧだ」

イルッカとはユーゴ以来である。アグレッシブでエゲツないところもあるが、デマゴギ

ー・チョウのようなセコイ嘘をつく奴ではない。たぶん信じてよい。それに夜である。

「あっ、宮嶋さん、行く？」

その時、村田カメラマンと近藤氏がロビーに降りてきた。

「ええ……、でも……」

ためらっている私のケツを蹴ったのは、またもや同業者であった。車を調達したイギリス人カメラマンが、他社とコンボイを組めるよう、同業者を待っていたのである。

私の危機管理センサーは、完全に「行くな」である。イルッカの話がマジで、場所が同じなら、もろハイリスク、ローリターンである。

「じゃあ、急ぎましょうか、宮嶋さん、そいつ（イギリス人）の車に乗って、後からついてきてください。こっちの運転手が場所を知ってるって言ってますから……」

こうなったら……、やっぱ行くしかないのか……。つい他人の判断に身を委ねてしまう性癖は自覚しとるのやが……。

イギリス人の雇っていた車はカローラであった。空襲警報も沈黙したままのバグダッドの闇へと出発すると、五分で後悔した。村田カメラマンたちの車はいつものシボレーである。ツルんでいたほうが安全やと分かっとるくせに、シボレーは飛ばすのである。そりゃあ、五リッターカーと一リッターちょいのカローラでは馬力がちゃう。

ゆっくり行けばエエもんを、シボレーはミラーも見とらんようである。それにイラク人は地図が読めん。独裁国の悲しさで地図がないのである。結局、せっかくツルんで走っていたのに、シボレーとハグレてしまった。

「急げ！　遅れるな！」

運転席のシートを蹴り上げていたイギリス人も舌打ちとともに諦めた。単独で走る夜のバグダッドは怖い。迷いながら走るのはなお怖い。これもあのアホ雲助のせいである。速く走るだけが運転手の技術だと思うとるのである。そのくせ、地理に疎《うと》いというアホさ加減である。

「ヤバイ、戻ったほうがエエのとちゃうやろうか？」

イギリス人も思案中である。ヤバイ、ヤバイ……。情報省の役人のいない今、米軍の空爆より、カラシニコフを振り回すプッツン民兵のほうがずっと怖い。そいつらが恐怖にかられ、もろ敵国のイギリス人に向けてバリバリバリ……。私も巻き添え……、イヤや、イヤや。

「まだか！」

再び運転席のシートを蹴り上げる。

「わからん……」

よっしゃあ、諦めよう。イルッカの話では大した現場ではないし、村田カメラマンも撮ってくる。そもそも、私と村田カメラマンは同じ看板（週刊文春）を背負っとるのである。

二人がリスクを冒すことはないのである。

「よしっ、引き返せ！」

三度、運転席のシートを蹴り上げた時であった。

「あれじゃ？　ないか？」

「どこや、ここ？」

ヘッドライトに浮かび上がったのは市場のようであった。何かあったのは間違いない。あたり一帯が停電で真っ暗である。怒号が聞こえる。闇の中で群衆が蠢《うごめ》いている。不気味である。単身で歩き回るのはあまりに危険である。私はアッサリ諦めた。こういう諦めの良さが、四一歳まで生き延びているコツなのである。

もちろん、歩き回ったところで何も起こらんかもしれん。事故なんて、ビンビンにテンパッた時には起こらず、「何もないよ」「安全や」と油断した時に限って起こるもんである。ジャーナリストやカメラマンが死んだり、殺されたりするのは、私の記憶の限りでは圧倒的に移動中が多い。沢田教一先輩も車で移動中、嶋元啓三郎氏やラリー・バローズもヘリで移動中、ロバート・キャパは何十人もの兵隊が歩いた後で地雷に触れ、命を落としている。

私は群衆に紛れ込む前に車に戻った。イギリス人もすぐに戻ってきた。カローラは再び夜の闇の中をブッ飛ばし、パレスチナ・ホテルに戻った。結局、我々は闇の中で怖い思いをしただけであった。やがて村田カメラマンも帰ってきた。例のごとく「チッチチッチッ」と右手の人差し指を左右に振りながら。

日本人の敵

寝る前にやることがあった。共同通信の支局訪問である。綿井氏から聞き出した支局の部屋は、私の一つ上のフロア、一六階の角部屋のスイート。原田カメラマンのメールには、すでに私の訪問はイラク人支局長に通達してあると書いてあった。ノックをカマすと人の気配がした。

「ミスター・ワタイの友人で、ミヤジマっちゅうもんやが……」

ロックが解除され、見覚えのあるヒゲ面のデブが顔を出した。会見場で何度か見たイラク人ジャーナリストである。てっきりイラクの国内メディアのオッサンだと思っていたが、共同の記者やったのである。

「何か用なのか？」

妙によそよそしい。原田カメラマンから、その旨の連絡が来とるハズである。

「ワシが来ることは、ミスター・ハラダから連絡が来とるハズやが？」

「ああ、食糧と飲み物の件なのか？」

おっ、わかっとれば話は早い。

「そうや、ちょっとチェックさせてくれ！」

私は、その後に「すべてもらってくけど」とは言わずにおいた。

「ビールもウィスキーも食糧も、もうないのだ」

「へ？」

そんなことはあるまい。あの世界有数の通信社が備蓄しとった飲食物である。このオッサンと家族が簡単に食える量ではないハズである。それに、ブタ肉エキス入りのカップ麺やアルコールはイラク人が口に入れる物ではないのである。

「すべて、ミスター・チョウ……、コリアンが持って行ったのだ」

目の前が真っ暗になった。せっかく楽しみにしとったのに……。オッサンは私を一歩も室内に入れることなくドアを閉めた。

「どういうこっちゃ！　ワシを誰やと思うとんや！」

私は再びノックを続けた。

「とりあえず、中に入れんかえ！」

「ダメなのだ。今、忙しい！」

取りつくシマもない。ここで無理に押し入って家捜ししても、騒ぎになるだけであろう。それにしても、どういうこっちゃ……。このバグダッドにいる朝鮮人といえば、あのデマゴギー・チョウただ一人であろう。オッサンはたしかに「コリアン」と言った……。あの朝鮮人が、なんで共同の支局から貴重なアルコールや食糧を持ち出せるんや……しかし、ここは引き下がるしかない。いったい、あのチョウは何者なんや。私はあきらめて非常階段をトボトボ降り、オノレの部屋に戻った。

真相は、この夜の原田カメラマンからの返信メールによって判明した。共同通信がバグダッドから日本人全員を撤退させる時、原田カメラマンは自分の代わりに写真を撮って電送してくれるカメラマンを探し出さねばならなかった。そこで目を付けたのが、同じアジア人のチョウやったというのである。

チョウは、その時すでにフランス系の写真通信社ガンマのカメラマンやったが、恐らくアメリカの週刊誌「ニューズウィーク」のスペシャル・アサインメントか何か、あったハズである。

しかし、週刊誌が主なクライアントなら、締切りの合間に写真を送ってくれるやろうと、共同通信はチョウとストリンガー（臨時記者）契約を結んでしまったのである。

ところが、それはロマノフ王朝がラスプーチンを宮廷に招き入れてしまったような、自爆への道であった。チョウは最初に写真を一枚送っただけ。あとは共同との契約なんぞ、どこ吹く風とばかり、ナシのつぶて。その一方で、支局に出入りできるのをいいことに、備蓄されていた食糧やビールをせっせと持ち出すことに腐心していたのであった。

こうなると、もう日本人の敵である。一昨日の情報省のガサ入れデマ情報といい、とんでもない奴である。きっと、徹底的に反日教育を受け、骨の髄まで日本嫌いの、カメラマンの皮を被った工作員なのである。

だが、この恨み、いかに晴らそうか——などと考える余裕はない。私の任務は砂漠で北の工作員と戦うことではない。バグダッドに居続け、陥落の瞬間をなんとかカードに収め、東京に電送することなのである。

窓の外から、空爆の振動が風に乗って部屋まで届いてくる。今夜もミサイルが降っとるのである。そして、パレスチナ・ホテルにはアメリカン・ロックと歓声が響いていた。どこぞの部屋で宴会をやっとるのである。

あのチョウのボケさえおらんかったら、私も今頃、八日ぶりにアルコールの匂いが嗅げたというのに……。情けない。こんな所で朝鮮人にナメられるとは……。

こんなとこ、酒でも飲まんともう保たん……。あのロックをかけている部屋の主もヤケクソなのであろう。情報省は「このホテルから電話や通信をするな」と言うとるだけで、「酒を飲むな」「ロックをかけるな」とまでは言うとらんのである。

あの音の発信者はジョンたちかもしれん……。悔し涙にくれつつ、明日は噂のメキシカン・バーに行ってみようと思う不肖・宮嶋であった。

殺気立つ葬式

三月二十九日も抜けるような青空が広がっていた。空爆は一晩中、散発的に続いていたが、もはや一〇〇メートル以内の着弾にしか目覚めなくなった。私の身体は、八日間で空爆を日常と感じ始めたのである。

今朝も情報省横の駐車場は、各社の中継ラッシュであった。村田カメラマンと屋台でチャイとゆで卵サンドの朝食を摂っていると、爆発音がした。もう二人とも首を竦めることもない。直後、ＳＡ—2対空ミサイルが不規則な曲線を青空に描き出していく。

村田カメラマンは「今日は念願の女性兵士訓練キャンプ取材が認められそうだ」と機嫌がよかった。近藤氏ともども「一緒に行きませんか」と誘ってくれる。

うーん……。たしかに、女性民兵訓練キャンプは魅力的なネタである。しかし、村田カメラマンがスチール・カメラで撮る写真は私と同じ週刊文春に掲載予定なのである。それに情報省のボケどもと根気よく交渉したのは村田カメラマンたちであって、私は関わっていない。お膳立てができて、声を掛けていただいたとはいえ「ハイ、ありがとさん」というワケにはイカン。

私にもカメラマンとしてのプライドがあるし、たとえ乗っかっても、苦労してきた村田カメラマンとは思い入れが違う。なーに、私は「その日」を待てばいいのである。

今朝もしっかりとバスがやってきた。そしてブロイラーの鶏のように、カメラマンたちが詰め込まれた。オカミ（情報省）から与えられる餌（ネタ）を皆と仲良くツルんでパクつく。まるで日本の記者クラブみたいである。

皆、それが嫌で、独自ネタを鵜の目鷹の目で探し、その取材実現に躍起になっている。そして、やっと許可されると、小役人に通訳料と称する日当五〇ドルを払い、同行してもらう。この小役人がお目付け役であり、我々の取材の邪魔をするだけの存在である。

バスはいつもより長く走った。郊外に向かっているようやが、昨日の今日である。バスラやナジャフどころか、カルバラ、ドーラですら期待する同業者はいない。

やがてバスは渋滞に捕まった。というより人混みで動けなくなったのである。バスの外はもう恐怖を感じるほどの群衆である。人混みの中の長屋に見覚えがあった。なんのことはない、昨夜の市場である。わずか一〇時間で同じ場所に戻ってきたのである。昨夜も恐ろしかったが、今朝も恐ろしい。それはもちろん市場特有の活気ではない……。

一歩、バスから降りただけで、人びとが殺到してきた。興奮したババアが、オッサンが、私のカメラの前で必死に何かを訴える。もちろん、さっぱりわからん。わかるのは怒りに満ちた興奮だけである……。

何かが起きた場所はすぐに分かった。群衆が我々の服を引っ張って連れて行くからである。そこにあったのは工事現場のような穴。ミサイルが着弾したように見えるが、それにしては地面が露出してるわりに穴が小さい。イルッカが昨夜見たのは、これやったのではなかろうか。

それにしても、群衆の興奮が尋常ではない。米軍はなんや特殊な爆弾でも落としたのであろうか。シャッターが閉まったままの市場の商店街前も異様な興奮である。

「あっ、ここか！」

足元に目を落としてやっと気付いた。路面が真っ赤である。もちろん、人間の血であろう。前の商店とそのまわりの屋台がグチャグチャである。人混みで気付かなかったが、足元にも瓦礫が散乱しとる。ひどい。この血糊は……、かなり死んどるハズである。しかも、穴の大きさと瓦礫の量からして、航空機から落とした爆弾ほどの威力はなかったハズである。

しかし、小規模でも、爆発が人混みで起これば被害はエゲツない。ニューメキシコの砂漠で原爆実験しても誰も死なんが、手榴弾クラスの爆発力でも、こんな人混みで爆発すれば、何人も死んでしまうのである。

これは、クサイ……。もしかしたら、イラク軍の誤爆やないやろか。あのイルッカが言ったモータル・ロケット（迫撃弾）かRPGクラスの……。

市場の常連の黒スカーフを被った女たちの嗚咽と悲鳴が続いている。

汚い……、もし、これがイラクの手によるものなら、とてつもなく汚い。自作自演は、オウム、北朝鮮など狂信者独裁組織の常道である。サダムなら充分やりかねんのである。バアサンにだっこされた幼児までも、私のカメラに手招きをする。バスを取り囲む群衆の輪がますます大きくなっていく。情報省の役人がバスの窓から身を乗り出し、大声でわめきながら手招きしている。

「早く戻って来い！　すぐ出発するのだ！」

小役人もこの群衆の多さと興奮にビビりだしたのである。人混みを掻き分け、バスに戻ろうとするが、なかなか動けない。他のカメラマンたちもカメラを頭上に掲げ、何とかバスのほうに進もうとするが、なかなか近付けないでいる。

路地から次々と人が湧き出てくる。やっと路地の出口に辿り着いて、気が付いた。路地の中の民家から棺桶が運び出されようとしている。葬式をやっとったのである。だから、こんなに群衆が集まっとるのである。こんな現場に近いとこで、しかも普段から人混みの市場の近所で……。

ほんでもって、その現場に加害者と思っている国のカメラマンが来たのである。そりゃ、殺気立つワ……。人びとが殺到するワケである。

やっとの思いでバスに辿り着いた。まだ戻って来ない同業者がかなりいるが、バスは人混みを踏み潰さんばかりにバリバリと動き出した。バスの窓ガラスを突き抜けるようなバグダッド市民の視線が痛い。

「早く！　早く！」

小役人がバスの運転手を急かす。市場の喧噪を離れ、バスがスピードを上げ始めた。向かっているのはバグダッド中心部ではなく、郊外である。なんや見覚えのあるような道と思ったら、バスが停まってわかった。これは昨夜、道に迷った雲助車が一度停車した病院前である。誤爆現場に行くハズが病院に連れて来られてしまい、中をちょっと見て、すぐ車に戻ったのだった。

あの病院に間違いない、昨夜も慌しかったが……。

あの左手の持ち主か？

夜間とまったく印象が違う。周囲に黒煙が立ちこめ、今、この国がまともな状態でないことを強く訴えかけてくる。血と膿の臭いが充満する病室で、カメラマンたちはガキに殺到した。いちばん、絵になりやすいからである。

今日は村田カメラマンもデマゴギー・チョウも同じバスである。朝鮮人の大多数は日本が大嫌いで、オノレの民族が世界一優秀だと思い込んどるが、チョウも間違いなくその一人であろう。しかし、さすがにカメラだけは韓国製を使えない。大嫌いな日本の製品、キヤノンである。

そして、もちろん、レンズもキャノンのスーパーワイド。チョウはこうしたスペースが限られた場所ではキヤノンのスーパーワイド・レンズを多用していた。被写体にグゥーッと近付くと、シブイ写真がモノにできるのである。

血まみれのガキの鼻面まで近付いたチョウが、レンズを向けたまま離れようとしない。当然、他のカメラマンはチョウが邪魔で撮れなくなる。つまり、現場で一番絵になる被写体を独占し、他のカメラマンには撮れんようにしているのである。

私はチョウのそういうやり方を非難しているのではない。今、ここバグダッドには他人にアングルを譲るようなヤツはいない。エゴイスティックなのはジャーナリストの本性なのである。私が言いたいのは、独占は被写体だけにして、隠匿物資は吐き出さんかい！ということである。まったく、朝鮮人カメラマンなんて、エゴがカメラをブラ下げとるようなもんである。

病室はどこも怪我人でいっぱいであった。皆、重傷で、まともに立てる者はいない。しかし、息をしているだけマシなのである。この怪我人たちと同じくらい、いやそれ以上の人間が病院に担ぎ込まれることすらなく、一瞬のうちに蒸発したり、瓦礫に埋まったりしとるのである。

ガキに混じって大人、ジイサン、バアサンもいるが、やはり生き残っとるのはガキが多い。生命力が強いからであろうか。それとも、ガキを優先的に助けようとしとるのであろうか。

成人男性ばかり集めた広い病室で、一人の若い男が虚《うつ》ろな目で天井を見上げていた。一目で重傷患者である。なんでって、左手がない。まだ二〇歳前後の筋骨隆々の青年である。角刈りの髪型からして現役兵士であろう。しかし、もう原隊復帰はない。

この人生で一番元気な、一番楽しい時期に、腕一本ぶっとんだのである。腕の付け根の包帯から血が滲んでいないのは、昨夜の市場の犠牲者ではないからであろうか。

アッ、このニィちゃん……。二十六日のあの赤い空の下の、シュハブ地区の誤爆現場にあった左手の持ち主ではなかろうか。確かめようにも情報省の役人どもも、イラク人助手も、ガキの外科病棟である。

哀れである。もう銃を持つこともないであろう。私なら、カメラが握れなくなる。最近のオート・フォーカスなら右手だけで使えるが、隣のカメラマンを追い払うべき左手がなければ、少なくとも報道カメラマンは諦めるしかないのである。

この青年は、天井に何を見ているのであろう。あの日の赤い空であろうか。爆発したミサイルが吐き出す紅蓮《ぐれん》の炎であろうか。それとも、オノレの腕から吹き出す鮮血であろうか。どれも赤いもんばっかである……。

病院の外の青空には、墨汁を流したような黒煙が立ち上っていた。怪我人取材に飽きて外を徘徊していたカメラマンに民兵が集まってくる。スカーフをアラブ式に巻いた民兵がカラシニコフを構えている。レンズを向けると、空いている左手でVサインをカマしてくる。せっかくのシブイ構図が台無しである。

「ダメだ、こりゃ……」

村田カメラマンがカメラを下ろす。こんな状況下で、まだ挫《くじ》けないのであろうか。それともサダムに忠誠を示そうとしているだけで、本心はもう逃げ出したいのであろうか。ど

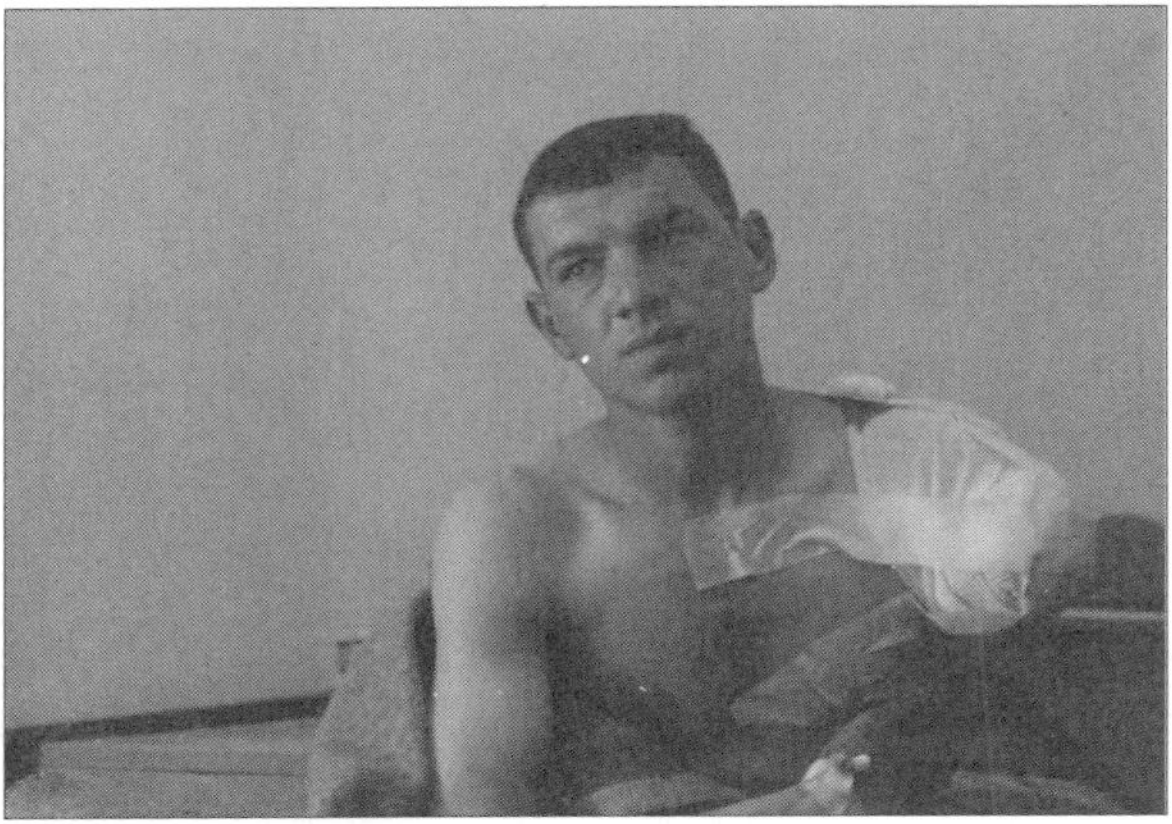

あの左手の持ち主か？

カラシニコフを手に気勢を上げる民兵

っちにしろ、この手の民兵たちのVサインに外国人カメラマンたちは閉口していた。どう見ても強そうではない。防弾チョッキどころか、予備弾倉も無線機も持っていない。背広姿でカラシニコフと拳を振りかざすさまは、文字どおり蟷螂《とうろう》の斧《おの》である。

民兵の中には、アラファト議長のような階級章のない軍服に揃いのスカーフを巻いている一団もいる。おそらくイエメンやサウジアラビア、アフリカ、チェチェンなどのイスラム圏から、反米闘争とイスラムの大義のために集まってきたアラブ義勇兵であろう。

コイツらは、仮にもサダムの統制が利くイラク正規軍よりタチが悪い。こういう連中が続々とバグダッドに集結しつつあるという。ただでさえ混乱した街に、統制の利かん連中が集まって来ているのである。このアラブ義勇兵たちは、誰のために、何をするのであろうか。

ミサイル・デモ

民兵たちの威勢のいいシュプレヒコールに送られ、バスは郊外から情報省に戻った。この後、記者会見がいつもの日課であるが、今日はヤケに騒がしい。情報省のオッサンの会見場への呼込みの声を掻き消すほどである。

なんやろと思っているうちに市民が集まり始めた。歓声まで近付いてくる。

こりゃ、タダの群衆やない。デモや……。

歓声の中心に、ひときわ声の通る少女が市民に肩車されて登場してきた。少女の顔を見て、カメラマンたちはトホホとなった。また、あの盾のイギリス人ネェちゃんである。エエんかえ、イスラム教徒がネェちゃんなんかシンボルにして……。

ハンディ・マイクから単調なアラブ音楽まで流れ出した。開戦以来、ずっとテレビで流し続けている、あのサダムを讃える歌と同じようなメロディーである。アラブ人以外には頭痛のタネでしかない。しかもハンディ・マイクとはいえ大音量である。

それにしても、集まっている群衆が妙に統率されている。サビのコーラスも、まるで長い間練習してきた合唱団みたいである。なんや、これ?

同業者たちもアホではない。このケッタイな集団の正体を確かめるため、手下の助手たちを走らせていた。そして割れた正体は、盾のメンバーはあのネェちゃんぐらいで、あとは、なんと「イラク俳優（芸術家）組合」という団体なのであった。

さすが社会主義である。才能一つが資本の俳優が組合を作っとるのである。当然、ネェちゃんもバアサンもみんな女優ということになる。なるほど、それで歌もうまいんか。しかも、誰もサボることなく延々と歌い続けている。

お抱えのカメラマンなのであろうか。イラク人ビデオ・カメラマンがメンバーを次々とナメるように撮っている。歌に誘われて、いつの間にかカラシニコフや拳銃が出てきた。芸術家のデモにライフルが出てくるのである。スゴイ。しかも、皆、銃が手に馴染《なじ》んでいて、構え方もサマになっとるのである。イラクの男には現役軍人か元軍人しかいないと言うのもわかる。

などと思っていたら、なんや爆弾まで……。このデモ隊というか、組合の皆様が持ってきたのである。航空機用の爆弾の後半分のようやが……。

コレ、こないだ、この情報省に降ってきた米軍のとちゃうんか？

アップなあ！　尾翼がクネクネ動いて、ピンポイント誘導していくスマート（お利口）タイプ。不発か、もしくは弾頭の爆発ショックで後ろ半分だけ飛ばされたみたいである。色とりどりのケーブルがハラワタみたいにハミ出ている。

いったい、どないな神経しとんじゃ？　ミサイルや爆弾はオモチャや見せ物ではない。どういう状態であれ、専門家によって完全に無力化されない限りヤバイブツなのである。なんてアホなことを……。やっぱ近付くの、やめとこ。と、わかってはいるのやが、止まらんのである、我々は。カメラマンっちゅうのは目の前にネタがぶら下がると、何も考えずにパクッといってしまうもんなのである。

狂っとる。そうとしか思えん。サダムもコイツらも狂っとる。映画『続・猿の惑星』を見ているようである。最近リメイクされたほうではなくて、あのＮＲＡ（全米ライフル協会）会長をやっていたチャールトン・ヘストンが主演したほうである。

猿に占領された地球の、かつての地下鉄で、地底人となって生き延びた人間が神と崇めていたのはアメリカの地下サイロの六基の核ミサイルであった。少年の頃、テレビでこの映画を見て、人類の愚かさと暗い未来にゾッとしたもんである。まさか、あれから二五年以上たって、こんな光景をオノレの肉眼で見るとは思わんかった……。

ワシを撮ったのは誰や？

夜、メールをチェックすると、読売の小西カメラマンから届いていた。ユーゴで、チェチェンで、アフガンで、苦労だけをともにした戦友は、隣国クウェートで悪戦苦闘中の様子であった。私へのメッセージは「そこに今いることが何よりも重要」。そして「市街戦になりそうな場合は避難することも考えるべきです。引き際も重要です」と。

その引き際がわからんのじゃあ……、小西はん！　本音を言えば、もう充分や、一日でも早く、この恐怖から解放されたいんじゃあ！

アンマンにいる共同通信の原田カメラマンからも激励のメールが来ていた。バグダッド陥落をファインダーに収めようと、あの有田記者とともに社の上層部とやりあっとる最中だという。

「やめとけ、やめとけ、今来ても怖いだけや」

たとえ私がそう言おうと、耳を貸す人たちではない。他のカメラマン、記者がバグダッドにいて、自分たちは社命でアンマンに足止めなのである。私が彼らの立場なら、今まで味わった恐怖なんか三秒で忘れ、発狂しかねんほど悔しいであろう。

編集部からはノー天気なメールである。オリオン・プレスが配信した写真の中に、私がピンで写っとるカットがあるというのである。私が情報省の屋上で一人悪戦苦闘して写真電送しているところらしく、キャプションは「バグダッドの日本人カメラマン」となっているらしい。

そんなもん、誰が撮ったんかいな？　あのデマゴギー・チョウが所属しているガンマもシグマも日本に写真を流す場合はインペリアル・プレス系だったハズである。かつてオリオンへはシパが流していたが……。

ただし、誰がどこと契約しているかはエエ加減かつ流動的なのである。今、バグダッドに巣くうカメラマンたちは、本来の正体が非常にわかりにくい状態にある。たとえばデマゴギー・チョウのようにニューズウィークのアサインメントがありながら、プレスカードの肩書はガンマ通信、さらに共同通信とも臨時契約を結んでいるのである。

かく言う私も、プレスカードの肩書きは「ジャパン・ニュース・ペーパー」という架空の新聞社。それで週刊文春のために写真を送り、テレビ朝日のお手伝いもさせてもらっとるのである。

しかも、手元には世界のどこにでも写真を電送できる通信手段がある。週刊文春で使えそうもない写真を、世界のどっかの新聞、雑誌が高値で買うてくれるなら喜んで売るであろう。この、そうめったに巡って来ない現場におり、新聞社なみの通信手段を持っているという状況は、私のようなフリー・カメラマンにとって絶好のチャンスなのである。

そういう連中が一〇〇人以上いて、稼ぎ口を探している。したがって、まったく私の知らん奴が、情報省の屋上で私を撮影し、その写真を売りに出したとしても、何の不思議もないのである。それにしても、誰やろ？

この夜は、私の前の部屋の豊田カメラマンを誘って、ジョンたちが〈経営している〉というメキシカン・バーに行ってみることにした。

しかし、昨夜まで窓から聞こえてきたアメリカン・ロックが、今夜は聞こえてこない。ジョンのご招待によると、メキシカン・バーは一六〇二号室、私と豊田カメラマンの一階上のフロアである。我々はエレベーター・ホールの反対側の非常階段を足を忍ばせて登っていった。

しかし、何もビビる必要はない。イラクでの飲酒はサダムがバリバリの時から合法なのである。現にバグダッドには、ごく少数だがキリスト教徒もいるし、酒屋もある。ちょっとだけ怖いのは、イスラム教徒ばかりの情報省の役人どもの機嫌を損ねるかもしれんということである。

一六〇二号室は一六階の南側のスイートである。なんでそんなことを細かく書くかといえば、この日から一〇日後に、私たちのいる一五階とジョンたちのいる一六階の南端にとんでもない悲劇が起こるからである（下巻も読んでネ♥）。

一六〇二号室からは慌しく人の動く気配が洩れていた。おそらく、ジョンたちラテン系のテレビ局の集合オフィスか、溜まり場なのであろう。しかし、どうも室内は宴会という雰囲気ではなさそうである。

それでも、ここは酒飲みの執念である。私の知り合いのジョンとカメラマンのチコ、今、この部屋にその二人のどちらかがいるという保証はないが、それでもド厚かましく乗り込むほど、飲みたいのである。ノックをカマすと、すぐラテン系のニィちゃんが顔を出した。

「ジョンの紹介や！」

「セニョール、ソーリー、今日は酒が切れたッチ。閉店したッチ」

そんなことで引き下がる呑兵衛ではない。開いたドアから首を突っ込むが、ホンマに今日は宴会状態ではなく、四、五人のクルーがダルそうにパソコンのモニターとニラメッコしていた。

「酒はどこで買ってるの？」

豊田カメラマンも必死である。

「このホテルのすぐ近くのなんとか通りだッチ、セニョール」

「サダム・ロータリーを左に行って、最初のコーナーを少し行ったとこね……？」

「そこだッチ」

今夜は諦めるしかなさそうである。しかし、豊田カメラマンには店の記憶があるようである。

「うん、ボクも前、通ったけど、まだ開いていたと思う、その店。酒がまだあるかどうかわかんないけど、今度、寄ってみる」

ということで、今夜も酒なしである。もう慣れたとはいえ、やっぱりアルコールなしの夜は淋しい。つけっぱなしのテレビからは、相も変わらずイラクの演歌歌手がサダムやイラクを讃えるアラブ歌を繰り返していた。ホンマに、壊れたテープレコーダーである。

（以下、下巻に続きます）

一〇〇字書評

切り取り線

購買動機（新聞、雑誌名を記入するか、あるいは○をつけてください）

- □ （　　　　　　　　　　）の広告を見て
- □ （　　　　　　　　　　）の書評を見て
- □ 知人のすすめで
- □ タイトルに惹かれて
- □ カバーがよかったから
- □ 内容が面白そうだから
- □ 好きな作家だから
- □ 好きな分野の本だから

●最近、最も感銘を受けた作品名をお書きください

●あなたのお好きな作家名をお書きください

●その他、ご要望がありましたらお書きください

住所	〒				
氏名		職業		年齢	
新刊情報等のパソコンメール配信を 希望する・しない	Eメール	※携帯には配信できません			

あなたにお願い

この本の感想を、編集部までお寄せいただけたらありがたく存じます。今後の企画の参考にさせていただきます。Eメールでも結構です。

いただいた「一〇〇字書評」は、新聞・雑誌等に紹介させていただくことがあります。その場合はお礼として特製図書カードを差し上げます。

前ページの原稿用紙に書評をお書きの上、切り取り、左記までお送り下さい。宛先の住所は不要です。

なお、ご記入いただいたお名前、ご住所等は、書評紹介の事前了解、謝礼のお届けのためだけに利用し、そのほかの目的のために利用することはありません。

〒一〇一－八七〇一
祥伝社黄金文庫編集長　吉田浩行
☎〇三（三二六五）二〇八四
ohgon@shodensha.co.jp

祥伝社ホームページの「ブックレビュー」からも、書けるようになりました。
http://www.shodensha.co.jp/bookreview/

祥伝社黄金文庫

祥伝社黄金文庫　創刊のことば

「小さくとも輝く知性」――祥伝社黄金文庫はいつの時代にあっても、きらりと光る個性を主張していきます。

真に人間的な価値とは何か、を求めるノン・ブックシリーズの子どもとしてスタートした祥伝社文庫ノンフィクションは、創刊15年を機に、祥伝社黄金文庫として新たな出発をいたします。「豊かで深い知恵と勇気」「大いなる人生の楽しみ」を追求するのが新シリーズの目的です。小さい身なりでも堂々と前進していきます。

黄金文庫をご愛読いただき、ご意見ご希望を編集部までお寄せくださいますよう、お願いいたします。

平成12年(2000年) 2月1日　　　祥伝社黄金文庫　編集部

不肖《ふしょう》・宮嶋《みやじま》のビビリアン・ナイト 上　イラク戦争決死行《せんそうけつしこう》 空爆編《くうばくへん》

平成22年7月25日　初版第1刷発行

著　者　宮《みや》嶋《じま》茂《しげ》樹《き》

発行者　竹内和芳

発行所　祥《しょう》伝《でん》社《しゃ》

東京都千代田区神田神保町3-6-5
九段尚学ビル　〒101-8701
☎ 03（3265）2081（販売部）
☎ 03（3265）2084（編集部）
☎ 03（3265）3622（業務部）

印刷所　萩原印刷

製本所　関川製本

ISBN978-4-396-31517-7　C0195

祥伝社のホームページ・http://www.shodensha.co.jp/

祥伝社黄金文庫

宮嶋茂樹
不肖・宮嶋
死んでもカメラを離しません
生涯、報道カメラマンでありたい！　不肖・宮嶋、スクープの裏の恥多き出来事を記す。大いに笑ってくれ！

宮嶋茂樹
不肖・宮嶋
空爆されたらサヨウナラ
爆笑問題不精太田光氏絶句！「こんなもん書かれたら漫才師の出る幕はない」…世に戦争のタネは尽きまじ。

宮嶋茂樹
不肖・宮嶋
撮ってくるぞと喧《やかま》しく！
取材はこうしてやるもんじゃ！　張り込み、潜入、強行突破…不肖・宮嶋、ここまで喋って大丈夫か？

宮嶋茂樹
儂《わし》は舞い降りた
アフガン従軍記【上】
不肖・宮嶋、戦場を目指す
「あ、あかんわ…、　何人が死んどる、これ」

宮嶋茂樹
儂は舞い上がった
アフガン従軍記【下】
不肖・宮嶋、砲撃を受ける
「集中砲火や！アカン！　目が見えん…」

宮嶋茂樹
サマワのいちばん暑い日
海上自衛隊、堂々の中東二面作戦、迫撃弾と日本人人質事件、これが「自衛隊イラク派遣」の真実である！

祥伝社黄金文庫

A・L・サッチャー
大谷堅志郎訳
戦争の世界史

20世紀の総括が迫られる今、近現代史の大家が「われらが時代の軌跡」を生き生きと描く名著、待望の文庫化！

A・L・サッチャー
大谷堅志郎訳
殺戮《さつりく》の世界史

原爆、冷戦、文化大革命…20世紀に流れ続けた血潮。新世紀を迎えた今も、それは終わっていない。

A・L・サッチャー
大谷堅志郎訳
分裂の世界史

62年キューバ危機、66年からの文化大革命…現代史の真の姿を、豊富なエピソードで描く歴史絵巻。

清水馨八郎
裏切りの世界史

米・ロ・中……一番悪いのはどこの国？ 日本人だけが知らない無法と謀略の手口。

桐生 操
知れば知るほどあぶない世界史

秘密結社、殺人結社、心霊現象、人外魔境…歴史は血と謀略と謎に満ちている！

桐生 操
知れば知るほど悪《ワル》の世界史

ネロ、ヒトラー、クレオパトラ……歴史に名を残す〝悪《ワル》〟たちに、悪意が芽生えた瞬間とは……？